W9-CHG-831

Månpocket

En miljövänlig bok!

Papppret i denna bok är framställt av råvaror
som uteslutande kommer från miljöcertifierat
skogsbruk. Det är baserat på ren mekanisk
trämassa. Inga ämnen som är skadliga
för miljön har använts vid tillverkningen.

Mari Jungstedt
DEN DÖENDE DANDYN

Månpocket

Denna Månpocket är utgiven enligt överenskommelse med
Albert Bonniers Förlag, Stockholm

Omslag av John Eyre
Omslagsbild © Hans Peterson

© Mari Jungstedt 2006

Tryckt i Danmark hos Nørhaven Paperback A/S 2007

ISBN 978-91-7001-498-7

Till mina vardagshjältar,
Cenneth, Bella och Basse

Två sekunder. Det var allt som behövdes för att krossa honom. Få hans liv att rämna. Två ynka sekunder.

De illvilliga tankar som jagade kors och tvärs i huvudet om nätterna ville inte släppa taget. I veckor hade de hållit honom vaken. Inte förrän i gränslandet mellan dag och natt gled han slutligen in i en befriande sömn. Han slapp tankarna i några timmar. Sedan vaknade han återigen upp till sitt påtvingade helvete. Ett ensamt, privat inferno som rasade innanför den behärskade ytan. Att dela det med någon var omöjligt.

Det var under de där två sekunderna som han fallit huvudstupa ner i den svartaste av avgrunder. Aldrig hade han kunnat föreställa sig att sanningen kunde vara så obarmhärtig.

Det tog ett tag innan han förstod vad han måste göra. Lika långsamt som oåterkalleligt hade insikten smugit sig på. Han skulle tvingas ta itu med det ensam. Det fanns ingen återvändo, ingen bakdörr han kunde smita ut genom och låtsas inför världen och sig själv att ingenting hade hänt.

Allt började med att han plötsligt en dag fått reda på en hemlighet, vars innebörd han inte visste vad han skulle göra med. Han gick omkring och drog med vetskapen en tid. Den kliade, skavde och irriterade som ett sår som fläkts upp och vägrade läka.

Kanske hade han låtit det falla i glömska så småningom.

Intalat sig själv att han gjorde bäst i att låta det vara. Om inte.

Om inte nyfikenheten drivit honom till att forska vidare, att inte glömma, att få veta mera. Även om det gjorde ont.

Den ödesdigra dagen kom, fast han inte visste det då, från början. Inte mentalt. Kanske anade kroppen faran instinktivt. Kanske inte.

Han var ensam hemma. Stora delar av natten hade han legat sömnlös och tänkt på samma sak som de senaste veckorna. Med en kraftansträngning tog han sig ur sängen när han hörde hur dagen vaknade utanför fönstret.

Någon aptit ville inte infinna sig och han fick knappt ner en kopp te. Satt bara vid köksbordet och stirrade på gråvädret och höghusen mitt emot utan att veta hur länge. Frustrationen drev honom till sist ut ur lägenheten.

Förmiddagen var långt gången, men som alltid i november blev det inte riktigt ljust. Snön låg smutsbrun på trottoaren och människorna skyndade fram i slasket utan att se varandra i ögonen. Kylan var rå och fuktig och tillät inget lättjefullt strosande.

Han bestämde sig för att åka till det där stället igen, utan egentlig orsak. Följde en ingivelse bara. Om han vetat vad som skulle hända hade han låtit bli. Men det var som förutbestämt.

När han kom in på gatan höll mannen just på att låsa dörren. Osedd följde han efter honom när han promenerade ner till busshållplatsen. Bussen kom nästan direkt. Den var full med folk och de snuddade nästan vid varandras axlar när de stod och trängdes i mittgången.

Utanför varuhuset NK klev mannen av och forcerade med bestämda steg horderna av lördagsflanörer. Raskt promenerade han upp mot city i sin eleganta yllerock med en scarf nonchalant slängd över axeln, rökande en cigarett. Plötsligt vek han av in på en tvärgata.

Den här vägen hade mannen aldrig tagit förut. Pulsen steg. Han höll sig bakom, på behörigt avstånd. För säkerhets skull gick han på andra sidan men hade ändå god uppsikt.

Plötsligt tappade han bort honom. Snabbt sneddade han över gatan. Där fanns en plåtdörr som var så oansenlig att den smälte in i den ruffiga fasaden. Förstulet såg han sig om åt bägge håll. Mannen måste ha försvunnit in där. Han bestämde sig för att följa efter. Att konsekvenserna skulle bli förödande visste han inte när han tryckte ner handtaget.

Det var nästan helt mörkt därinne, ett svagt rödfärgat lysrör i taket gav nödtorftigt ljus. Väggarna var svartmålade. En brant trappa vars steg var prydda med små glödlampor ledde rakt ner till en källarvåning. Inte ett ljud hördes. Dröjande gick han nerför trappstegen och hamnade i en lång, ödslig korridor. Den var svagt upplyst och han kunde bara ana människor som rörde sig i dunklet längre fram.

Det var mitt på ljusan dag, men det märktes inte i källaren. Världen utanför existerade inte. Här inne fanns andra koder. Det förstod han efter bara några minuter.

Till synes ändlösa korridorer slingrade sig i ett komplicerat labyrintsystem. Skuggfigurer kom och gick, och han kunde inte urskilja ansiktet på mannen han förföljde. Han ansträngde sig för att inte ta in det han fick se, försökte värja sig. Intrycken pockade på hans uppmärksamhet, ville in under huden.

Han gick vilse och hamnade vid en dörr. Den förbannade dörren. Om han bara inte hade öppnat.

Två sekunder tog det för honom att registrera det som hände, att förstå vad det var han såg.

Den synen skulle ödelägga hans liv.

Det fanns en oro i luften redan i gryningen.

Egon Wallin hade sovit dåligt och vridit sig av och an hela natten. Radhuset låg vid strandkanten strax utanför Visby ringmur och i timtal hade han legat vaken och stirrat ut i mörkret medan han lyssnade till det upprörda havet där ute.

Sömnlösheten berodde på annat än ovädret. Efter den här helgen skulle hans välordnade liv vara fullkomligt ställt på ända och han var den ende som visste vad som väntade. Beslutet hade mognat fram under det senaste halvåret och nu fanns ingen återvändo. Det tjugo år långa äktenskapet skulle vara över när måndagen kom.

Inte konstigt att han hade svårt att sova. Hustrun Monika låg invirad i täcket med ryggen mot honom. Varken hans rastlöshet eller busvädret tycktes bekomma henne det minsta. Hon sov med djupa, lugna andetag.

När den digitala klockan visade på kvart över fem gav han upp och klev ur sängen.

Han smög ut ur sovrummet och drog igen dörren. Ansiktet som mötte honom i badrumsspegeln var utvakat och tydliga påsar syntes under ögonen trots dimmerns softade ljus. Länge lät han vattnet spola i duschen.

I köket satte han på kaffe, espressobryggarens väsande

blandades med vindens tjut utanför husknuten.

Stormen passade bra ihop med hans känslotillstånd, lika upprörd och kaosartad. Efter tjugofem år som konsthandlare i Visbys främsta galleri, stabilt äktenskap, två utflugna barn och en inrutad tillvaro hade livet tagit en drastisk vändning. Han visste inte hur det skulle sluta.

Det oåterkalleliga avgörandet hade varit på väg under en tid. Den förändring han genomgått under det senaste året var både underbar och halsbrytande. Han kände inte igen sig själv, samtidigt hade han kommit sitt rätta jag närmare än någonsin. Känslorna svallade i kroppen som hos en tonåring, som om han väckts ur decenniers dvala. De nya sidor han upptäckt hos sig själv lockade och skrämde.

Utåt agerade han som vanligt, försökte verka oberörd. Monika visste inget om hans planer, det skulle väl komma som en chock. Inte för att han brydde sig. Äktenskapet var dött sedan länge. Han visste vad han ville. Inget annat betydde något.

Beslutsamheten lugnade tillräckligt för att han skulle kunna sätta sig ner på en av barstolarna vid den moderna köksön och avnjuta sin dubbla macchiato. Han slog upp tidningen, letade fram sidan sju och granskade belåtet annonsen. Den låg överst på högra sidan och syntes bra. Det skulle komma mycket folk.

Innan han påbörjade promenaden in till stan gick han ner och ställde sig vid strandkanten. Morgonljuset kom tidigare för var dag. Redan nu i mitten av februari kändes det i luften att våren nalkades. Klapperstenen på stranden var typisk för Gotland och stenbumlingar stack upp ur vattnet här och var. Havsfåglar seglade lågt ovanför ytan, gapade och skrek. Vågorna välvde sig hit och dit utan rytm eller ordning. Luften var kall och fick hans ögon att tåras. Den grå horisonten kändes löftesrik. Inte minst när han tänkte på vad han skulle göra senare på kvällen.

Tanken piggade upp och han promenerade med raska steg den knappa kilometern in till stan.

På insidan av muren stillnade det något. Gränderna låg tysta och tomma. Så här tidigt en lördag var knappt en människa ute. Uppe vid stadens hjärta, Stora Torget, mötte han det första tecknet på liv. En brödbil stod utanför ICA Torgkassen. Dörren på baksidan där leveranser togs emot var öppen och det slamrade därinifrån.

När han närmade sig galleriet knöt det sig i magen. På måndagen skulle han lämna konsthandeln som han ägnat hela sitt yrkesverksamma liv åt. Här hade han lagt ner sin själ och antalet arbetstimmar han avverkat var oräkneliga.

En stund blev han stående på gatan utanför medan han betraktade fasaden. De stora moderna glasfönstren vette mot det öppna torget och Sankta Karins ruin från tolvhundratalet. Huset byggdes på medeltiden och invändigt fanns valv och underjordiska gångar från samma period. Mot denna historiska inramning hade han låtit inreda galleriet modernt och sparsmakat i ljusa, luftiga färger med några enstaka udda detaljer som gav en personlig prägel. Besökarna brukade berömma honom för den utsökta kombinationen av gammalt och nytt.

Han låste upp dörren till galleriet, gick in på kontoret och hängde av sig rocken. Inte nog med att detta var en ödeshelg i privat hänseende, det var också dags för årets första vernissage, som samtidigt skulle bli hans sista. Åtminstone här i Visby. Försäljningen av galleriet hade gått igenom alla juridiska turer och den nye ägaren hade skrivit på kontraktet. Allt var klart. Den enda på Gotland som kände till försäljningen var han själv.

Han såg ut över lokalen. Målningarna hängde där de

skulle, han rättade till en som hamnat snett. Inbjudningarna hade skickats ut flera veckor tidigare och förhandsintresset tydde på att det skulle komma mycket folk.

Snart skulle cateringfirman vara på plats med snittarna. En sista kontroll av tavlorna och deras belysning, vilken han var särskilt noga med. Målningarna var omsorgsfullt utplacerade, de var iögonfallande, explosiva med starka färger. Expressionistiska och abstrakta, fyllda av ungdomlig kraft och energi. En del var brutala, våldsamma och gastkramande mörka. Konstnären, Mattis Kalvalis, var en ung litauer och fram till nu okänd i Sverige. Än så länge hade han bara ställt ut i de baltiska länderna. Egon Wallin tyckte om att satsa på okända kort, nya konstnärer som hade framtiden för sig.

Han gick fram till fönstret för att ställa dit det svartvita porträttet av Mattis Kalvalis.

När han lyfte blicken och tittade ut på gatan upptäckte han en man som stod ett stycke bort och tittade rakt mot honom. Klädd i bylsig, svart täckjacka och med en stickad mössa djupt nerdragen över huvudet. Det mest förvånande var att han bar stora, svarta solglasögon mitt i vintern. Det var inte ens soligt.

Underligt att han bara stod där. Kanske väntade han på någon.

Konsthandlaren fortsatte obekymrat med sitt pysslande. Lokalradion bjöd på önskemelodier och just nu spelades Lill-Babs, eller Barbro Svensson som han föredrog att kalla henne. Han drog på munnen när han rättade till en av de mer påtagligt våldsamma tavlorna med närmast pornografiskt tema. Vilken kontrast mot *Är du kär i mig ännu, Klas-Göran?*

När han vände sig ut mot gatan igen ryckte han till. Mannen som han sett på avstånd hade flyttat sig. Nu stod han alldeles nära skyltfönstret, nästan så att nästippen snuddade vid glasrutan. Främlingen stirrade honom omotiverat rätt i ögonen, men gjorde ingen ansats till att hälsa.

Reflexmässigt drog sig Egon bakåt och började nervöst se sig om efter något att sysselsätta sig med. Han låtsades göra i ordning bland vinglasen de ställt på plats kvällen före. Och faten för snittarna som cateringfirman skulle komma med.

"Klas-Göran" hade klingat ut och ersatts av Magnus Uggla som sjöng en skränig åttiotalslåt.

I ögonvrån såg han att den mystiske mannen stod kvar i samma position som tidigare. En känsla av obehag kom krypande. Var det ett psykfall från Sankt Olof? Han tänkte inte låta den där idioten provocera honom. Snart går han, tänkte Egon Wallin. Han tröttnar om han inte ser mig. Dörren var låst, det var han säker på. Galleriet öppnade inte förrän klockan ett eftersom det var vernissage.

Han tog trappan upp till kontoret på övervåningen och gick in och stängde dörren. Satte sig och plockade med några papper, men oron lämnade honom inte. Han måste göra något. Konfrontera mannen på gatan. Ta reda på vad han ville.

Förargad över att bli störd reste han sig och gick snabbt ner igen bara för att upptäcka att mannen gått sin väg.

Med en lättnadens suck återvände han till sina sysslor.

Den hårda blåsten väckte honom. Fönsterrutorna skallrade och en gren slog mot husväggen. Havet dundrade och det tjöt från trädtopparna. Täcket hade glidit ner på golvet och han frös. De få element som fanns räckte inte till för att värma upp stugan. Den brukade inte hyras ut under vintern, men han hade lyckats övertala ägarinnan att göra ett undantag. Han hade påstått att han arbetade med en undersökning om hotet mot det gotländska sockerbruket för Jordbruksverket, men att det var på frilansbasis vilket gjorde att han inte hade råd med hotellrum. Ägarinnan hade inte riktigt begripit sambandet, men brydde sig inte om att fråga vidare. Uthyrningen innebar knappast något merarbete för henne, det var i stort sett bara att lämna över nyckeln.

Han klev ur sängen och drog på sig tröja och byxor.

Ut måste han, trots ovädret. Stugan hade visserligen både kök och toalett, men vattnet var avstängt.

Vinden höll emot när han öppnade dörren och den flög igen med en smäll bakom honom. Han vek runt hörnet och ställde sig så nära väggen som möjligt på baksidan av stugan som vette mot skogen där det var något lugnare. Öppnade gylfen och lät strålen träffa husväggen.

Väl inne i köket åt han ett par bananer och blandade till en proteindrink som han drack stående vid köksbänken. Ända sedan han smidde planen två månader tidigare hade han känt en visshet, en övertygelse om att det inte fanns något annat alternativ. Hatet hade invaderat honom, gjort hans tunga syrlig och tankarna skarpa. Metodiskt och målmedvetet hade han arbetat med förberedelserna, punkt efter punkt prickades av med minutiös noggrannhet. Allt hade skett i tysthet. Att ingen anade vad som pågick triggade honom än mer. Han hade kontrollen, ett övertag som skulle hjälpa honom att lyckas med sina föresatser. Gång på gång hade han skärskådat detaljerna tills inte en enda brist eller fallgrop återstod. Tiden var ofrånkomligen inne. Det var en utstuderad, raffinerad plan och inte alldeles enkel att genomföra.

Han lutade sig fram och tittade ut genom fönstret. Enda orosmolnet var den förbannade blåsten. Stormen gjorde det svårare för honom och kunde i värsta fall kullkasta hans planer. Samtidigt innebar det vissa fördelar. Ju sämre väder, desto färre människor rörde sig ute och risken för upptäckt blev mindre.

Det kliade i halsen. Höll han på att bli förkyld? Ena handen flög upp till pannan och nog sjutton hade han feber. Förbannat. Han rotade fram en ask med Alvedon och sköljde ner två stycken med vatten från en dunk på diskbänken. Förkylningen kom förbaskat oläggligt, han skulle behöva all sin muskelstyrka.

Ryggsäcken med redskapen stod färdigpackad, en sista gång kontrollerade han att allt fanns där. Snabbt drog han igen blixtlåset och satte sig framför spegeln. Med vana rörelser sminkade han sig, satte i linserna och limmade fast peruken. Även maskeringen hade han övat på många gånger för att den skulle sitta perfekt. När han var klar betraktade han sin förvandling en stund.

Nästa gång han speglade sig skulle han se en mördares ansikte. Han undrade om det skulle synas utanpå.

Mattis Kalvalis hade varit nervös och gått ut och rökt ungefär en gång var tionde minut den senaste timmen.

– What if nobody comes? frågade han stup i ett med sin kärva öststatsbrytning. Ansiktet var ännu blekare än vanligt och hans gängliga kropp rörde sig oroligt bland målningarna. Flera gånger hade Egon Wallin visat honom annonsen i tidningen och klappat honom på axeln.

– Everything will be just fine – trust me.

Managern som följt med från Litauen var inte till stor hjälp. Han satt mest utanför galleriet, rökte och pratade i mobiltelefonen, till synes oberörd av de isiga vindarna.

Vernissagen verkade bli välbesökt. När han öppnade dörren till galleriet var kön utanför lång med folk som stod och trampade i kylan.

Många bekanta ansikten log vänligt emot honom och ögonen lyste av förväntan. Han letade efter en viss person i massan som strömmade in i galleriet. Tids nog så. Det skulle bli en pärs att låtsas som ingenting.

Belåtet konstaterade han att lokalradions kulturreporter var på väg in och efter en stund fick han syn på ytterligare en journalist från en av lokaltidningarna i full färd med att intervjua konstnären. Hans mediadrive med pressmeddelande och påföljande uppringningar hade tydligen lyckats.

Galleriet fylldes snabbt av besökare. Med sina trehundra kvadratmeter i två våningar var det egentligen oproportionerligt stort för att vara på Gotland. Men lokalen hade gått i arv i generationer och Egon Wallin hade försökt behålla så mycket som möjligt i ursprungligt skick. Han tyckte om att låta konsten få rejält utrymme så att den kom till sitt allra bästa uttryck. Målningarna gavs verkligen rättvisa – det färgsprakande expressiva och ultramoderna utgjorde en häftig kontrast mot de skrovliga väggarna. Besökarna strosade omkring bland konstverken och sippade på det mousserande vinet. Svag musik hördes mellan rummen – konstnären hade insisterat på att målningarna skulle visas till tonerna av ett litauiskt rockband som lät som en blandning av Frank Zappa och det tyska syntbandet Kraftwerk.

Egon hade åtminstone fått honom att gå med på att sänka volymen.

Nu såg Mattis Kalvalis betydligt mer avslappnad ut. Han gick runt bland folk, pratade högljutt, skrattade och gestikulerade med sina stora händer så att vinet skvimpade ur glaset. Rörelserna var ryckiga och okontrollerade och då och då brast han ut i hysteriska skrattanfall så att han nästan vek sig dubbel.

Under ett förfärande ögonblick misstänkte Egon att konstnären var drogad, men slog i nästa sekund bort tanken. Det var nog bara nervositeten som släppte.

– Skitsnyggt, Egon. Verkligen bra gjort, hörde han någon bakom sig säga.

Den hesa, lismande rösten skulle han känna igen på mils avstånd.

Han vände sig om och stod öga mot öga med Sixten Dahl, en av Stockholms mest framgångsrika gallerister. I svart skinnrock med byxor och stövlar i samma material, skuggade glasögon med orangefärgade bågar och välklippt skäggstubb såg han ut som en sämre kopia av popstjärnan George Michael. Sixten Dahl ägde ett tjusigt galleri i hörnet av Karlavägen och Sturegatan i Stockholms mest fashionabla stadsdel Östermalm.

– Tycker du, vad roligt. Och kul att du kunde komma, sa han med spelad entusiasm.

Bara för att retas hade han sett till att konkurrenten i Stockholm fått en inbjudan. Sixten Dahl hade själv försökt lägga vantarna på Mattis Kalvalis men Egon gick segrande ur striden.

De båda konsthandlarna hade varit i Vilnius på en träff för gallerister från Östersjöområdet och då fått upp ögonen för den unge konstnärens säregna måleri. Under en av middagarna hade Egon Wallin hamnat bredvid Mattis Kalvalis vid bordet. De båda fann varandra direkt och helt överraskande valde Kalvalis det gotländska galleriet framför Sixten Dahl och storstaden.

Många i konstkretsarna blev förvånade. Trots att Egon Wallin var ett välrenommerat namn ansågs det anmärkningsvärt att konstnären valt honom. Sixten Dahl hade minst lika gott rykte och Stockholm var så mycket större.

Att Egons värste konkurrent dök upp i Visby på vernissagen var i själva verket inte så konstigt. Han var känd för att inte ge sig i första taget. Kanske trodde han i sin enfald att han skulle kunna övertyga Kalvalis att ändå välja honom, tänkte Egon. Skulle inte tro det. Vad Sixten Dahl inte visste var att Kalvalis även bett Egon att vara hans agent och företräda honom i hela Sverige.

Kontraktet låg färdigt och väntade bara på att bli underskrivet.

Vernissagen blev lyckad. Köplusten tycktes smitta som en farsot. Egon upphörde aldrig att förvånas över människans flockbeteende. Handlade rätt person tillräckligt snabbt och tillräckligt mycket, så var plötsligt många andra villiga att öppna plånböckerna. Ibland var det som om slumpen avgjorde mer än kvaliteten när det gällde värderingen av konst.

En gotländsk samlare hade blivit överförtjust och nästan direkt tingat tre av verken. Det räckte för att inspirera andra och det blev till och med budgivning om ett par av tavlorna. Priset trissades upp betydligt. Inom sig gnuggade Egon Wallin händerna. Nu låg resten av landet för konstnärens fötter.

Den enda smolken i glädjebägaren var att den han väntade på dröjde.

Konstvetaren och värderingsmannen Erik Mattson hade fått i uppdrag att göra en omfattande värdering av en stor herrgård i Burgsvik på södra Gotland. Chefsintendenten på auktionsfirman Bukowskis frågade honom och en kollega om de kunde åka. En godsägare på Gotland hade en stor samling av svensk konst från förra sekelskiftet som han ville göra sig av med. Det rörde sig om ett trettiotal verk, alltifrån Zornetsningar till oljemålningar av Georg Pauli och Isaac Grünewald.

De båda kollegerna hade tillbringat hela fredagen i Burgsvik och det hade varit en upplevelse. Herrgården visade sig vara ett unikt exempel på en genuin gammal gotländsk kalkstensgård och de njöt av både miljön och den imponerande samlingen. De fick så god kontakt med godsägarparet att de inbjöds att stanna på middag. Natten tillbringade de på Strand hotell i Visby.

På lördagen ville Erik vara utvilad. Mycket stod på programmet. Han skulle börja dagen med att återse den plats han älskade allra mest och som han inte besökt på många år.

Direkt efter frukosten hoppade han in i bilen och gav sig i väg. Dagen var mulen och väderleksrapporten talade om kommande snöfall. Han skulle inte långt. Målet för hans utflykt låg en halvmil norr om Visby.

Just när han skulle svänga in vid skylten där det stod Muramaris såg han en bil komma därifrån. Det förvånade honom. Hit gjorde sig väl knappt någon ärende på vintern.

Parkeringen uppe vid landsvägen var anvisad för besökare fast så här i februari låg den öde. När han klivit ur bilen ställde han sig på grusvägen med ansiktet mot havet som bara kunde anas härifrån. Långt nedanför rullade vågorna in, lika förutbestämt som åren som kom och gick.

På ömse sidor av vägen växte träden tätt, låga och krumma, tydligt märkta av hårda höststormar. Här fanns inga grannar.

Under promenaden nerför den långa backen fylldes hans ögon av tårar. Det var så länge sedan sist. Trädkronorna viskade omkring honom och gruset knastrade under hans fötter. Han var ensam och det var precis vad han ville. Detta var en helig stund.

När huset dök upp bakom kröken började det snöa. Flingorna dalade sakta ner från himlen och lade sig mjukt tillrätta på hans huvud.

Han stannade till och betraktade hela platsen nedanför, den skamfilade huvudbyggnaden, trädgårdsmästarbostaden och så den röda stuga längre bort som hade sin särskilda historia.

Sådan kontrast det var mot senaste gången han var här. Då var det högsommar och de hade stannat i två veckor, precis som den gästande konstnären och hans älskare, då för nästan hundra år sedan.

Erik hade njutit av varenda sekund, att sova i samma rum som han, befinna sig under samma tak. Äta frukost i köket där han suttit, den gamla järnspisen hade inte bytts ut sedan dess. Väggarna rymde berättelser som han bara kunde föreställa sig.

Nu hade han full utsikt över konstnärshemmet Murama-
ris. Namnet betydde härden vid havet. Den fyrkantiga,
sandfärgade huvudbyggnaden var byggd i kalksten och
hade två våningar. Dess arkitektur utgjorde en originell
blandning av italiensk renässansvilla med loggia mot ha-
vet och traditionell gotländsk gård. Stora fönster med vit
spröjs vette åt alla håll; mot skogen, vattnet och den stra-
ma barockträdgården på baksidan med sina skulpturer,
fontäner, stengångar och prydliga rabatter.

Mannen som hade en sådan inverkan på hans liv hade
ofta varit på besök, tillbringat soliga sommarveckor här,
badat, promenerat utefter stranden, målat och umgåtts
med det kontroversiella konstnärspar som lät bygga sitt
drömhus på den här platån i början av förra seklet.

Trots att många år passerat kändes hans närvaro så
starkt.

Med visst besvär öppnade han den gröna trägrinden
som motvilligt gick upp med ett utdraget gnissel. Han
vandrade runt till baksidan. Huset hade stått öde i många
år innan den nya ägaren tog över, vilket syntes. Putsen
flagade, muren kring tomten hade rasat på flera ställen,
flera skulpturer i trädgården saknades och den en gång så
stolta byggnaden var i akut behov av renovering.

Han gick långsamt på stengången mellan de noggrant
ansade häckraderna. Vid dammen mitt i trädgården slog
han sig ner på en bänk. Den var fuktig och kall men det be-
kom honom lika lite som att snöfallet tilltog i styrka. Blick-
en var fixerad vid ett alldeles särskilt fönster. Det tillhörde
gästrummet på nedre våningen, intill köket. Därinne hade
en av de mest mytomspunna målningarna i den svenska
konsthistorien tillkommit. Så sa åtminstone ryktet och det
fanns ingen anledning att betvivla påståendet. Konstnären
hade arbetat med den stora oljemålningen under samma

år som han anlade trädgården på Muramaris. Mitt under brinnande världskrig – året var 1918.

Det var då Nils Dardel målade *Den döende dandyn*. Han viskade orden där han satt på bänken.

Den döende dandyn – precis som han själv.

Efter den lyckade vernissagen firade hela gänget från galleriet med en festmåltid på restaurang Donners Brunn i centrala Visby. Mattis Kalvalis satt i mitten och tycktes njuta ohejdat av all uppmärksamhet. Stämningen vid bordet var uppsluppen och glammig och Egon Wallin tänkte på att kvällen blev en lyckad avslutning på hans gamla liv. De satt vid det bästa bordet i den magnifika källarmatsalen, i stearinljusens sken med den vällagade maten vackert upplagd på tallrikarna.

Han bjöd till ännu en skål och alla hurrade för det nya stjärnskottet på konstnärshimlen. Just när ropen klingat ut dök två nya gäster upp, Sixten Dahl i sällskap med en yngre man som Egon aldrig sett förut.

De hälsade artigt när de gick förbi och Sixten berömde återigen vernissagen, samtidigt som han gav konstnären en lång blick. Vad i helsike hade han nu i kikaren? tänkte Egon. Som tur var slog de sig ner vid ett bord i matsalens andra ände och hamnade så att Egon satt med ryggen emot.

När han senare gick på toaletten upptäckte han att Mattis Kalvalis stod tillsammans med Sixten Dahl i restaurangens rökrum. De var ensamma där inne, djupt inbegripna i vad som verkade vara ett allvarligt samtal. Ilskan slog upp på ett ögonblick. Han öppnade glasdörren.

– Vad håller du på med? sa han argt på svenska till Sixten.

– Vad är det med dig, Egon? frågade konkurrenten med spelad förvåning. Vi röker och det här är ett rökrum.

– Försök inga tricks. Jag och Mattis har ett kontrakt.

– Jaså, det säger du? Jag har hört att det inte är påskrivet, sa Sixten, fimpade cigaretten och seglade nonchalant förbi honom ut genom dörren.

Mattis Kalvalis förstod naturligtvis ingenting av vad som sagts. Han verkade ändå påtagligt besvärad. Egon bestämde sig för att inte göra någon affär av saken. Han vände sig mot Kalvalis.

– We have a deal, don't we?

– Of course we do.

Klockan var över elva när han och hustrun äntligen kom hem till radhuset. Monika gick och lade sig på en gång. Han förklarade att han ville sitta uppe en stund, varva ner och smälta dagens intryck. Han hällde upp ett glas konjak och slog sig ner i vardagsrummet.

Nu var det bara att vänta. Han funderade en stund över incidenten på Donners Brunn, men lugnade sig snart. Klart att Sixten försökte. Men kontraktet med Mattis Kalvalis skulle skrivas redan dagen därpå. De hade stämt träff på galleriet. Dessutom hade ju vernissagen varit en succé. Han kände sig trygg med att Kalvalis skulle hålla sig till honom.

Han tog en djup klunk av konjaken. Minuterna kröp fram. Han försökte ta det lugnt och lägga band på sin iver. Följde Monika sitt vanliga mönster skulle hon ta tio minuter på sig inne på toaletten, sedan krypa ner i sängen och läsa några sidor i en bok innan hon släckte lampan och somnade. Det betydde att han måste vänta i ungefär tjugo minuter innan han kunde lämna huset och promenera till hotellet. Receptionen var stängd nattetid så han behövde inte riskera att bli igenkänd.

Hela hans kropp såg fram emot mötet.

Hustruns kvällsbestyr tog längre tid än beräknat och Egon Wallin var rejält irriterad när han äntligen kom iväg. Precis som om hon kände på sig att han hade planer så läste hon längre än vanligt. Säkert flera kapitel.

Så tyst han förmådde hade han smugit förbi sovrumsdörren flera gånger och sett att det lyste medan ivern kliade som eksem över hela kroppen. Till sist släckte hon lampan. Bara för att vara säker på att hon somnat väntade han i ytterligare en kvart. Gläntade försiktigt på dörren och lyssnade till hennes jämna andetag innan han vågade gå.

När han kom ut på gatan drog han en suck av lättnad. Förväntningarna brände på läpp och tunga. Raskt promenerade han iväg. Det var släckt i de flesta fönster, trots att det var lördag och klockan ännu inte passerat midnatt. Han ville för allt i världen inte stöta på någon granne – här kände alla varandra. De hade köpt radhuset när det var nybyggt och barnen var små. Äktenskapet hade varit någorlunda lyckligt och deras liv rullade på. Egon hade aldrig varit otrogen, trots att han reste mycket i jobbet och träffade många olika människor.

Ett år tidigare hade han åkt till Stockholm på en av sina vanliga affärsresor. Passionen slog till som en blixt och allt förändrades över en natt. Helt oförberedd hade han varit.

Plötsligt hade livet fått en ny innebörd, en ny mening.

Att ha sex med Monika blev näst intill outhärdligt. Gensvaret från henne på hans halvhjärtade initiativ hade ändå varit svalt de senaste åren. Aktiviteterna upphörde helt, vilket var en stor lättnad och de talade aldrig om saken.

Men nu brann längtan i honom. Han valde den snabbaste vägen förbi lasarettet och kullarna vid Strandgärdet. Snart skulle han vara framme. Han plockade upp mobiltelefonen för att tala om att han var på väg.

Just när han var i färd med att slå numret snubblade han och föll omkull. I mörkret hade han inte lagt märke till den kraftiga roten som stack upp på stigen framför honom. Han slog huvudet rejält i en sten och i några sekunder förlorade han medvetandet. När han kvicknade till kände han hur blodet rann från pannan ner på kinden. Mödosamt satte han sig upp. Det snurrade i skallen. En stund blev han sittande på den kalla marken. Lyckligtvis hade han pappersnäsdukar i fickan och kunde torka av blodet. Det sved ordentligt i pannan och på högra kinden.

Jävlar, tänkte han. Inte nu.

Försiktigt kände han efter med fingertopparna. Som tur var verkade skadorna inte allvarliga, men en ordentlig bula växte till sig ovanför högra ögonbrynet.

Han tog några vimmelkantiga steg framåt. Fallet hade chockat och överraskat honom.

Yrseln tvingade honom att gå långsamt till en början, men strax var han framme vid muren. Därifrån var det inte så långt kvar till hotellet.

Han hade just passerat den lilla öppning i muren mot havet som kallades Kärleksporten när han plötsligt kände att någon befann sig alldeles nära. Och så ett snabbt svepande intill ena örat innan han trycktes bakåt.

Egon Wallin skulle aldrig komma till sitt avtalade möte.

Siv Eriksson vaknade som vanligt några minuter innan väckarklockan skulle ringa. Det var som om hon kände på sig när det var dags att gå upp och hon hann stänga av den innan hennes man Lennart väcktes av oljudet. Försiktigt reste hon sig ur sängen och försökte vara så tyst som möjligt. Det var ändå söndag.

Hon tassade ut i köket i sina rosa, ulliga tofflor som hon fått i julklapp av maken och satte på kaffe, tog en varm dusch och tvättade håret. Avnjöt sedan sin frukost i lugn och ro medan hon lyssnade på radio och lät håret självtorka.

Siv Eriksson såg fram emot dagen. Arbetstiden var kort på söndagar, bara från sju till tolv, sedan skulle Lennart hämta henne och de skulle åka och fira sitt enda barnbarns femårsdag. Dottern bodde med sin familj i Slite på norra Gotland så det var en bit att köra. Siv hade förberett presenterna som låg prydligt inslagna på bordet i hallen. Dem fick Lennart ta med sig när han åkte, hon hade skrivit en lapp för att påminna honom.

När hon druckit ur kaffet borstade hon tänderna och klädde på sig. Hon gav katten mat och friskt vatten. Den visade inget större intresse av att gå ut, tittade bara lojt upp på henne och rullade ihop sig i korgen. Hon kastade en blick på termometern i fönstret och konstaterade att det hade blivit kallare igen, minus tio grader. Bäst att sätta på sig både mössa och halsduk. Yllekappan var gammal och lite för trång.

Lägenheten de bodde i låg högst upp i ett hus på Polhemsgatan med utsikt över ringmurens nordöstra sida.

När Siv Eriksson klev ut på gatan var det fortfarande ganska mörkt. Promenaden till arbetet på Wisby hotell var ett par kilometer lång, men det gjorde henne inget. Hon tyckte om att gå, det var dessutom den enda motion hon fick. Arbetet som kallskänka trivdes hon med och tillsammans med en kollega ansvarade hon för frukostserveringen. Så här års hade hotellet ganska få gäster vilket passade henne utmärkt, att stressa låg inte för henne.

Hon sneddade över gatan, in på gångstigen vid fotbollsplanen vars gräsmatta doldes av ett tunt snötäcke. På parkeringsplatsen utanför kommunens kultur- och fritidskontor var hon nära att dratta på ändan på den glashala asfalten.

Vid övergångsstället på Kung Magnus väg som löpte parallellt med ringmurens östra sida stannade hon till och såg sig om åt bägge håll, fast det egentligen var onödigt. Söndagsmorgnar var trafiken sparsam, men Siv Eriksson var en försiktig människa som inte tog några risker i onödan. Hon gick genom Östergravar, ett mindre grönområde utefter muren. Just den här biten kändes oroväckande ödslig innan det blivit helt ljust men strax skulle hon vara framme vid den medeltida ringmuren som omgärdade innerstaden. Där måste hon passera Dalmansporten för att komma in till staden. Porten låg i det sjutton meter höga Dalmanstornet, ett av murens pampigaste försvarstorn.

Ett trettiotal meter från porten tvärstannade Siv Eriksson. Hon trodde först inte sina ögon. Något hängde och dinglade i öppningen. Under några förbryllande sekunder trodde hon att det var en säck. När hon kom närmare insåg hon till sin fasa att det var en man som hängde i ett rep som knutits fast i gallret ovanför portöppningen. Det var ett sådant galler som kunde fällas ner i gamla tider om fienden skulle anfalla.

Nacken var böjd och armarna dinglade slappt utefter sidorna.

Hon halkade till på den hala bron och var nära att ramla, men tog tag i broräcket i sista stund. Blicken föll på mannen igen. Han var klädd i en svart hellång skinnrock och svarta byxor, på fötterna bar han ett par kortskaftade stövlar. Han var mörkhårig och kanske i femtioårsåldern.

Ansiktet hade hon svårt att urskilja, hon tog några osäkra steg framåt, medan hon såg sig räddhågset omkring.

När hon kommit tillräckligt nära blev det alldeles stilla inne i Siv Erikssons huvud. Hon kände igen mannen mycket väl.

Långsamt plockade hon fram sin mobiltelefon och slog numret till polisen.

Kriminalkommissarie Anders Knutas kom till Dalmansporten en halvtimme efter det att larmet gått. Vanligtvis höll han sig kvar på polishuset för att fördela arbetet, men detta ville han se. En man som troligen mördats och kallblodigt hissats upp till allmän beskådan mitt i en av de största och pampigaste portarna i ringmuren var så exceptionellt att han gjorde ett undantag. Patrullen som först kommit till fyndplatsen hade omedelbart larmat om att det inte såg ut som självmord, utan att det fanns en klar misstanke om brott. Orsaken var att kroppen hängde flera meter upp i luften och dessutom minst en meter från vardera murväggen. Det fanns ingenting offret kunde ha stått eller klättrat på för att ta sig upp till stället där snaran satt.

När Knutas kom var både kriminalinspektör Karin Jacobsson och tekniker Erik Sohlman på plats. Karin såg ännu mindre ut än sina knappt etthundrasextio centimeter och var så blek att ansiktet tycktes genomskinligt. Knutas hälsade genom att trycka hennes arm. Hon hade promenerat från sin centralt belägna lägenhet innanför muren. Genast förstod Knutas att hon redan sett kroppen. Karin tycktes aldrig vänja sig vid åsynen av döda människor, och egentligen inte han själv heller.

En skara grannar hade hunnit samlas och de stirrade

förfärat upp mot kroppen som hängde med ryggen åt dem i portöppningen. Att något så fasansfullt som ett mord skulle inträffa på deras fridfulla gata hade ingen av dem kunnat tro.

Dalmansporten låg i ringmuren i mitten av Norra Murgatan, en lång och smal kullerstensgata som löpte parallellt med murens östra insida. Låga, pittoreska hus avlöste varandra på ömse sidor. En riktig idyll med virkade gardiner i fönstren, krukor i gotländsk keramik och små trädgårdar innanför planken. Vissa hus som låg på samma sida som muren var till och med inbyggda i den.

Karin och Knutas tog sig förbi betongfåren som hindrade bilar att köra in i porten och klev över de blåvita banden.

Knutas hajade till vid åsynen av offret.

Vid första anblicken såg det ut som ett tragiskt självmord. Repet var fäst i en kraftig krok som hakats fast i fällgallret ovanför portens öppning. Den döde mannens huvud lutade framåt, kroppen var slapp.

Scenariot påminde om året dessförinnan då flera personer ritualmördats och sedan hängts upp.

– Jag tycker jag känner igen det här, sa han till Karin.

– Usch ja, det första jag tänkte på var när vi hittade Martina Flochten i somras.

Karin skakade på huvudet och körde händerna ännu längre ner i fickorna på täckjackan.

När Knutas kom tillräckligt nära för att se ansiktet stelnade han till.

– Herre Jesus, det är ju Egon Wallin, konsthandlaren.

Kriminaltekniker Erik Sohlman som höll på att fotografera kroppen ur olika vinklar, sänkte kameran och tittade närmare på likets ansikte.

– Javisst är det han, utbrast han. Det var som fan. Jag

var i galleriet bara för nån vecka sen och köpte en tavla till mammas sextioårsdag.

– Vi måste ta ner honom så fort som möjligt, fortsatte Knutas bistert. Kroppen syns säkert från vägen och nu börjar folk vakna.

Han nickade bort mot Kung Magnus väg där flera bilar redan svängt in till sidan och stannat. Folk klev ur och pekade mot porten. Morgonljuset hade kommit och avslöjade det makabra fyndet för alla som passerade.

– Snabba på nu, uppmanade Knutas. Han hänger ju som i rena rama skyltfönstret.

Han såg ut över området. Hur mycket som skulle spärras av var en svår avvägning, men alla år som kriminalare hade lärt honom att ju mer, desto bättre.

Polisen kunde ännu inte utesluta självmord, men om Egon Wallin bragts om livet, vilket Knutas trodde, så skulle de behöva säkra alla upptänkliga spår. Han gjorde en snabb bedömning att det förmodligen krävdes att de isolerade hela grönområdet, från Österport till Norderport. Överallt fanns skospår som avtecknade sig tydligt i snön och några av dem kunde naturligtvis tillhöra en eventuell mördare.

Knutas granskade gallret där snaran var fäst. Det verkade omöjligt att Egon Wallin skulle ha kunnat åstadkomma detta på egen hand. Det fanns absolut ingenting att klättra på. Snaran satt så högt att han befarade att de skulle bli tvungna att anlita brandkåren för att få ner kroppen.

Han plockade upp mobiltelefonen och ringde Rättsmedicinska i Solna. En rättsläkare måste flygas över med polishelikopter så fort som möjligt.

Av erfarenhet visste han att rättsläkaren helst ville att kroppen skulle lämnas orörd innan han gjorde sin första undersökning, men i det här fallet var det omöjligt. Den döde hängde som om han just varit offret i en offentlig avrättning. Om detta visade sig vara mord skulle mediastormen vara över dem innan de visste ordet av.

Knappt hade Knutas tänkt tanken förrän han kände den första kcamerablixten i nacken. Förfärad vände han sig om och ytterligare blixtar brändes av.

Han kände igen fotografen från Gotlands Allehanda tillsammans med en av tidningens mest enträgna reportrar. Högröd i ansiktet av ilska tog han bryskt tag i hennes arm.

– Vad i helsike håller ni på med? Det här kan handla om självmord, vi vet ingenting än så länge. Absolut ingenting! De anhöriga är inte ens underrättade. Han har ju just hittats!

– Vet ni vem det är? frågade hon näbbigt och drog åt sig armen utan att ta någon notis om Knutas upprördhet. Jag tycker det ser ut som Egon Wallin, konsthandlaren.

– Hör du inte vad jag säger? Det är inte alls säkert att ett brott har begåtts. Ge er iväg härifrån och låt oss jobba ifred!

Självmord var åtminstone något som journalisterna respekterade och vanligtvis inte rapporterade om. Än så länge. Men med den mediautveckling som pågick i landet så dröjde det väl inte länge förrän de började frossa i sådant också.

Knutas ilska blev inte mindre av att han både hade känt och uppskattat Egon Wallin. Inte för att de hade umgåtts direkt, men de hade ändå träffats i olika sammanhang genom åren och Knutas hade alltid gillat karln. Det fanns något rättframt och redigt hos honom. En rak människa som stod med båda fötterna på jorden och var nöjd med sin tillvaro. Till skillnad mot så många andra gnällspikar. Han verkade vara en sådan där person som var genombussig mot allt och alla. En riktig hedersknyffel. De var i ungefär samma ålder och Knutas hade alltid sett upp till Egon Wallin. Han hade en aura omkring sig som var attraktiv och som gjorde att man ville vara hans vän. Och nu hängde han här – stendöd.

Varje minut som gick utan att de fick ner kroppen var en plåga. Han fasade redan för att berätta om den tragiska händelsen för Wallins hustru.

Flera journalister trängdes på andra sidan av de blå-vita banden. På sätt och vis förstod han att de hade sina jobb att sköta. Om det visade sig vara mord skulle de bli tvungna att utlysa en presskonferens.

Knutas var tacksam för att åtminstone inget TV-team synts till ännu. I nästa sekund fick han syn på Pia Lilja, den mest ihärdiga TV-fotograf han någonsin träffat. Hon arbetade tillsammans med Johan Berg på Sveriges Tele-vision. Just nu var hon ensam, men det hindrade henne inte från att ta bilder, de befann sig på allmän plats och bara hon höll sig utanför avspärrningarna kunde han inte hindra henne.

Knutas suckade, kastade en sista blick på liket innan han lämnade platsen i sällskap med Karin.

Det skulle bli en hektisk dag.

Vanliga söndagar rådde stiltje på Regionalnytts redaktion i TV-huset på Gärdet och inte var det annorlunda den här dagen. Johan Berg satt bakfull och trött vid sitt skrivbord och skummade håglöst igenom dagstidningarna. Absolut ingenting hände. Varken i Stockholm, på Gotland eller i Uppsala som var Regionalnytts bevakningsområden.

Gårdagskvällen hade blivit både senare och blötare än han tänkt. Han hade gått ut och druckit öl med sin bäste vän Andreas som också var journalist. De hade hamnat på Kvarnen och dumt nog följt med några kolleger från Sveriges Radios ekoredaktion på fest ute i Hammarbyhöjden. Först vid fyratiden på morgonen hade han snubblat över tröskeln till sin tvåa på Heleneborgsgatan.

För att späda på hans ovilja att tillbringa denna dag på jobbet var redaktören en vikarie som han hade måttligt förtroende för. Knappt hade han hunnit få av sig jackan förrän hon entusiastiskt föreslog det ena mediokra jobbuppslaget efter det andra. Nervöst verkade hon gripa efter varje halmstrå. Herregud, tio timmar återstod innan det var dags för den fjuttiga femminuterssändning de åstadkom på söndagar. Och dessutom fanns ett förproducerat reportage. Lugna ner dig för fan, tänkte han surt. Blotta åsynen av henne gjorde honom trött. Hon var dessutom programledare så hon var den enda vid desken som fanns att prata med. På söndagarna var resurserna så knappa att redaktör och programledare var en och samma person.

Han slog sig ned vid sitt skrivbord och ögnade igenom de olika pressmeddelanden som skickats till redaktionen under helgen. Nittiofem procent handlade om olika jippon och evenemang i stan, alltifrån att Markoolio skulle vara konferencier när nya Tumba centrum invigdes till knyppelverkstad på Skansen, eller att det var marsvinsrace på Sollentunamässan.

Någonting han avskydde var alla dessa "dagar" som uppfunnits de senaste åren. Först var det Barnens dag och Bokens dag och Kvinnodagen, vilket väl var okej – men nuförtiden vimlade det av dagar som skulle firas; Kanelbullens, Förortens, Trampbilens och den här söndagen var det tydligen Tumvantens dag. Vad menades – skulle varenda människa gå omkring med hemstickade tumvantar, vifta med händerna och se glada ut? Till vilken nytta? Skulle det säljas bakelser i form av lovikkavantar och bytas stickbeskrivningar?

Han fick nästan lust att göra ett jobb om saken bara för att det var så dumt.

Resten av pressmeddelandena kom antingen från sådana som var missnöjda med kollektivtrafiken eller från obskyra små aktionsgrupper som protesterade mot allt möjligt: en farlig skolväg i Gimo, en nedläggningshotad dagisavdelning i Vaxholm eller att det var lång telefonkö till försäkringskassan i Salem.

Johan skakade på huvudet medan han slängde det ena pressmeddelandet efter det andra i papperskorgen.

Dagens fotograf kom och slog sig ner med en kopp kaffe

och de satt och klagade ikapp en stund över att det inte fanns något vettigt att göra. Då och då kände han redaktörens uppfordrande blickar, men Johan valde att ignorera henne. Bara en liten stund till.

Han försökte ringa Emma flera gånger, men det tutade upptaget. Hade hon tid att snacka så länge i telefonen när hon hade hand om Elin, tänkte han irriterat. Samtidigt kände han det välbekanta stinget av saknad. Hans dotter var åtta månader gammal och han träffade henne fortfarande bara sporadiskt.

Han lade på luren och kastade en blick bort mot desken där redaktörstjejen satt och ringde runt till alla små polisstationer i bevakningsområdet för att höra om något hänt som de kunde göra en nyhet på.

Det dåliga samvetet slog till och han insåg att han borde skärpa sig. Det var knappast hennes fel att han var seg och trött. Eller att söndagar var hopplösa nyhetsdagar.

Kanske kunde han med hjälp av sina goda kontakter inom polisen vaska fram ett frö som med lite god vilja kunde vridas till en nyhet. Åtminstone en söndag.

Han skulle just lyfta telefonluren på sitt överbelamrade skrivbord när mobilen ringde.

Genast kände han igen Pia Liljas ivriga röst i andra änden. Hon var den fotograf han oftast arbetade med när han var över på Gotland numera.

– Har du hört? flämtade hon ivrigt.

– Nej, vadå?

– De har hittat en död man hängande i en port i ringmuren nu på morgonen.

– Driver du med mig?

– Nej, för sjutton, det är sant.

– Är det självmord?

– Ingen aning, men det lär jag få reda på. Jag kan inte

prata längre, måste hålla koll på vad som händer här. Det är nåt på gång nu.

– Okej. Ring så fort du vet mer.

– Visst. Ciao.

Johan slog numret till kriminalkommissarie Anders Knutas, som lät andfådd.

– Tjena, Johan Berg här.

– Det var länge sen. Har du börjat jobba igen?

– Hallå, hur ofta tittar du på Regionalnytt? Jag har varit igång i flera veckor.

– Skönt att höra, att du är på benen, menar jag. Inte att du jobbar.

Johan flinade.

Han hade varit sjukskriven i flera månader sedan han knivskurits i samband med förra sommarens mördarjakt, som han blivit inblandad i. Det hade varit riktigt allvarligt. Knutas hade hälsat på honom på sjukhuset flera gånger, men nu var det länge sedan de pratades vid.

– Vad är det som har hänt?

– Vi har hittat en död man som hängde i Dalmansporten i morse.

– Är det mord?

– Vet ej. Det får rättsläkarens undersökning visa.

– Så det finns inget som tyder på mord?

– Det har jag inte sagt.

– Nej, men kom igen, Knutas. Du vet min situation, jag sitter ju i Stockholm. Jag måste veta om det är värt att åka över eller inte. Vad lutar det åt? Mord eller självmord?

– Tyvärr, jag kan inte svara på det än.

Knutas lät något mjukare på rösten.

– Vet ni vem den döde är?

Kort tvekan.

– Ja, men han är inte formellt identifierad. Vi kan, som

du säkert förstår, inte gå ut med namnet ännu. De anhöriga är inte underrättade.

Knutas flåsade i luren. Johan hörde hur han rörde sig framåt medan han pratade.

– Hur gammal är han?

– Han är medelålders, så mycket kan jag säga. Du, jag måste sluta nu. Vi skickar ut ett pressmeddelande senare. Det är många nyfikna journalister här.

– När vet du mer?

– Jag skulle tro att vi har ett preliminärt svar tidigast vid lunch.

– Då återkommer jag.

– Gör det.

Johan gjorde en grimas när han lade på luren. Det var oerhört frustrerande att inte kunna avgöra om det var värt att åka och att dessutom bli påmind om hur mycket på efterkälken han skulle komma i rapporteringen om det visade sig vara mord. Det var uppenbart att hans gotländska kolleger skulle få ett stort försprång.

I flera år hade han kämpat för att en permanent reportertjänst skulle inrättas på Gotland men hittills hade han inte kommit någon vart. Han tyckte att det var otroligt att cheferna aldrig kunde fatta att ett fast reportageteam behövdes. Ön var relativt stor. Antalet bofasta uppgick till nästan sextiotusen. Samtidigt utvecklades ön, högskolan blomstrade, liksom konst- och kulturlivet. Gotland var inte bara en plats som levde upp på sommaren då den invaderades av hundratusentals turister.

Några minuter senare dök TT-telegrammet upp på skärmen.

TT (Stockholm)

*En man påträffades död strax före klockan sju på sön-
dagsmorgonen på Gotland. Mannen hittades upphängd i
Dalmansporten i Visby ringmur.*
  *Identiteten är ännu inte fastställd. Polisen utesluter inte
brott.*

För säkerhets skull bokade Johan en plats på nästa plan till
Visby. Här gällde det att snabba på. Om han fick bekräf-
tat att det var mord måste han åka på studs. Tröttheten
var som bortblåst, adrenalinet gick igång när något stort
inträffade. Visade det sig vara mord så skulle det bli en
stor nyhet i alla Sveriges Televisions nyhetsprogram, det
var han övertygad om. Ett lik upphängt i idylliska Visbys
historiska ringmur. Fy fan.

Han kunde inte låta bli att tänka på att om det förhöll
sig på det viset skulle han få åka till Gotland och därmed
återse Emma och Elin tidigare än beräknat. Den absurda
situationen uppstod att han innerst inne hoppades att
mannen i porten hade mördats.

Det dröjde inte länge förrän riksets redaktör kom in-
hastande på redaktionen och undrade vad Regionalnytt
gjorde på detta.

Johan hann inte svara förrän telefonen ringde igen.

Det var Pia Lilja.

– Jag är nästan säker på att det är mord, Johan. Lika
bra att du åker.

– Varför tror du det?

– Men herregud, jag har sett hur det ser ut! Han häng-
er i en snara i ett galler som sitter ovanför porten – och
Dalmansporten är hur hög som helst. Själva öppningen
är nog minst fem meter. Det måste vara omöjligt att ta

sig upp dit själv. Dessutom har polisen spärrat av ett stort område. Varför skulle de göra det om det inte ligger ett brott bakom?

– Okej, sa han upphetsat. Vad har du fått för material? Har du intervjuat nån?

– Nej, polisen säger inte ett knäpp. Inte till nån om det är en tröst. Däremot har jag fått bra bilder. Jag lyckades komma runt muren på andra sidan innan de hann spärra av, så jag fick in skitbra vinklar på själva kroppen innan de plockade ner den. Snacka om en makaber syn. Jag tror vi är ensamma om det.

– Ja, det verkar ju inte vara nåt snack om saken. Vi ses.

Minuterna kröp fram. Det var ovanligt att färjan var försenad men naturligtvis inträffade det just den här morgonen. Han började skruva på sig i vilstolen i den tysta salongen på fördäck. Båten hade sparsamt med passagerare. Längre fram satt ett äldre par som redan plockat fram medhavd matsäck, termos och smörgåsar som de åt medan de löste korsord. En man i hans egen ålder halvsov under sin jacka i stolsraden bakom.

När färjan till sist lade ut undslapp han sig en suck av lättnad.

Ett tag hade han varit övertygad om att polisen plötsligt skulle rusa in i båtens salong och gripa honom. Långsamt tillät han sig att koppla av. Om tre timmar och en kvart var de på fastlandet. Han längtade dit.

I matsalen åt han kycklingpasta och sallad och drack mjölk. Efteråt kände han sig ännu bättre till mods. Operationen hade lyckats. Förvånat konstaterade han att det inte ens hade varit svårt, inte känslomässigt. Som en soldat i fält hade han koncentrerat genomfört det han skulle och hållit sig strikt till planen. Han hade varit fokuserad på uppgiften. Efteråt infann sig ett lugn och en tillfredsställelse han inte upplevt på länge.

När enbart öppet hav fanns framför honom reste han

sig ur stolen, tog med sig de båda plastkassarna och gick trappan upp till övre däck. Ingen annan passagerare var ute i kylan och det gällde att handla snabbt innan någon dök upp. Han kontrollerade noga att ingen fanns i närheten. Så lyfte han upp de båda plastkassarna och hivade dem överbord.

När de försvann i de skummande vågorna långt där nere lättade det sista av trycket i bröstkorgen.

Resultatet av kriminaltekniker Erik Sohlmans första undersökning av kroppen var otvetydigt. Allt pekade på att Egon Wallin hade mördats. Knutas samlade omedelbart sina närmaste medarbetare till ett lunchmöte. Spaningsledningen bestod av fyra personer förutom Knutas själv; polisens presstalesman och biträdande kriminalchef Lars Norrby, kriminalinspektör Karin Jacobsson och Thomas Wittberg som innehade samma titel. Bara Sohlman fattades då han fortfarande var ute på brottsplatsen för att ta emot rättsläkaren. Förutom spaningsledningen deltog den garvade åklagaren Birger Smittenberg som avbrutit sin söndagsledighet för att kunna vara med från start.

Knutas månade om att de skulle komma igång på alla fronter så fort som möjligt – de första tjugofyra timmarna efter ett mord var ofta avgörande.

Någon hade varit förutseende nog att beställa köttbullssmörgåsar och kaffe. När alla kring bordet försett sig inledde Knutas mötet.

– Vi har alltså dessvärre att göra med ett mord. Offret är konsthandlaren Egon Wallin. Han hittades av en kvinna på väg till jobbet kvart i sju i morse. Som säkert alla har hört vid det här laget hängde han helt öppet i Dalmansporten. Skadorna på halsen visar att Egon Wallin blev mördad. Erik är på väg hit och kan berätta mer. Rättsläkaren har just kommit från Stockholm och är ute på platsen.

– Det är ju inte klokt, ett upphissat lik nu igen som i somras, utbrast Thomas Wittberg. Vad är det som händer egentligen?

– Ja, det är märkligt, höll Knutas med. Men Egon Wallin verkar åtminstone inte ha blivit utsatt för ett rituellt mord. Vittnet som fann kroppen håller på att förhöras, fortsatte han. Hon togs först till lasarettet där hon undersöktes och fick något lugnande. Hon blev tydligen ordentligt chockad.

Knutas reste sig och pekade med en penna på en karta på väggen längst fram i rummet. Den visade murens östra sida: Dalmansporten och grönområdet Östergravar.

– Vi har spärrat av hela Östergravar längs Kung Magnus väg från Österport till Norderport. Den avspärrningen kommer vi att hålla på obestämd tid, tills alla spår är säkrade. På insidan av muren har vi stängt av en bit av Norra Murgatan och Uddens gränd, närmast porten, men den lär vi bli tvungna att släppa på ganska snabbt. Inte för att det handlar om mycket trafik där uppe på Klinten, men ändå. Det är alltså det område som teknikerna koncentrerar sig på i första hand. Rimligtvis borde gärningsmannen ha kommit från det hållet.

– Varför då? undrade Karin Jacobsson.

– Därför att enligt Sohlman så mördades han troligen inte vid Dalmansporten, utan kroppen fraktades dit från en annan plats.

– Hur kan han veta det så snabbt?

Wittberg spärrade upp sina stora blå.

– Fråga inte mig. Han sa bara att mord- och fyndplats troligen inte är desamma. Han får förklara när han kommer. Och om gärningsmannen – eller gärningsmännen –

tog livet av Wallin nån annanstans borde de rimligtvis haft
bil. Att bära omkring på ett lik gör man väl inte obehind-
rat. Jag tror knappast att de har kört över Östergravar.

– Finns några vittnen? undrade Birger Smittenberg. Är
det ingen i husen däromkring som har sett eller hört nåt?
Porten ligger ju mitt i en gata bland bostadshus.

– Dörrknackning pågår och vi kan bara hoppas på att
den ska ge nåt. Just vid Dalmansporten är det faktiskt bara
ett enda hus som har fönster som vetter åt porten till. Stäl-
let är väl valt för att vara mitt i stan – om man vill vara
ostörd. Utförs en sån här sak nattetid så kan man nog, med
lite tur, klara sig undan osedd.

– Men ändå, invände Wittberg, det verkar otroligt risk-
fyllt. Jag menar, det krävs ju en del tid för att släpa ut krop-
pen ur en bil och hänga upp den på det där sättet.

– Och muskelstyrka, insköt Norrby. Att hissa upp nån
så högt fixar inte vem som helst. Om de inte var flera,
förstås.

– Vem eller vilka de än är, så har de troligen varit vid
porten flera gånger tidigare. Jag menar, för att rekogno-
scera och förbereda. Vi måste höra med folk om de har
sett nån där dagarna före dådet.

Knutas nös ljudligt och medan han snöt sig passade
åklagaren på att ställa en fråga.

– Finns några konkreta spår än så länge?

Som på beställning öppnades dörren och Erik Sohlman
klev in. Han hälsade kort på alla. Hungrigt sträckte han
sig efter en macka och hällde upp en kopp kaffe. Knutas
beslutade sig för att låta honom äta innan han ansatte
honom med frågor.

– Vad vet vi då om offret? Knutas såg ner i sina papper.
Jo, han heter alltså Egon Wallin och är född 1951, i Visby.
Han har bott här i hela sitt liv. Gift med Monika Wallin

och har två vuxna, utflugna barn. Han bor i ett av radhusen nere på Snäckgärdsvägen. Hustrun är informerad om dödsfallet och befinner sig på lasarettet. Henne får vi höra senare. Även de två barnen har kontaktats, båda är bosatta på fastlandet. Egon Wallin var ju en välkänd person här i stan. Konsthandeln har han och frun drivit i tjugofem år. Han tog över den efter sin far och den har varit i familjens ägo så länge jag kan minnas. Wallin förekommer inte i brottsregistret. Jag har träffat honom en del genom åren, fast jag kan inte påstå att vi kände varandra. Himla trevlig karl och han verkade väldigt omtyckt. Är det nån annan här som umgicks närmare med honom?

Alla skakade på huvudet.

Erik Sohlman hade vid det här laget hunnit trycka i sig två mackor, så Knutas antog att han var talbar.

– Erik, vad har du att rapportera?

Sohlman reste sig och gick fram till datorn mitt i rummet. Han tecknade åt Smittenberg som satt närmast dörren att släcka lyset.

– Det var alltså den här synen som mötte Siv Eriksson i morse när hon var på väg till jobbet. Hon kom gående på gångvägen från Kung Magnus väg när hon upptäckte kroppen som hängde fullt synlig i portöppningen. Egon Wallin var helt påklädd, men han hade varken plånbok eller mobiltelefon på sig. Kläderna skickar vi under dagen till Statens kriminaltekniska laboratorium för analys. En scarf hittades alldeles under kroppen, vi vet inte om den tillhörde offret, men den skickas naturligtvis också iväg till SKL.

Sohlman klickade fram bilder på kroppen från olika vinklar.

– Jag har bara undersökt honom preliminärt men jag är för en gångs skull nästan säker på att det rör sig om mord. Orsaken är utseendet på skadorna på halsen. När vi tog ner kroppen så kunde jag ta en närmare titt och det såg ut som att det troligen inte var själva hängningen som dödade honom.

Han gjorde en konstpaus och tog en klunk av kaffet. Alla runt bordet lyssnade koncentrerat.

Sohlman pekade med en penna på bilden.

– Wallin har tydliga skador som inte har att göra med snaran han hade om halsen. De båda millimetertunna parallella fåror som ni ser här löper längs hela halsen strax ovanför struphuvudet och vidare bak i nacken. Märkena visar att han strypts bakifrån med en tunn, vass tråd, typ pianotråd eller liknande. Antingen var gärningsmannen osäker på om hans offer verkligen dog av det första försöket eller så gjorde Egon Wallin motstånd och gärningsmannen måste då ta ett nytt tag – därav de två parallella spåren. I fårorna framträder röda bristningar som tyder på att det var pianotråden som orsakade hans död. Dessutom ser ni den här tjockare fåran som troligen har tillkommit av repet Wallin hängdes i. Den saknar blödningar och missfärgningar. Titta här, fåran är gulbrunt intorkad och lite pergamentartad. Det tyder på att han var död redan när han hängdes upp i repet. Annars skulle de skadorna sett helt annorlunda ut.

Flera bilder visade offrets ansikte. Knutas ryggade instinktivt tillbaka. Det var alltid värre med brottsoffer som han var bekant med och tyckte om. Att helt koppla bort sina känslor skulle han aldrig kunna förmå sig till.

Det tycktes däremot Sohlman klara galant. Där stod han i sin sedvanliga bruna manchesterkavaj och sitt röda, ostyriga hår medan han med lugn, behaglig röst berättade initierat om det horribla dåd som just inträffat. Då och då tog han en slurk kaffe som om det var semesterbilder han visade. Knutas skulle aldrig förstå hur Sohlman fungerade.

Han kastade en snabb blick på Karin. Hon var kritvit i ansiktet. Knutas fylldes av sympati, han visste hur hon kämpade med sig själv. Bilderna av offret var närgångna. Egon Wallins ansikte var rödaktigt och ögonen öppna. I pannan syntes ett sår och en bula och han hade en skråma på kinden. Knutas undrade om han fått skadorna medan han kämpade för sitt liv. Som om Erik Sohlman kunde läsa hans tankar fortsatte han:

– De här skadorna i ansiktet stökar till det hela. Jag fattar inte var de kommer ifrån. Visserligen kan man väl inte utesluta att de uppkommit i samband med hängningen, men det verkar konstigt. Och såren på halsen tyder på att han blivit överfallen bakifrån. Men att tolka blessyrerna i ansiktet överlämnar jag med varm hand till rättsläkaren. Nåt ska väl han också göra.

Sohlman flinade.

– Hur länge har han varit död? frågade Karin som återfått sin normala ansiktsfärg.

– Vanskligt att säga. Av kroppstemperaturen att döma skulle jag tippa på minst sex timmar. Men det är som sagt en gissning, ni får vänta på det preliminära obduktionsresultatet från rättsläkaren.

– Hur är det annars med spår? frågade Knutas.

– I porten har vi knappt hittat nåt av intresse: några cigarettfimpar och tuggummin, men de kan ju lika gärna ha legat där sen tidigare. Det finns färska bilspår intill porten och även skoavtryck. Åt Östergravarhållet kryllar det förstås av skospår och annat. Vi har letat med hundar där också, men det har inte gett nåt intressant än så länge.

– Kan det handla om nåt så simpelt som ett rån? Wittberg tittade frågande på sina kolleger.

– Även om det slog slint i rånarens skalle så att han mördade sitt offer – varför skulle han göra sig besvär med att hänga upp honom i porten dessutom? sa Karin med tvivel i rösten. Det verkar rätt otroligt.

Sohlman harklade sig.

– Om det inte är nåt annat vill jag gärna tillbaka nu.

Han knäppte av datorn och tände ljuset innan han lämnade rummet.

Knutas såg uppmärksamt på den återstående församlingen.

– Motivfrågan får vi lämna därhän så länge. Det är alldeles för tidigt att spekulera om det nu. Vad vi måste sätta igång med direkt är förstås att kartlägga Egon Wallins liv, hans konstaffärer, anställda, grannar, vänner, släktingar, hans förflutna – allt. Det får Karin och Thomas ansvara för. Lars, du tar hand om pressen – journalisterna kommer att vara på oss som hökar. Att offret dessutom hängde på det här viset gör inte saken bättre. Ni vet hur mycket murvlarna älskar sensationer – de kommer att frossa i det.

– Borde vi inte hålla en presskonferens redan i dag? föreslog Lars Norrby. Annars får vi bara sitta i telefon. Alla vill ju ändå veta samma saker.

– Det känns lite tidigt, invände Knutas. Räcker det inte med ett pressmeddelande än så länge?

Knutas avskydde presskonferenser och försökte undvika dem i möjligaste mån. Samtidigt förstod han presstalesmannens ståndpunkt.

– Nja, det lutar väl åt att det här blir stort. Jag menar, är det inte lika bra att vi river av alla samtidigt?

– Okej, vi går ut med ett pressmeddelande direkt efter mötet där vi bekräftar att det är mord och så utlyser vi en presskonferens till i eftermiddag – blir det bra?

Norrby nickade.

– Och så sätter vi in all kraft på att ta reda på så mycket som möjligt om Wallin och vad han gjorde dagarna före mordet. Vilka människor träffade han? Vad gjorde han under morddagen? Vem såg honom senast i livet? Det här mordet kan inte ha skett av en slump.

På planet fick Johan tid att tänka på Emma. Allt hade gått så fort att han inte hunnit försöka ringa henne igen. Nu skulle de kunna träffas tidigare än planerat. Bilden av hennes ansikte sist de sågs kom för honom, de mörka ögonen, den bleka hyn och hennes känsliga mun. Hon hade sett på honom på ett nytt sätt när de skildes åt, tyckte han. Som om han betydde mer för henne nu än tidigare. I tre år hade de trasslat fram och tillbaka med sin relation och ändå var tiden sedan Emma kom in i hans liv den bästa.

Han lutade sig mot väggen och såg ut genom fönstret. De ulliga molnen påminde honom om den dimmiga strand som Helena Hillerström förlorat sig i när hon mötte sin mördare tre år tidigare. Hon hade varit Emmas bästa väninna och det var i samband med mordet på Helena de hade träffats. Johan intervjuade Emma och de hade inlett en relation. Hon var gift på den tiden och dessutom tvåbarnsmamma. Vad länge sedan det kändes, tänkte han. Nu var Emma skild från Olle sedan ett år tillbaka och hade fått ännu ett barn – den här gången tillsammans med Johan. Elin var åtta månader och ett underverk. Men det hade inte varit lätt att odla den nya relationen. Det fanns så många faktorer som ställde till det, så många människor inblandade.

När det gällde jobbet var Johan stationerad i Stockholm, det kunde han inte göra så mycket åt. Emma hade sina tidigare barn, Sara och Filip, att ta hänsyn till. Hennes före detta man hade återigen blivit besvärlig och satte sig ständigt på tvären i allt som rörde samarbete om barnen.

Att de kämpat i motvind var väl ett understatement. Vid flera tillfällen hade han trott att förhållandet var på väg att ta slut, men varje gång hade de hittat tillbaka till varandra. Nu kändes kärleken starkare än någonsin. Johan hade accepterat att Emma måste få tid med sina egna barn, att hon inte var beredd att flytta ihop med honom ännu, trots att de hade Elin.

De försökte ses så ofta som möjligt. Johan kom till Gotland minst en gång i veckan i jobbet, men det var alltför sällan i hans tycke. Han skulle vara pappaledig efter sommaren och då bosätta sig hos Emma i villan i Roma. Det skulle bli deras eldprov. Fungerade det bra skulle de gifta sig året därpå och flytta ihop på riktigt. Det var i alla fall Johans förhoppning. Ett barn till stod också på önskelistan, men där måste han gå försiktigt fram. Emma hade slagit kraftigt bakut de gånger han dristat sig till att föra saken på tal.

Knappt hade han hunnit dricka ur kaffet förrän kaptenen meddelade att inflygningen mot Visby flygplats hade börjat. Johan förvånades varje gång över hur snabbt och smidigt det gick att flyga till ön. När han var hemma i Stockholm och längtade efter Emma och Elin kändes Gotland plågsamt avlägset. Nu var han nästan där.

Pia stod och väntade med TV-bilen när han kom. Hennes svarta hår stod som vanligt åt alla håll och ögonen var lika hårt sminkade som alltid. I näsan glänste en lila pärla. Hon log och kramade om honom.

– Kul att ses igen, hörru. Nu händer det grejer.

De bruna ögonen lyste.

– Polisen kom med ett nytt pressmeddelande för en stund sen. De misstänker brott.

Med en triumferande min lämnade hon över papperet.

Det här var det bästa Pia Lilja visste. Action. Drama. Snabba puckar.

Johan läste det kortfattade meddelandet. En presskonferens var utlyst till klockan fyra. Han rafsade fram ett anteckningsblock och en penna och bad Pia skruva upp radion så att de skulle kunna följa lokalradions sändningar.

– Har de sagt nåt om hur han mördades?

– Gud, nej.

Pia himlade med ögonen och styrde bilen in genom Norderport där hon gjorde en tvär sväng uppför den branta Rackarbacken.

– Däremot vet jag vem offret är, sa hon belåtet.

– Jaså, vem då?

– Egon Wallin heter han, och han är en kändis här i stan. Han driver, eller drev, rättade hon sig snabbt, det största galleriet i Visby – du vet, det som ligger precis vid Stora Torget.

– Hur gammal var han?

– I femtioårsåldern skulle jag tro, gift tvåbarnspappa. Gotlänning, från Sundre från början och gift med en gotländska. Verkade hur trygg och hederlig som helst. Så det är knappast en uppgörelse i kriminella kretsar det här handlar om.

– Kan han ha blivit rånad?

– Kanske det, men om mördaren bara ville åt hans pengar – varför skulle han då döda honom och sen göra sig besväret med att hänga upp kroppen i porten? Verkar inte det lite väl raffinerat?

Med en knyck stannade hon bilen på parkeringen ovanför domkyrkan. Säkert den parkeringsplats i Sverige med vackrast utsikt, tänkte Johan och tittade ner över staden som bredde ut sig med den mäktiga domkyrkan, gyttret av hus och medeltida ruiner. Som en kuliss i bakgrunden syntes havet, för dagen kunde det bara skönjas i ett grått dis.

De skyndade bort till Dalmansporten.

Det rådde full aktivitet på gatan. Utposterade poliser kontrollerade att ingen tog sig innanför avspärrningarna, den lilla parkeringsplatsen intill porten upptogs av polisbilar och hundpatruller rörde sig runt i området. Johan trängde sig fram så nära han förmådde. Borta vid porten såg han Knutas tala med en äldre man som han kände igen som rättsläkare.

Han lyckades få ögonkontakt med Knutas som gjorde ett tecken åt rättsläkaren att vänta. Johan låg bra till efter förra sommarens seriemord som han faktiskt hjälpt polisen att lösa.

Knutas tryckte Johans hand extra hårt och länge när de hälsade. De hade inte setts sedan Johan började jobba igen.

– Hur mår du?

– Jo tack, det är bra nu. Jag har fått ett ballt ärr tvärs över magen som förhoppningsvis gör mig intressant på badstranden i sommar. Vad säger du om det här, då?

Johan nickade bort mot porten.

– Kan inte säga så mycket förutom att vi är ganska säkra på att det rör sig om mord.

– Hur har han mördats?

– Du vet att jag inte kan gå in på det redan nu.

– Hur kan ni vara säkra på att han inte har tagit livet av sig? fiskade Johan vidare, i hopp om att få kommissarien att säga något oöverlagt.

Det hade han inget för, Knutas gav honom bara en menande blick.

– Okej, okej, sa Johan avvärjande. Kan du bekräfta att det är konsthandlaren Egon Wallin som är offret?

Knutas suckade uppgivet.

– Officiellt nej. Alla anhöriga är inte underrättade.

– Inofficiellt då?

– Jo, det stämmer att det är Egon Wallin. Men det har du inte fått veta av mig.

– Kan du ställa upp på en kort intervju här och nu? En officiell, alltså?

Johan smålog.

– Det får gå snabbt.

Knutas sa inte så mycket mer än det Johan redan visste. Ändå fanns ett stort värde i att få den ansvarige polisen intervjuad på brottsplatsen. Dessutom pågick arbetet för fullt i bakgrunden. Det var det som var TV:s styrka, att ta med tittaren ut i verkligheten.

De intervjuade en del människor som rörde sig i närheten och när de var färdiga tittade Johan på klockan.

– Vi hinner svänga förbi konsthandeln också. Det är väl stängt eftersom det är söndag, men vi kan ändå få en exteriörbild. Jag kanske kan göra en ståuppa.

– Visst, självklart.

Pia fällde ihop stativet.

När de parkerade TV-bilen på Stora Torget såg de blommor och tända marschaller på trottoaren utanför galleriet.

En skylt med texten "Stängt" satt på dörren. Det var nersläckt och mörkt och Johan kunde bara skönja lite av de stora målningarna på väggarna. Så ryckte han till. I ögonvrån såg han ryggen på någon som gick uppför trappan inne i galleriet. Han försökte kika in genom fönstret för att se bättre. Han knackade även på dörren flera gånger.

Trots att han stod kvar länge kom ingen och öppnade.

Under hela söndagen for Knutas som en skottspole mellan polishuset och Dalmansporten. Långt in på eftermiddagen kom han på sig själv med att han glömt ringa hem.

I samma ögonblick som han hörde Lines röst slog det honom att de planerat att äta söndagsmiddag hos hans föräldrar på deras gård uppe i Kappelshamn på norra Gotland. Jäklar. Han visste hur noga de var med att allt skulle bli som planerat. Hörde redan i huvudet sin pappas besvikna röst när Line berättade att sonen inte skulle komma med. Innerst inne hade de nog inte accepterat att han blev polis. Inte helt och fullt. Fortfarande kände Knutas av det, trots att han var femtiotvå år gammal. Inför sina föräldrar blev han aldrig riktigt vuxen.

Line däremot tog för det mesta ändrade planer med ro, antingen det handlade om en inställd fjällsemester eller ett föräldramöte han missade. Det ordnar sig, sa hon bara och det gjorde det alltid. Sällan behövde han känna dåligt samvete för sitt jobb, vilket underlättade livet oerhört. Hans danska hustru hade en lättsamhet över sitt väsen som ofta fått honom att tänka på vilken obeskrivlig tur han haft. Helt slumpmässigt hade de träffats när han besökte en restaurang i Köpenhamn under en poliskonferens. Då ar-

63

betade hon extra som servitris medan hon studerade. Nu var hon barnmorska på Visby lasarett.

Presskonferensen blev fullsatt. Det faktum att offret var så välkänt på Gotland var en anledning till att nyheten blev särskilt stor för den lokala pressen. Att han hittades upphängd i en port i Visby ringmur räckte för att resten av medierna i landet skulle tända till. Och så var det dessutom söndag.

När Knutas och Norrby kom in i lokalen där presskonferensen skulle hållas var den nerviga förväntan i rummet påtaglig. Reportrarna satt på plats i stolsraderna med blocken brännande i knäna, fotograferna ställde in sina kameror och mikrofoner monterades upp på podiet längst fram. Knutas drog den viktigaste informationen och avslöjade också offrets identitet. Det fanns ingen anledning att hålla inne med det. Alla anhöriga var nu underrättade, ryktet hade spridit sig i Visby och högen av blommor växte utanför galleriet på Stora Torget.

– Misstänker ni rån?

Frågan kom från lokalradions utsända.

– Vi kan inte utesluta nånting för tillfället, sa Knutas.

– Hade offret värdesaker på sig, som plånbok till exempel?

Knutas ryckte till. Johan Berg förstås. Han och Norrby växlade ett ögonkast.

– Den typen av detaljer tillhör förundersökningen och det kan jag alltså inte gå in på.

– Hur kan ni vara så säkra på att det är mord?

– En preliminär undersökning har gjorts av offret och han har såna skador att han inte kan ha åsamkat dem själv.

– Kan du beskriva skadorna?

– Nej.

– Har nåt vapen använts?

– Det svarar jag inte heller på.

– Hur kan han ha hissats upp så högt i porten? frågade samma näbbiga reporter från lokaltidningen som han träffat på brottsplatsen. Ni fick ju själva ta hjälp av brandstegar för att få ner kroppen.

– Vi utgår ifrån att vi antingen har med flera gärningsmän att göra eller en ovanligt fysiskt stark man.

– Letar ni efter en kroppsbyggartyp?

– Inte nödvändigtvis. De där kan se bra mycket starkare ut än vad de i själva verket är.

Någon skrattade till.

– Har ni några teorier om huruvida gärningsmannen är från Gotland eller fastlandet?

– Det håller vi öppet.

– Om det inte är ett rånmord – vad kan det då handla om?

– Det är det alldeles för tidigt att spekulera om. Vi arbetar på bred front och håller alla dörrar öppna. Ingenting kan uteslutas på ett så här tidigt stadium.

– Vad gör polisen just nu?

– Vi håller förhör, knackar dörr och bearbetar de tips som kommit in och vi vädjar till allmänheten att höra av sig om man tror att man sett eller hört nåt, antingen under mordkvällen eller dagarna före. Vi tror att gärningsmannen var vid Dalmansporten och rekognoscerade före mordet.

– Egon Wallins galleri hade ju en stor och uppmärksammad vernissage samma dag som han mördades, sa Johan. Vad kan det ha för betydelse?

– Det vet vi inte, men vi uppmanar alla som besökte vernissagen under lördagen att höra av sig till polisen.

Mycket mer blev inte sagt. Knutas och Norrby avslutade presskonferensen och reste sig för att lämna rummet.

Omedelbart började journalisterna rycka i Knutas för enskilda intervjuer. Han försökte hänvisa så många som möjligt till Norrby som gladeligen avverkade den ena journalisten efter den andra.

Alla frågade i stort sett samma sak och dessutom ställdes likadana frågor som under presskonferensen.

Efter en timme var det hela äntligen över och Knutas var utpumpad. Han ångrade att han erbjudit sig att delta. Särskilt på ett så här tidigt stadium i en mordutredning skulle han framför allt finnas tillgänglig för sina medarbetare och inte för journalisterna.

Lars Norrby kunde lika gärna ha tagit hand om presskonferensen ensam.

Det var ändå han som var presstalesman.

Knutas stängde in sig på rummet en stund efter press-konferensen. Tröttheten kom över honom när han omgavs av tystnad. Han plockade fram pipan och började stoppa den medan han funderade på hur han skulle få Norrby att ensam ta huvudansvaret för pressen och ägna sig mindre åt själva spaningsarbetet. Själv ansåg Knutas sig inte ha tid med medierna i samma utsträckning som tidigare. Det kändes onödigt att han som hade ansvaret för utredningen ödslade tid på att informera journalister, särskilt som de knappt hade något att säga.

För det mesta fungerade samarbetet med Norrby bra. Kollegan var i och för sig långsam och omständlig, men hans arbetsinsatser var det inget fel på.

Knutas och Norrby var jämnåriga och hade arbetat tillsammans i tjugo år. Från början var det inte självklart att det var Knutas som skulle bli chef för kriminalavdelningen och inte Norrby, men så hade det ändå blivit utan att Knutas egentligen visste varför.

Lars Norrby var en sympatisk person, frånskild med två tonårssöner som bodde hos honom. Det mest framträdande i hans utseende var hans längd, nästan två meter. Att han därtill var smal, på gränsen till mager, förstärkte intrycket.

Om Norrby känt sig åsidosatt för att Knutas var den som blev chef så hade han dolt det väl. Aldrig hade han visat en tillstymmelse till avundsjuka. Knutas respekterade honom för det.

Han stoppade den otända pipan i munnen och ringde Wittberg på mobilen, men det var upptaget.

En lista över besökarna på vernissagen höll på att sammanställas. De anställda som deltagit i middagen hade sökts upp och förhören var i gång.

Knutas hade bett Wittberg att omedelbart hämta in konstnären och hans manager. Enligt uppgifter från offrets hustru Monika Wallin som man hållit ett första förhör med på sjukhuset skulle de båda stanna på Gotland till tisdagen.

Knutas hoppades på att kunna bringa klarhet i ett och annat genom att prata med dem. Att Egon Wallin mördades just samma dag som han höll årets första vernissage som dessutom väckte mycket uppmärksamhet kanske inte var en tillfällighet.

Han hade frågat Karin om hon kunde hjälpa till med förhöret eftersom hans engelska var alltför bristfällig.

Telefonen ringde, det var Wittberg. Han lät andfådd.

– Tjena, jag är på Wisby hotell.

– Jaha?

– Mattis Kalvalis är inte kvar. Inte managern heller. Receptionisten beställde en taxi till flygplatsen åt dem i morse.

– Va? Har de stuckit?

Knutas tappade hakan.

– Tydligen. Jag ringde just Gotlandsflyg för att höra om de verkligen åkte med till Stockholm. Och det gjorde de. Planet gick redan nio i morse.

Emma hade just kommit innanför dörren när telefonen ringde. Hon satte ner Elin på golvet – i den tunga bävernylonoverallen satt hon stadigt som en liten Michelingubbe.

– Emma Winarve.

– Hej, det är jag, Johan.

Varför brände det alltid till i magen när hon inte hört hans röst på ett tag?

– Hej!

Elin började gråta. Emma fixerade sin dotter med blicken medan hon pratade.

– Jag är i Visby. Försökte ringa förut, men det var ingen som svarade.

– Nej, jag har varit ute på en långpromenad. Men du, kan jag ringa dig om tio minuter? Jag har just klivit innanför dörren med Elin.

– Javisst. Gör det.

Snabbt klädde hon av Elin, vände bort huvudet när hon kände hur blöjan luktade och gick in i badrummet för att byta. Tänkte på Johan medan hon pysslade. Hon hade längtat efter honom mer än vanligt på sistone. Inte så mycket på grund av det praktiska. Hon klarade sig bra och Elin var en lättskött baby. Sara och Filip hade också kommit in i de nya rutinerna och börjat vänja sig vid hur livet efter skilsmässan tedde sig. Sara gick i tredje klass och Filip i tvåan – bara ett år skilde dem åt och ibland kunde hon tycka att de nästan var som tvillingar. De lekte mycket bra tillsammans nuförtiden, till och med bättre än före skilsmässan. Hennes och Olles separation hade inneburit att barnen tydde sig mer till varandra. Samtidigt var det också sorgligt, som om deras förtroende och tillit för föräldrarna minskat. Redan nu tvingades de inse att ingenting varade för evigt, att man inte kunde ta något för givet.

För barnens skull var Emma försiktig med sin nya relation. Visst var det den som hade spräckt äktenskapet, men hon var inte beredd att kasta sig in i en ny familjekonstellation på en gång. Medvetet hade hon hållit Johan på avstånd, även om hon var så kär som hon aldrig varit förr.

Livet hade varit fullständigt upp och nervänt sedan de träffades och ibland undrade hon om det var värt det. Ändå visste hon innerst inne att det inte fanns någon tvekan. Därför valde hon också att föda deras gemensamma barn som var oplanerat och som kom till världen under en period då förhållandet stod på väldigt vacklande ben.

Att Johan hållit på att mista livet när Elin bara var någon månad gammal hade skakat om Emma mer än hon först trott. Sedan dess hade hon inte tvekat om att hon ville leva med honom, det gällde bara att göra allt i rätt tid och ordning, för barnens skull.

Hon lyfte upp Elin och pussade henne i den lena nacken. Middagen fick vänta en stund. Hon satte sig i soffan och slog numret till Johans mobil. Han svarade direkt.

– Hej älskling, hur är det?

– Jo, bra. Hur kommer det sig att du är här? Har det hänt nåt?

– En man har hittats död i Dalmansporten. Han är mördad.

– Åh fy sjutton. När hände det?

– I morse. Har du inte hört det på radion? De har pratat om det hela dagen.

– Nej, det har jag missat. Vad läskigt det låter. Vet du vem det är?

– Ja, det är han som har konsthandeln på Stora Torget.

– Va? Egon Wallin? Är det sant?

– Känner du honom?

– Nej, men alla vet väl vem han är. Har han blivit rånad, eller?

– Det tror jag inte. Det är ju rätt avancerat att hänga upp en människa på det här sättet, så jag misstänker att det handlar om nåt annat.

– Var han upphängd i porten? Gud vad makabert. Det låter som de där läskiga morden i somras. Kan det vara nån som har inspirerats av dem?

– En copycat, menar du? Det får vi verkligen hoppas att det inte är. Fast jag vet inte hur han har mördats, bara att han hängde mitt i öppningen. Polisen säger inte så mycket än. Jag och Pia har i alla fall häcken full. Vi gör inslag till både Regionalnytt, Rapport och Aktuellt.

– Då är du upptagen i kväll alltså?

Johans röst mjuknade.

– Jag tänkte höra om jag kan komma över sen. När jag är klar.

– Jo, gärna. Det går jättebra.

– Det kanske inte blir förrän vid niotiden eller ännu senare om det händer nåt med mordet.

– Jag vet. Det gör inget. Du får komma när du vill.

Upprörda röster trängde ut från konferensrummet när Knutas var på väg in till spaningsledningens möte på söndagskvällen. Alla var redan samlade och stod lutade över en av datorerna vid bordet.

– De där förbannade journalistkräken, morrade Wittberg. Vad tänker de med?

Han knackade med fingrarna mot tinningen.

– Vad är det fråga om?

Knutas trängde sig in bland kollegerna för att se vad som stod på.

Förstasidan på kvällstidningarnas nätupplaga pryddes av Egon Wallin hängande i Dalmansporten. Rubriken var enkel och kort. "Mördad" stod det med tjocka svarta bokstäver.

Den enda förmildrande omständigheten var att ansiktet delvis skymdes av en polisman så det var omöjligt att känna igen offret.

Knutas skakade på huvudet. Wittberg fortsatte.

– Har de ingen som helst tanke på de anhöriga? Herregud, människan har ju för fan barn!

– Den där bilden kan väl inte hamna i papperstidningen? undrade Karin. Det är väl ändå att gå för långt?

– Man börjar undra om det är värt att ha presskonferenser överhuvudtaget, sa Wittberg. Det verkar bara trigga igång journalisterna.

– Vi kanske var för snabba, medgav Knutas.

Dumt nog hade han låtit sig övertalas av Norrbys argument att en presskonferens skulle lugna journalisterna och ge polisen bättre arbetsro. Resultatet tycktes ha blivit precis tvärtom.

Han kände irritationen stiga. I bakhuvudet molade en envis huvudvärk.

– Tiden går, vi måste börja prata väsentligheter, sa han och slog sig ner på sin vanliga plats vid kortsidan av bordet.

Alla satte sig och mötet kunde börja.

– Att det är mord kan vi nu vara helt säkra på. Jag har fått ett första utlåtande från rättsläkaren som håller med Sohlman om att skadorna talar sitt tydliga språk. Kroppen transporteras till fastlandet med båten i kväll och vidare till Rättsmedicinska. I morgon får vi förhoppningsvis ett preliminärt obduktionsprotokoll. Egon Wallin hade ju en del märkliga ansiktsskador också som man gärna vill ha en förklaring till. Av hänsyn till familjen så väntar vi med husrannsakan både av hemmet och galleriet. Jag fick ett intressant samtal från en av de anställda alldeles nyss, en Eva Blom. Hon berättade att en skulptur saknas i galleriet. Det är en liten skulptur i gotländsk kalksten. Den heter "Längtan" och är gjord av skulptrisen Anna Petrus. Tydligen är det en mindre modell av en skulptur som står utomhus i trädgården på Muramaris. Ni vet, det där konstnärshemmet som ligger strax före Krusmyntagården.

– När försvann den?

– I lördags. Enligt Eva Blom stod den på plats när vernissagen öppnade klockan ett. Hon minns det särskilt väl eftersom hon gick en runda då för att kolla att allt var i ordning.

– När stängde de galleriet?

– Det fanns besökare kvar ända till sju, åttatiden. Sedan gick Egon Wallin, hans hustru, konstnären och de anställda till Donners Brunn för att äta middag. De låste galleriet och larmade på som vanligt.

– Är hon säker på det?

– Hundraprocentigt.

– Det betyder att skulpturen försvann medan vernissagen pågick?

– Det verkar så.

– Är den värdefull?

– Nej, den är tydligen ganska liten och materialet är ju inte särskilt exklusivt. Konstnären är relativt okänd, så enligt Eva Blom kan det inte ha varit för att sälja den och tjäna pengar som den stals.

– Varför skulle nån då ta den?

Frågan blev hängande i luften.

Ögonen sved av trötthet och Knutas insåg att det snart var dags att bege sig hem. Han hade inte fått en minut över för sig själv på hela dagen och måste sitta en stund i ensamhet på sitt rum och samla tankarna. Sortera alla intryck och fakta.

Han sjönk ner på sin gamla, nötta ekstol med sits i mjukt skinn. Den hade han behållit efter en omfattande renovering av polishuset ett och ett halvt år tidigare då även möblemanget byttes ut. Stolen hade han haft under hela sin tid vid kriminalpolisen och den vägrade han skiljas ifrån. Så många fall som han löst i den stolen. Han kunde både snurra och gunga lite lagom på den, vilket underlättade för tankarna att sväva fritt.

Arbetet hade varit så intensivt sedan de hittade liket efter Egon Wallin samma morgon att han hade svårt att få ihop allt som snurrade i huvudet.

Han ryste till när han tänkte på synen som mött honom i Dalmansporten. Den trevliga karln. Vad var det som höll på att hända med Gotland? Våldsbrotten hade ökat markant de senaste åren, inte minst antalet mord. Fast våldet ökade å andra sidan i hela samhället. Han kom ihåg den tiden då kioskinbrott var förstasidesnyheter. Nu resulterade de knappt i en notis. Samhällsklimatet blev råare på alla fronter och han tyckte inte om utvecklingen.

Han plockade fram sin pipa ur översta byrålådan och började omsorgsfullt stoppa den. När han var klar lutade han sig tillbaka i stolen och sög på den otänd.

Att konstnären och hans manager försvunnit så mystiskt var oroväckande. Dessutom visade det sig att de hade haft sällskap med en av de konsthandlare som besökt vernissagen, Sixten Dahl. Ingen av dem hade gått att nå under dagen. Nåja, tänkte han. Det arbetet fick fortsätta i morgon.

Tankarna gick till Egon Wallin. Många gånger hade han stött på konsthandlaren i olika sammanhang. Han och Line hade också besökt galleriet då och då under årens lopp, även om det mest var för att titta. En gång hade han köpt en målning av Lennart Jirlow med motiv från en restaurang som påminde om den Line arbetade på i Köpenhamn när de träffades. Han smålog vid minnet. Det var till Lines fyrtioårsdag och hon hade nog aldrig blivit så glad för något han köpt. Presenter var inte Knutas starka sida.

Han manade fram bilden av Egon Wallin i huvudet. Det som var mest frapperande med honom var hans klädsel. Han brukade klä sig i en lång skinnrock och tuffa westernboots och såg mer ut som en storstadsbo än en gotlänning. Att han färgade håret i en rödblond ton syntes tydligt liksom att den lätta solbränna han uppvisade året om inte var naturlig.

Wallins yttre stod i bjärt kontrast till hustrun som var färglöst alldaglig och hade ett ansikte som var så intetsägande att det var svårt att lägga på minnet. Ibland hade Knutas småelakt undrat hur det kom sig att Egon Wallin ansträngde sig så, när hans hustru verkade strunta fullkomligt i hur hon såg ut.

Egentligen kände Knutas inte till mycket om Wallins privatliv. När de träffades brukade de växla några ord. Samtalet tog oftast slut alltför snabbt, kunde Knutas tycka. Det kändes alltid som om han ville prata mer med Egon Wallin, men att det inte var ömsesidigt. Trots att de var nästan jämngamla hade de inga gemensamma vänner.

Wallins barn var så mycket äldre än Knutas tvillingar Petra och Nils som skulle fylla fjorton i år, så genom barnen hade de inte heller träffats. Sportintresserad verkade han inte ha varit, annars var idrott en stark gemenskapsfaktor på Gotland. Knutas själv både simmade, spelade innebandy och golf. Han trodde nog att Wallin mest umgicks i konstkretsar, vilka Knutas definitivt inte tillhörde. Han visste inte ett skvatt om konst.

Han reste sig och ställde sig vid fönstret. Såg ut i mörkret och över Coop Forums ödsliga parkering. Han kunde nästan se bort till Dalmansporten härifrån. Det var retfullt nära, han undrade om mördaren hade varit medveten om det.

Valet av plats var dumdristigt med tanke på att porten faktiskt syntes från Kung Magnus väg. En polisbil hade lika gärna kunnat passera just när han var i färd med att hissa upp liket. Kanske var han drogad så han inte brydde sig.

Knutas slog genast bort tanken. En narkotikapåverkad eller berusad människa hade knappast lyckats genomföra ett så raffinerat mord. En möjlighet var att han inte kände till att polishuset låg så nära. Kanske var han från fastlandet. Frågan var vilken koppling han hade till Egon Wallin. Hade mordet med hans konstaffärer att göra eller handlade det om något helt annat?

Han suckade trött. Klockan var över elva på kvällen.

Förr eller senare skulle de väl få svar.

Johan vaknade i den stora dubbelsängen i huset i Roma. Han sträckte ut armen och smekte Emmas lena axel och en länk av hennes hår. Från spjälsängen hörde han ett gurglande läte som gjorde att han snabbt kom på fötter. Rummet låg i mörker och han kände Elins mjuka, sömnvarma kropp mot sin när han lyfte över henne till skötbordet.

Med ett lätt ryck drog han igång speldosan och nynnade med i *Bä, bä vita lamm*. Elin tog tag i sina fötter och jollrade belåtet. Han borrade ner huvudet i hennes trinda mage och smackade så att hon kiknade av skratt. Mitt i rörelsen stannade han plötsligt upp för en stund och höll sitt ansikte mot hennes lilla kropp, alldeles stilla. I flera sekunder stod han bara så och Elin slappnade av och tystnade.

Äntligen hade han fått barn, men det var två veckor sedan han träffade henne. Vad var detta för ett liv? Hon växte upp med sin mamma och delade vardagen med henne. Det var Emma som var Elins trygghet. Han var en bifigur – någon som dök upp som gubben i lådan ibland och bara fanns där några timmar, en dag eller två för att sedan försvinna igen. Vad var det för en relation? Hur hade det blivit så här?

När han var hemma i Stockholm och dagarna fylldes

av arbete gick det förhållandevis bra. Längtan satte i på allvar på kvällen när han kom hem. Visserligen var det bara ett par månader sedan han fick lämna sjukhuset, så det var egentligen inte särskilt länge de levt åtskilda som föräldrar.

Under julen hade de varit tillsammans nästan hela tiden vilket var underbart. Därefter började vardagen rulla på som vanligt och dagarna gled förbi, den ena efter den andra, och blev till veckor. Han åkte över till Gotland så ofta han kunde. Men nu kände han att det inte gick längre.

Han lyfte upp Elin, värmde välling i mikron och satte sig med henne och flaskan i soffan i vardagsrummet. Plötsligt infann sig ett lugn. Nu var det slut med det här livet, det var definitivt över.

Emma dök upp i dörröppningen, det ljusbruna håret var rufsigt, det hade blivit längre. Tidigare nådde det henne till axlarna – nu räckte det en bra bit ner på ryggen. Det var tjockt och glansigt. Hon stod där i bara trosor och hans ljusblå T-shirt och tittade sömndrucket på honom. Även när hon var blek och morgonmosig tyckte han att hon var vacker. Hans känslor för henne var så självklara, de bara fanns där. Även om inget annat tycktes enkelt mellan dem. Förhållandet hade trasslat ända från början. Men nu satt han här, med sin dotter i famnen och kvinnan han älskade och nu fick det vara slut på allt strulande. Han brydde sig inte om ifall han skulle få jobb som journalist på Gotland eller inte. Det fick inte styra. Han kunde ta vad som helst, jobba i kassan på Hemköp eller tvätta bilar. Han struntade fullkomligt i vilket.

– Är du redan uppe?

Emma gäspade och var på väg ut i köket.

– Kom hit, ropade han så tyst han kunde.

Elin sov med öppen mun i hans famn.

– Vad är det?

– Sätt dig.

Emma såg förvånad ut men satte sig bredvid honom i soffan och drog upp benen under sig. Han vände ansiktet mot henne. Det var knäpptyst i rummet, som om hon kände på sig att han hade något viktigt att säga.

– Nu får det vara nog.

Johan sa orden lugnt och sakligt. En oro uppstod i Emmas blick.

– Va?

Johan lät tystnaden vara, han reste sig, gick in i sovrummets dunkel och lade försiktigt ner Elin i spjälsängen. Hon fortsatte sova. Han sköt till dörren och återvände ut i vardagsrummet.

Emma följde honom oroligt med blicken. Johan satte sig ner i soffan och tog varsamt hennes ansikte mellan sina händer.

– Jag vill flytta hit nu, sa han lugnt. Bo här med dig och Elin, ni är min familj. Jag kan inte vänta längre. Allt det där med jobb och så får ordna sig. Du måste låta mig ta hand om er, vara pappa på riktigt och plastpappa för Sara och Filip med, för den delen. Jag vill vara din man. Vill du gifta dig med mig?

Emma såg förstummad på honom. Några sekunder förflöt. Tårar började trilla nerför hennes kinder. Reaktionen var inte direkt vad han förväntat sig.

– Såja, gumman.

Han lutade sig fram och kramade om henne. Hon grät i hans famn.

– Så farligt var det väl inte att få frågan? sa han, med ett osäkert leende.

– Jag är så trött, grät hon. Jag är så förbannat trött.

Johan visste inte riktigt vad han skulle säga, utan fortsatte lite valhänt att klappa om Emmas rygg. Plötsligt kysste hon honom på halsen och hennes kyssar blev allt häftigare. Hon strök undan håret och letade hungrigt efter hans mun. Hela tiden med ögonen slutna.

Lusten flammade upp inom honom på en sekund, och fick honom att brutalt kasta ner henne på soffan. Han kysste henne vilt, nästan bet i hennes läppar. Emma svarade med att morra dovt nerifrån strupen och slå benen om hans rygg i en häftig knyck. De älskade på soffan, mot bordet, halvvägs upp i fönstret och slutligen på golvet. När han efteråt låg med hennes huvud på armen såg han rakt upp i soffbordets undersida, bara några millimeter från sin genomsvettiga panna. Han log när han kysste henne på kinden.

– Jag antar att jag ska tolka det där som ett ja.

Som de flesta morgnar promenerade Knutas till jobbet, längs Östra Hansegatan och förbi TV & Radiohuset. Han såg att det lyste i fönstren på andra våningen där Regionalnytt numera huserade och undrade om Johan redan var på jobbet. Det skulle inte förvåna honom.

Det var fortfarande mörkt ute och luften var kall och frisk. Promenaden tog knappt tjugo minuter och fick hans tankar att klarna.

När han öppnade dörren till polishuset kände han det välbekanta pirret som brukade komma när han stod inför en ny mordutredning. Samtidigt som det naturligtvis var fruktansvärt att det inträffade fanns den där spänningen och lusten att hitta mördaren. Jakten satte igång och det var något han njöt av utan att skämmas. Knutas tyckte om sitt jobb och det hade han gjort från första stund när han avancerat till kriminalpolisen tjugo år tidigare. De senaste tio åren hade han varit chef vilket han trivdes med, frånsett pappersarbetet som han kunde vara utan.

Som vanligt morsade han på tjejerna i receptionen och växlade några ord med vakthavande innan han tog trapporna upp till kriminalavdelningen på andra våningen.

Konferenslokalen var redan fullsatt när han steg in, två minuter före utsatt tid. Dessa första möten när något stort inträffat var alltid speciella. Energin kändes tydligt i rummet.

Erik Sohlman inledde med det senaste från den tekniska undersökningen.

– Mördaren kom i bil på Norra Murgatan och körde hela vägen fram till porten. Släpmärken och märken på kroppen tyder på att Egon Wallin blev mördad nån annanstans och sen fraktades kroppen till Dalmansporten. Alla fynd som hittats ute i Östergravar gås igenom, men egentligen är de inte så intressanta eftersom gärningsmannen troligen inte har rört sig där överhuvudtaget.

– Ett första förhör hölls i går kväll med offrets hustru, Monika Wallin, sa Knutas. Hon är den som vi vet såg Egon Wallin senast i livet. Efter middagen på Donners Brunn i lördags kväll åkte makarna hem till radhuset på Snäckgärdsvägen. Frun gick och lade sig men Wallin hade sagt att han ville sitta uppe en stund. På morgonen när hon vaknade var han inte där. Han hade tydligen tagit sina ytterkläder och gått ut igen. Resten vet vi.

– Kan det ha funnits en tredje person i huset? undrade Karin. Typ att han fått oväntat besök eller att nån tagit sig in olovligt?

– Näpp. Inget sånt. Han verkar ha gått ut ensam.

– Hade frun den minsta aning om vart han skulle? frågade Wittberg.

– Nej, sa Knutas. Men jag ska träffa henne i dag, då kanske det kommer fram mer. Hon var väl chockad i går.

– Hur är det med bilspåren? frågade Norrby.

– Svårt att säga. Det är en större bil, jag skulle gissa på en skåpbil eller mindre lastbil.

– Vi får kolla av både stulna bilar och biluthyrare, sa Knutas.

– Man kan verkligen undra vad som ligger bakom, sa

Wittberg eftertänksamt. Jag menar, att göra en sån grej kräver ju en del. Varför skulle han prompt hänga upp sitt offer i porten? Det måste betyda nåt speciellt.

Han strök med handen över sitt guldlockiga hår. Wittberg verkade ovanligt pigg för en måndagsmorgon, tänkte Knutas. I vanliga fall brukade han vara rejält trött efter helgens äventyr. Den tvålfagre tjugoåttaåringen var polishusets Casanova. Hans kornblå ögon, skrattgropar och vältränade kropp charmade polishusets kvinnliga anställda. Utom Karin då möjligtvis, som mest verkade se honom som en bussig, men kaxig lillebror. I vanliga fall hade Thomas Wittberg ständigt nya flickvänner, men sedan en tid tillbaka verkade det som om han lugnat ner sig. Han hade just kommit hem från en semesterresa i Thailand tillsammans med sin nuvarande flickvän och hans djupa solbränna kontrasterade starkt mot de bleka och hålögda kollegerna.

– Det kan inte handla om en tillfällighet, höll Karin med. Jag menar, ett spontant gatuöverfall eller så. Eller att han av en slump råkade ut för en galning. Det här verkar välplanerat. Mördaren borde vara en person han kände.

– Vi måste få en fullständig förteckning över vilka som bjudits in till vernissagen och ta reda på om det finns några spontanbesökare, fortsatte Knutas. Samtliga ska kollas upp och förhöras. Och så sätter vi till alla klutar för att få fatt i konstnären och hans manager.

– De har i alla fall inte checkat ut från hotellet, sa Wittberg. Deras grejer är kvar på rummen och de har inte betalat räkningen så det kan ju hända att de bara åkte över dagen. Jag ska fortsätta söka dem i dag, de har inte svarat på mobilerna hittills. Men Sixten Dahl hoppas jag åtminstone få tag i. Hans galleri öppnar nu snart och nån där måste kunna hjälpa till. Det är mycket möjligt att han vet var de andra håller hus.

De avbröts av att Knutas mobiltelefon ringde. Han plockade fram den ur kavajens innerficka och svarade.

Alla väntade under tystnad, lyssnade till sin chefs hummanden och grymtningar och studerade Knutas minspel som gick från att uttrycka den största förvåning till bekymrad eftertänksamhet. När han tryckte av samtalet hängde samtligas blickar fast vid honom.

– Det var Monika Wallin som ringde. För en liten stund sen parkerade en flyttbuss utanför deras hus. Flyttgubbarna hade fått en beställning från Egon Wallin med en tydlig specifikation på vad som skulle hämtas. Han hade betalat hela flytten i förskott.

Lokalerna på anrika auktionsfirman Bukowskis var sobert eleganta. Receptionen som mötte besökaren vette åt Arsenalsgatan mellan Berzelii Park och Kungsträdgården mitt i centrala Stockholm.

Värderingsexperten Erik Mattson med bakåtkammat hår och diskret grå kostym, tog emot den betydligt enklare klädda kunden som verkade lätt förvirrad och obekväm i den lågmält distingerade miljön. Han hade tagit med sig en oljemålning, inslagen i tidningspapper och silvertejp, som han höll under armen.

Mannen hade i telefon samma morgon beskrivit tavlan som ett skärgårdsmotiv målat i olika grå nyanser med mycket himmel och hav och ett litet vitt hus med svart tak. Trots att den var osignerad tyckte Erik att det lät intressant och hade bett kunden komma in med tavlan för en värdering.

Nu var han här, klädd i en rock som hade sett sina bästa dagar och runt halsen hängde en tunn, omodern scarf. Skorna var allt annat än välputsade, något Erik Mattson alltid lade märke till. Välvårdade skodon var ett kvitto på att kunden tog hand om sig. Sådant var nu inte fallet med mannen som stod framför honom och nervöst fingrade på sitt stora paket. Han var svettig i pannan. Skjortkragen var skrynklig, en fläck avtecknade sig på den slitna rocken och handskarna han lagt ifrån sig på bordet var nötta inpå bara fodret. Han talade utpräglad söderslang. Inte många pratade på det sättet nuförtiden. Det var nästan lite charmigt.

Erik hoppades att tavlan inte var stulen. Forskande granskade han kunden – nej, han såg knappast kriminell ut. För övrigt var den troligen inte heller värd något, det var det vanliga med osignerade tavlor. Ändå måste de ta in dem för påseende, ett och annat guldkorn hittades då och då och en sådan chans ville man för allt i världen inte missa. Skräckscenariot var att dyrgripar då hamnade hos värsta konkurrenten Auktionsverket istället. Det fick bara inte ske.

Han visade in kunden i det trånga, men eleganta värderingsrummet. Där fanns ett gustavianskt bord, med en stol på var sida, en målning av Einar Jolin hängde på väggen tillsammans med en bokhylla med referenslitteratur. En bärbar dator stod på bordet för att man snabbt skulle kunna söka ett verks historia eller ta reda på information om en trolig upphovsman. Om verket var svårbedömt hände det att värderaren måste ta hjälp av en kollega. Ibland behölls målningen i några dagar när en mer noggrann undersökning krävdes. Det var ett spännande jobb och Erik älskade det.

De hjälptes åt att lägga upp tavlan på bordet och Erik kände en välbekant förväntan i bröstkorgen. Det här var ett av de gyllene ögonblicken på jobbet. När han stod där med en okänd kund och bara hade fått tavlan beskriven för sig men ännu inte sett den. Spänningen i att inte veta om det skulle vara ett okänt, kanske bortglömt verk av en stor konstnär som värderades till miljontals kronor eller en värdelös kopia av någon konstnärselev.

Erik Mattson hade arbetat som assistent till intendenterna för modernt måleri och skulptur på Bukowskis i femton år och hade utvecklats till den skickligaste värderare av konst de hade. Att han inte kommit längre i sin karriär och avancerat till intendent, vilket de flesta assistenterna gjorde efter några år, hade sin förklaring.

Tidningspapperet prasslade, den tjocka tejpen var svår att få upp.

– Var har du fått tavlan ifrån? frågade han för att lätta upp kundens uppenbara nervositet.

– Den har hängt på pappas sommarställe i skärgården i alla år och nu när pappa sålde huset så fick vi barn ta vad vi ville. Jag har alltid gillat den här, men inte trodde jag att den kunde vara dyrbar.

Han tittade på Erik med både förhoppning och oro i blicken.

– En granne fick se den på väggen och sa att den var så skickligt gjord att jag borde få den värderad. Egentligen så tror jag förstås inte att den är värd nåt, sa han urskuldande. Men det skadar väl inte att prova.

– Självklart, det är det vi är till för.

Erik log uppmuntrande mot mannen som tycktes slappna av en smula.

– Var fick din pappa den ifrån?

– Farfar och farmor köpte den på en auktion nån gång på fyrtiotalet. Sen dess har den hängt där på lantstället. Det ligger på Svartsö, du vet en sån där stor gammal grosshandlarvilla, och de gillade att ha skärgårdsmotiv på väggarna. Ja, på den vägen är det.

Nu var bara det innersta papperet kvar.

Erik vände upp tavlan och häpnade när han såg den. Han kunde inte dölja sin förvåning och kunden stirrade hänfört på honom när han ivrigt plockade fram en lupp och granskade dess äkthet. Ingen sa något, men spänningen vibrerade i rummet.

Erik kände ögonblickligen igen stilen från tavlans upphovsman. Motivet hade använts av konstnären ett flertal gånger, även om han totalt sett inte gjort så många målningar, endast ett drygt hundratal som man kände till. Efter en uppslitande skilsmässa 1892 med påföljande rättegångar där han förlorade sina tre barn hängav han sig åt måleriet. Hans tillflyktsort blev Stockholms skärgård. Fyrhusets, sjömärkets, den ensamma växtens och den trotsiga klippans utsatthet mot elementen blev symboler för konstnären själv, som kämpade mot tidens ström och försvarade sin vilja att tänka fritt.

Han var noggrann i sina iakttagelser av naturen, i gråblå nyanser hade han gestaltat Stockholms skärgårds lynniga väderlek. Erik Mattson hade sett honom återkomma till detta motiv på Dalarö tidigare. I den ensamma ledfyren, på en enslig strand under en dramatisk himmel hittade han ett motiv som passade väl in på honom själv under den här perioden. Att han inte signerat tavlan var inte ovanligt. Han betraktade måleriet som en bisyssla, något han ägnade sig åt när han fick skrivkramp.

Ändå räknades han som en av den tidens största konstnärer. Erik Mattson gjorde i huvudet en snabb värdering till mellan fyra och sex miljoner.

Konstnären var ingen mindre än August Strindberg.

Att påstå att offrets hustru Monika Wallin hade ett alldagligt utseende var knappast någon överdrift. Med sitt korta, råttfärgade hår i obestämbar frisyr, tunna, ofärgade läppar och sin raka, lite kantiga figur var hon vid första anblicken en människa som lätt försvann i mängden. Hon öppnade dörren till radhuset på Snäckgärdsvägen efter att Knutas ringt på fyra gånger.

Hon såg trött och blek ut, och mörka skuggor framträdde under ögonen.

Knutas visste att de setts förut vid flera tillfällen men de hade aldrig talats vid. Ändå förundrades han över att han knappt kände igen henne. Monika Wallin var ingen människa som gjorde något bestående intryck, den saken var klar. Knutas presenterade sig och sträckte fram handen.

– Jag beklagar sorgen.

Hon tog emot den utan att röra en min. Hennes handslag var förvånansvärt kraftigt.

– Kom in, sa hon och gick före in i huset. Han behövde inte gå många steg in i hallen för att se att huset beboddes av konstintresserade människor. På de ljusa väggarna hängde tavlor överallt, små och stora om vartannat av olika moderna konstnärer. Att det var kvalitetskonst kunde till och med Knutas se.

De slog sig ner i varsin fåtölj i vardagsrummet med fönster ut mot det gråblå havet. Bara den lilla vägen mot Snäck skilde tomten från stranden. Knutas plockade fram anteckningsblock och penna.

– Berätta nu, vad var det som hände i morse?

Monika Wallin hade en näsduk i handen som hon vände och vred på medan hon talade.

– Jo, jag satt i köket när en stor flyttbuss plötsligt brakade in här på vår uppfart. Jag trodde förstås att de hade kört fel. Men när de ringde på visade de en order som hade Egons namnteckning. Han hade beställt flytten.

– Har du en kopia på beställningen?

– Ja, de lämnade flera papper.

Monika Wallin reste sig och fortsatte prata medan han hörde henne dra ut en byrålåda i köket.

– De fick åka iväg igen tomhänta. I och för sig spelade det väl inte dem nån roll, tvärtom. Egon hade betalt allting i förskott.

Hon kom tillbaka och överräckte ett tunt, ljusblått papper. Knutas såg att det var en kopia på en order och att flyttlasset skulle gå till Artillerigatan i Stockholm.

– Artillerigatan, sa han fundersamt. Det är väl på Östermalm?

Monika Wallin skakade på huvudet.

– Jag vet inte var det ligger.

– Det finns inget fast telefonnummer på ordern, mumlade Knutas. Bara ett mobilnummer. Är det Egons?

– Ja.

– Och du visste inget om det här?

– Nej, det kom som en fullständig överraskning. Tyvärr är det inte det enda. Egon hade ett skrivbord här hemma med några låsta lådor. Naturligtvis visste jag var han förvarade nyckeln. Jag har aldrig haft anledning att snoka, men nu öppnade jag lådorna, strax innan du kom.

Hon sträckte sig efter en mapp som låg på bordet.

Monika Wallins mun var liten och torr och läpparna hade smalnat ännu mer.

– Här finns en skilsmässoansökan som han till och med hunnit fylla i, papper på att han köpt en bostadsrätt på Artillerigatan i Stockholm och en överlåtelse av konsthandeln till en Per Eriksson. Ja, sa hon bittert. Det är knappt så man kan tro det.

– Får jag se?

Knutas lutade sig ivrigt över papperen.

Han ögnade snabbt igenom högen. Det var tydligt att Egon Wallin förberett sitt uppbrott noga.

– Jag vet inte hur jag ska orka, sa hon med ynklig röst. Först mordet. Och sen det här.

– Jag förstår att det måste vara väldigt jobbigt för dig, sa Knutas deltagande. Och jag är ledsen att behöva besvära. Men jag måste ställa några frågor. För utredningens skull.

Monika Wallin nickade. Hon fortsatte att fingra på näsduken.

– Berätta om i lördags när ni hade vernissagen, började Knutas. Vad gjorde ni den dagen?

– Egon gick till galleriet tidigt på morgonen, jag hade inte ens vaknat. Det var i och för sig inte ovanligt när vi hade vernissage – han tyckte om att vara där i god tid och pyssla. Kontrollera det sista, att tavlorna hängde rätt och så. Jag har alltid hand om cateringen och jag kom strax efter elva, samtidigt som leveransen.

– Hur verkade Egon – betedde han sig onormalt på nåt sätt?

– Han var faktiskt mer uppjagad än vanligt, otålig och stingslig. Jag tyckte det var konstigt, därför att allt flöt på och var i sin ordning.

– Vad hände sen?

– Konstnären, den där Mattis Kalvalis, dök upp och efter det fick vi inte en lugn stund. Han ville ha hjälp med olika saker hela tiden, ett glas vatten, askkopp, cigaretter, kakor, plåster och allt vad det var. Han var väldigt stirrig, nån nervösare människa har jag inte träffat. Och otroligt självupptagen. Inte brydde han sig om att vi måste koncentrera oss på vårt. Han tog en enorm plats.

Hon suckade och ruskade lätt på huvudet.

– Sen kom i alla fall folk då, vid ett, och efter det var det full fart ända fram till klockan sju på kvällen.

– Hände nåt särskilt under vernissagen som du lade märke till?

– Ja, faktiskt. Under en ganska lång stund var Egon borta. Jag letade efter honom men ingen visste vart han hade tagit vägen.

– Hur länge var han försvunnen?

– Bortåt en timme kan det nog ha varit.

– Frågade du honom var han hållit hus?

– Ja, men han sa bara att han hämtat mera vin. Det var så mycket att göra så jag tänkte inte mer på det.

Blicken försvann ut genom fönstret och det blev tyst en stund. Knutas avvaktade för den händelse hon skulle fortsätta av sig själv. Under känsliga förhör var det viktigt att ha vett att hålla tyst ibland.

– Hur var han när han kom tillbaka?

– Precis som tidigare under dagen verkade han uppskruvad.

– Kan nån av besökarna ha orsakat hans oro?

– Jag vet inte, sa hon och suckade. Det skulle vara Sixten Dahl i så fall, han var den ende som var där som Egon inte gillade. Han är konsthandlare från Stockholm.

Knutas hajade till. Det var Sixten Dahl som konstnären

och hans manager haft sällskap med till Stockholm på söndagsmorgonen. Han höll masken tills vidare.

– Vad hade Egon emot honom?

– De träffades ibland och Egon klagade ofta på att han tyckte att Sixten var en dryg typ. Egentligen kanske det berodde på att de var rätt lika, sa hon eftertänksamt. De slogs ofta om samma konstnärer, hade väl helt enkelt likadan smak. Som nu med Mattis Kalvalis. Jag vet att Sixten Dahl också har varit intresserad av honom, men att Mattis valde Egon.

– Vad hände efter vernissagen?

– Vi gick och åt på Donners Brunn.

– Vilka då? frågade Knutas trots att han visste svaret.

– Det var jag och Egon, konstnären och de övriga medarbetarna i galleriet.

– Hur många är ni som jobbar?

– Fyra stycken, de andra heter Eva Blom och Gunilla Rydberg och de har varit hos oss i tjugo år båda två.

Knutas antecknade för fullt. Sammanträffandet med Sixten Dahl var högintressant. Han hoppades att Wittberg fått tag i både honom och de andra vid det här laget. Eva Blom var en bekant sedan gammalt. De hade gått i samma klass som barn. Han visste att hon bodde med sin familj i Väte socken. Gunilla Rydberg däremot var obekant för honom.

– Känner du till att både konstnären och hans manager har lämnat hotellet?

– Va? Nej, det visste jag inte.

– De åkte till Stockholm i går morse. Vet du om de hade något ärende dit?

– Ingen aning. Monika Wallin såg uppriktigt förvånad ut. Mattis skulle komma in och skriva på agentavtalet med Egon i dag. Fast det är klart, det är ju inte aktuellt längre.

– När ska de återvända till Litauen?

– På tisdag eftermiddag. Det vet jag alldeles bestämt för vi hade planerat att äta lunch innan de åkte till flygplatsen.

– Hm. Knutas klarade strupen. Om vi återvänder till mordkvällen. Hände nåt speciellt under själva middagen på Donners Brunn?

– Nej. Vi åt och drack gott och hade trevligt. Mattis hade lugnat ner sig betydligt, det var nog nervositeten som släppte. Han berättade en massa roliga historier från Litauen och vi skrattade så vi grät.

– Hur slutade kvällen?

– Vi lämnade restaurangen vid elva och alla skildes åt utanför och gick åt olika håll. Jag och Egon tog en taxi hem. Jag gick och lade mig nästan direkt, men han sa att han skulle sitta uppe en stund. Det är inget ovanligt, jag är kvällstrött och han är en nattuggla. Jag går nästan alltid och lägger mig före honom.

– Vad var det sista du såg av honom?

– När han satt där i fåtöljen i vardagsrummet, sa hon eftertänksamt.

– Han hade varken plånbok eller mobiltelefon på sig när han hittades. Lämnade han dem hemma?

– Det tror jag absolut inte. Egon gick aldrig nånstans utan sin mobil. Den hade han alltid med sig, nästan ända in på toaletten. Och att han skulle gå iväg utan plånbok har jag svårt att tänka mig. Dessutom borde jag annars ha hittat dem här hemma och det har jag inte gjort.

– Ska vi pröva att ringa hans mobil? Den kanske ligger gömd nånstans? föreslog Knutas.

– Javisst.

Monika Wallin reste sig och hämtade sin egen och slog numret. Inget hördes. Hon ringde igen och gick ett varv runt huset.

– Nej du, sa hon och suckade. Det är bara den där automatiska telefonsvararen.

– Okej, sa Knutas. Tack för hjälpen. Kan du skriva ner hans nummer åt mig?

– Javisst.

– En sak till bara om lördagen. Vi har hört att en skulptur försvann från galleriet.

– Ja, det var tråkigt. Det måste vara nån av besökarna som tagit den.

Hon verkade samlad för att vara en kvinna vars man hittats mördad på ett ytterst makabert sätt bara dagen före, tänkte Knutas. Och som dessutom hade tänkt flytta och lämna henne utan att säga något.

Han undrade hur han själv skulle agerat om det var Line som hittats mördad och upphängd på samma sätt. Antagligen hade han legat nedsövd på den psykiatriska mottagningen i Visby. Han rös inombords och slog genast bort tanken.

– Ni har två barn? fortsatte han.

– Ja. En son som är tjugotre, han bor i Stockholm, och en dotter som är tjugo. Hon pluggar till läkare i Umeå.

– Och vad gör er son?

– Han jobbar på dagis.

– På så vis.

– Barnen kommer hit senare i dag.

– Jag förstår, sa Knutas. Ursäkta om jag blir personlig, men hur var din och Egons relation?

Som om Monika Wallin hade väntat sig den sortens frågor svarade hon utan att tveka.

– Trygg och tråkig. Vi hade ett bra äktenskap på så sätt att vi var goda vänner men det övergick med åren i nåt som liknade en syskonrelation. Vi drev firma Wallin tillsammans, mycket mer var det inte.

– Varför fortsatte ni hålla ihop? Det kan väl knappast ha varit för barnens skull.

Knutas kunde ha bitit sig i tungan. Han borde gå försiktigare fram med en nybliven änka. Frågan bara kom utan att han hann tänka efter. Monika Wallin verkade inte ta illa upp.

– Vi tyckte nog båda att vi hade det bra. Arbetet med galleriet upptog nästan all vår tid, han ägnade sig åt sina resor och konsten, jag skötte mest det administrativa. Vi levde sida vid sida men korsade aldrig varandras vägar. Faktum är att jag tror att han hade en annan.

Hon sträckte lite på kroppen och Knutas erkände för sig själv att han började tycka att hon var en stilig kvinna. Håret var inte råttfärgat när man tittade närmare, snarare hade det en mjuk cendréfärgad ton och i ljuset från fönstret såg han att det glänste. Hyn var slät och ren. Hennes färglöshet var riktigt vacker.

– Hur märktes det?

– Vi hade inget samliv längre. Tidigare har Egon haft ett ganska stort behov.

Hon harklade sig.

– Andra tecken har varit att han verkade ovanligt nöjd och glad efter sina resor till Stockholm, att han blev ännu mer intresserad av sitt utseende och att han satt uppe sent på nätterna vid datorn. Han sa att han jobbade, men jag märkte att han chattade med nån.

– Du konfronterade honom aldrig med saken?

– Nej, varför skulle jag göra det? Det betydde inget längre. Vårt förhållande låg på en annan nivå.

– Så du vet inte alls vem det kan ha varit?

– Inte den blekaste.

Mordet på konsthandlare Egon Wallin i Visby hade blivit en riksangelägenhet. Pia Lilja var ensam om att ha fångat offret på bild när han hängde i portöppningen i ringmuren och alla tidningar i landet ville ha den. Regionalnytts redaktionschef Max Grenfors hade varit överförtjust när han ringde på Johans mobil måndag morgon och berömde gårdagens reportage.

– Suveränt! Skitbra jobbat. Och vilka bilder, den där Pia är oslagbar!

– Men ska du inte...

– Ja, ja, jag har redan ringt och berömt henne, avbröt Grenfors som om han visste vad Johan skulle säga. Har du sett morgontidningarna? Hela Sverige snackar om mordet nu – alla kommer att vilja ha era jobb även i dag, flåsade han ivrigt. Bara så att ni är beredda på att ni kommer att få leverera till lunchen och eftermiddagssändningarna också.

Ibland blev Johan trött på chefens cynism. Pias bild på kroppen i portöppningen prydde kvällstidningarnas förstasidor. Eftersom var och varannan svensk någon gång i sitt liv besökt Gotland på sommarsemester väckte bilden starka känslor. Johan hade redan under morgonen sett att mordet toppade TV:s morgonnyheter. Max Grenfors hade velat sända direkt, men blivit stoppad av riksnyheternas högre chefer som ansett att det ändå var att ta i.

Johan svängde in på parkeringen utanför TV & Radiohuset på Östra Hansegatan och parkerade bilen i Regionalnytts ruta. Redaktionerna hade tidigare varit inrymda i ett litet hus innanför muren, men flyttats hit till det nedlagda militärregementet A7:s lokaler. Byggnaden hade använts som stall för militärens hästar, vilket arkitekten velat bevara i inredningen. Det syntes på dörrar, pelare och väggarnas breda plankor. Nyanserna gick mest i brunt och vitt. Allt var snyggt gjort och de flesta verkade nöjda med flytten, även om redaktionen inte låg lika centralt som förut. Regionalnytt hade fått två fräscha rum på andra våningen med utsikt över en park. Pia satt framför en av datorerna och tittade snabbt upp när han kom in på redaktionen.

– Tjena, hälsade han. Har det hänt nåt nytt?

– Nej, men kolla här. Hon viftade åt honom att sätta sig. Varenda jäkla tidning har min bild. Har du sett?

Hon klickade fram olika tidningars hemsidor. Stackars Egon Wallin prydde framsidan på varenda en.

– Fy fan, sa Johan med avsmak. Man kan undra vart etiken tog vägen. Till och med Grenfors var ju tveksam för en gångs skull.

– Jo, men samtidigt är det en förbannat bra bild, mumlade Pia utan att ta ögonen från skärmen.

– Men tänk på de anhöriga. Hur kul tror du att hans barn tycker det är att hela landets tidningar har deras döda pappa hängande på löpsedlarna? Och varför går du omkring med en stillbildskamera när du ska filma?

Pia suckade djupt och såg upp på Johan.

– Kom ihåg att jag är frilans. Jag har alltid med mig stillbildskamera också. Och nu råkade jag hitta en öppning och få en bild från en vinkel som ingen annan lyckades med. Herregud, det går väl bra att vara tjusig och hänsynstagande om man har fast månadslön. Jag har räkningar att betala. Jag lever i flera månader på den här bilden. Förresten fattar jag självklart att det måste vara tufft för de anhöriga. Men vi jobbar med nyheter och vi kan inte ta hur stor hänsyn som helst till alla som är inblandade i vad som händer i världen på bekostnad av rapporteringen. Jag tycker bilden är okej, för man ser faktiskt bara kroppen på håll och inget av hans ansikte. Ingen människa kan känna igen honom. Förresten är barnen vuxna.

– Ingen utomstående, nej, sa Johan torrt. Har Grenfors hört av sig?

Han ville byta ämne för att komma bort från diskussionen. Johan gillade Pia skarpt, men i fråga om etik hade de vitt skilda åsikter och att försöka få henne över på hans egen mer försiktiga linje var som att hugga i sten. Det värsta var att redaktörerna med Grenfors i spetsen oftast gick på Pias linje. Människan som hamnade i kläm kom alldeles för ofta i andra hand, tyckte Johan som numera ansåg att man kunde rapportera om nyheter utan att trampa på folk. Dessutom var han i egenskap av reporter ansvarig för innehållet och det var hans namn som syntes i rutan.

När diskussionerna var som intensivast brukade Grenfors skrika åt Johan att han var en jävla konsekvensjournalist, det vill säga att han tänkte alldeles för mycket på vilka följder rapporteringen kunde få.

Det fanns en skola inom journalistiken som förespråkade konsekvensneutralitet och som Grenfors tillhörde, men Johan höll inte med. Han tyckte att journalister hade ett ansvar även efter det att en intervju publicerats. Inte minst inom kriminaljournalistiken där både offer och anhöriga ofta medverkade i reportagen. Detta ansvar gällde i synnerhet TV med dess enorma genomslagskraft.

Han var trött på diskussionen som ständigt dök upp. Varje dag var det nya ställningstaganden som skulle göras, vilket gav upphov till dispyter. Han och Pia hade ägnat halva söndagskvällen åt att munhuggas om bilden på Egon Wallin. Johan hade varit emot en publicering, men fick både Pia och redaktionsledningen emot sig och tvingades till slut gå med på en kort sekvens där man såg kroppen hänga i porten på långt håll. Då var det bara några minuter kvar till sändning och man riskerade att missa hela reportaget om inget beslut fattades.

Nu var det en ny dag och han och Pia kom överens om att börja med konsthandeln, om den var öppen efter det som hänt. De hoppades på att åtminstone någon skulle vara där.

I bilen på vägen dit kikade Pia på honom under den svarta spretiga luggen som hängde ner över ögonen.

– Du är inte sur, va?

– Det är klart jag inte är, vi tycker olika bara.

– Bra, sa hon och gav honom en klapp på knäet.

– Undrar vem som var inne i konsthandeln i går? sa Johan för att prata om något annat.

– Det kan ha varit en anställd som såg att vi kom och som helt enkelt inte hade lust att prata, sa Pia. Efter vernissagen måste de väl städa och plocka undan.

– Det har du rätt i. Det kanske var flera som ville samlas också med tanke på vad som hänt.

– Antagligen var det precis så, sa Pia och väjde för en stor röd katt som sprang över vägen.

Vant rattade hon bilen genom de trånga kullerstensgatorna och parkerade mitt på Stora Torget. Så här på vintern gick det bra när den öppna platsen var tom på alla försäljningsstånd som barrikaderade den sommartid.

Pia ställde upp stativet på gatan och började filma. Just när hon slagit på kameran kom en rund tant i fårskinnspäls och mössa gående med en bukett blommor i handen. Johan var snabbt framme med mikrofonen.

– Vad säger du om mordet?

Tanten såg först tveksam ut, men fann sig snabbt.

– Det är helt fruktansvärt att nåt sånt händer här hos oss, i lilla Visby. Och han var ju så trevlig, Egon, alltid vänlig och tillmötesgående. Man kan inte fatta att det faktiskt har hänt.

– Varför lägger du blommor här?

– Det är det minsta man kan göra just nu för att hedra Egon. De flesta är nog väldigt chockade, man vet liksom inte vad man ska ta sig till.

– Känner du dig rädd själv?

– Det är klart man börjar tänka på om det går nån galning lös. Om man kan vara trygg på gator och torg.

Tanten fick tårar i ögonen. Hon tystnade och viftade med handen i en avvärjande gest för att Pia skulle sluta filma. Johan frågade om han fick använda henne i reportaget. Det gick bra och hon bokstaverade tydligt sitt namn för honom.

En modern skylt i stål som satt fast mellan de medeltida ankarsluten i den skrovliga stenfasaden visade att galleriet hette Wallin Art. I skyltfönstret stod ett fotografi av Egon Wallin med ett tänt stearinljus framför. När de kände på dörren var den låst, men människor rörde sig därinne. Johan bultade på dörren och lyckades fånga en kvinnas uppmärksamhet. Hon kom och öppnade och det pinglade till när de klev in över tröskeln. Kvinnan presenterade sig som Eva Blom. Vid en disk stod ännu en kvinna och textade "Stängt på grund av dödsfall" på ett papper.

– Ja, vi tror vi får hålla stängt i dag, förklarade Eva Blom och log stelt. Jag antar att Monika inte vill att vi ska ha öppet som vanligt. Inte minst med tanke på alla journalister som har ringt, både i går och nu på morgonen. Hon kastade en blick på Pia som redan var i full färd med att filma porträttet på Egon Wallin i skyltfönstret.

Eva Blom var en färgstark kvinna, klädd i svart jumper och kjol och med knallrött läppstift som var snyggt mot hennes mjölkvita hy. Hon såg upp på Johan med blå ögon bakom rödfärgade glasögonbågar.

– Vad vill ni?

Han presenterade dem båda.

– Vi vill självklart rapportera om det som har hänt och höra era reaktioner. Ni jobbade ju så nära Egon Wallin, sa han och såg allvarsamt på Eva Blom. Hon var kort till växten och nådde honom knappt till axlarna.

– Bara ni inte filmar, sa hon korthugget. Jag vill inte vara med i TV.

– Tyvärr är det enda sättet för oss att berätta något, eftersom vi arbetar på TV, förklarade Johan. Kan vi få ta några bilder härinne åtminstone?

Grenfors skulle inte bli nöjd med att de fick så få intervjuer. Johan hade dessutom hårdnackat vägrat att tillmötesgå chefens önskan om att få den nyblivna änkan att ställa upp på en intervju. Där gick gränsen för vad han kunde nedlåta sig till.

Kriminalinspektör Karin Jacobsson var den person Knutas brydde sig allra mest om på jobbet. I femton år hade de arbetat tillsammans. Hon var en skarpsynt och skicklig polis, men det var framför allt Karins personlighet som fått honom att fastna för henne från början. Hon var charmig, livlig och energisk, hade alltid en massa åsikter om allt och han hade aldrig träffat någon som var så rakt på sak. Åtminstone så länge det handlade om jobbet. Hon var söt, kortväxt och mörkhårig med bruna rådjursögon. Hon tränade mycket fotboll på fritiden och det syntes på den muskulösa kroppen. Det mest utmärkande draget var hennes rejäla glugg mellan framtänderna som syntes tydligt när hon log eller skrattade. Karin var nästan alltid klädd i jeans och tröja och om hon på sommaren någon gång dök upp i kjol på jobbet så höjdes ett och annat ögonbryn. Hon var trettionio, men såg yngre ut och var fortfarande singel, åtminstone vad Knutas kände till. Hade hon ett förhållande höll hon det i så fall för sig själv, vilket var en näst intill omöjlig bedrift i en sådan liten stad som Visby.

Hennes föräldrar bodde i Tingstäde och dem träffade hon då och då. Det fanns något hemlighetsfullt över Karin som han inte blev klok på.

Nu satt de med varsin kopp kaffe i hans rum och dryftade tänkbara motiv till mordet på Egon Wallin.

– Nog kan det verka mystiskt det här med att konstnären och hans manager åkte till Stockholm just morgonen efter mordet, men det kan lika gärna ha sin naturliga förklaring, sa Karin. Det kanske var bestämt sen länge.

– Ja, jag hoppas vi får tag i dem under dagen så vi får rätsida på det där. Fast det går inte att bortse från att det är ett jäkligt underligt sammanträffande att de åkte just med samma plan som Egon Wallins värste konkurrent, som dessutom tidigare har försökt lägga vantarna på Mattis Kalvalis.

– Visst, men hur många avgångar till Stockholm finns det på söndagar? fortsatte Karin. Det kanske inte alls har med saken att göra. Jag tycker vi först och främst måste fråga oss varför Egon Wallin gav sig ut mitt i natten. Vilken normal människa kommer hem med frun efter en festlig kväll vid elvatiden och sen plötsligt bestämmer sig för att ta en promenad? Dessutom var det svinkallt i lördags natt. Den enda anledningen jag kan tänka mig är att han skulle träffa nån. Ett kärleksmöte helt enkelt.

– Jag har också tänkt i de banorna. Men vem är denna älskarinna och var finns hon? Och varför hör hon inte av sig? Egon Wallin tog inte bilen och han ringde inte efter taxi, det har vi redan kollat. Han måste alltså ha promenerat hemifrån och sen antingen stött på sin baneman utomhus eller mördats hemma hos älskarinnan.

– Ännu fler kan vara inblandade, insköt Karin. Älskarinnan kanske hade en man som upptäckt vad som försiggick och som dödade Egon Wallin där under natten.

– Om det nu inte var älskarinnan själv som gjorde det, kontrade Knutas. Fast jag har svårt att tänka mig att en kvinna skulle klara av att hissa upp kroppen på det där sättet. Om hon inte fick hjälp förstås.

Knutas avbröts av en rejäl nysning. Han snöt sig omsorgsfullt och fortsatte.

– Ja, herregud, spekulera kan man hålla på med hur länge som helst, men det tar oss ingen vart.

Karin drack ur det sista och reste sig från stolen.

– Hur är det med dig förresten? frågade Knutas. Hur mår du?

Han iakttog henne uppmärksamt. Det var något som tyngde henne, han hade sett det i flera dagar nu. Hon var verkligen söt, tänkte han när han såg hennes obeslutsamhet.

I början när hon kom till Visbypolisen trodde han ett tag att han var på väg att bli kär i henne, men så träffade han Line och glömde bort sitt spirande intresse för Karin.

Det var inte bara Knutas som hade svårt att få ur henne vad hon tänkte och kände. Hon hade en integritet tjock som pansar, vilket gjorde att folk inte dristade sig till att fråga henne om privatlivet i första taget. Såvida det inte gällde fotboll.

Det märkliga var att Knutas hade så lätt för att prata med henne, trots att hon var sparsam med egna förtroenden. Han vände sig ofta till Karin när han hade problem med Line eller något av barnen. Då var hon lyhörd och förstående. När han sedan frågade henne om liknande saker gled hon alltid undan. Ändå tyckte han oerhört mycket om henne och ibland var han livrädd att hon skulle söka sig till mer utmanande arbetsplatser. Även om Karin hade arbetat i sexton år vid Visbypolisen kände han sig ändå inte trygg så länge hon inte stadgade sig privat. Rätt som det var träffade hon någon på fastlandet och gav sig av. Eller fick ett jobberbjudande hon inte kunde motstå.

Ibland kände han sig som hennes gamla farsa, trots att det bara skilde tretton år mellan dem. Knutas hade kom-

mit att bli beroende av att ha Karin i gruppen och han ville
för allt i världen inte förlora henne.

Hon dröjde en stund med svaret på hans fråga.

– Jodå, bra.

– Säkert?

Hennes min var outgrundlig när hon mötte hans blick.

– Visst, det är okej.

Även om han förstod att något plågade henne visste han
att han gjorde bäst i att inte fråga vidare.

Emma hade tagits fullständigt på sängen av Johans plötsliga frieri. På sätt och vis kändes det ofrånkomligt, som om avgörandet dem emellan måste komma, förr eller senare. De hade ett barn tillsammans. När hon valde att behålla barnet och bryta upp från sitt äktenskap hade hon redan fattat sitt beslut. Ändå hade hon velat fram och tillbaka och när hon tänkte på hur hon betett sig sedan hon träffade Johan tyckte hon att det var ett under att han fortfarande ville vara tillsammans med henne. Att han inte hade tröttnat för länge sedan.

För en stund sedan hade han gett sig av in till stan och jobbet. Han hade kysst henne innan han gick, men inte sagt något mer, inte pressat henne på ett svar. Hon hade följt hans rygg med blicken när han promenerade nerför den snöbelagda gångvägen bort mot bilen. Det mörklockiga håret, skinnjackan som var brun och snyggt sliten, de urblekta jeansen.

På sätt och vis var det så enkelt, hon älskade honom och om hon bara tänkte på det var det en självklarhet att de skulle gifta sig. Samtidigt var rädslan stor att det skulle gå med dem som med henne och Olle. Vardagstristessen som kom krypande när den första entusiasmen över att leva tillsammans hade lagt sig. Spänningen som försvann, lite i taget, men som obönhörligt ledde till att de inte längre tände på varandra. Sexlivet som tynade bort, därför att ingen av dem orkade försöka upprätthålla den glöd som funnits en gång. Allt som återstod skulle vara mekaniskt och pliktskyldigt.

Hon rös till under täcket där doften av Johan dröjde sig kvar. Så fick det bara inte gå. Hon reste sig och stack fötterna i sina tofflor och hämtade T-shirten som låg kvar i soffan. Hon gick in i sovrummet och böjde sig över spjälsängen där Elin snusade. I köket sken solen in. Det var nästan overkligt efter veckor av gråmulet väder. Hon insåg att hon nästan glömt bort hur den såg ut.

Hon kokade kaffe och rostade bröd. Satte sig vid sin vanliga plats vid fönstret och tittade ut på snölandskapet. Mängden snö räckte till för att ungarna skulle kunna åka pulka, vilket hon gladde sig åt. Det fanns en kulle i närheten som barnen älskade att fara nerför. Snart skulle Elin kunna följa med Sara och Filip.

Nu var de hos sin pappa. Hon hade faktiskt börjat vänja sig vid detta varannan-vecka-liv och kunde numera njuta av att få vara ensam med Elin halva tiden. Hon såg på köksstolen mitt emot. Där hade Olle suttit i alla år och druckit sitt gröna te som hon hade svårt att tåla lukten av. Johan drack inte grönt te, tack och lov.

Hon undrade vilka andra olater som skulle visa sig om de flyttade ihop. Sådant som Johan kanske hållit inne med hittills, men som skulle komma upp i dagen så fort han flyttat in sitt pick och pack.

Där skulle han då sitta från och med nu, tänkte hon och försökte föreställa sig Johan i stolen mitt emot. Hur länge skulle kärleken hålla den här gången?

Hon suckade och satte i ännu en brödskiva i rosten. Visserligen insåg hon att hon var stukad efter ett misslyckat äktenskap och att hon antagligen tänkte i alldeles för negativa banor. Ingenting talade för att det skulle gå lika illa den här gången.

När hon ätit klart och dukat undan frukosten tittade hon till Elin igen. Hon sov fortfarande.

På vägen från sovrummet fick hon en glimt av sig själv i den lilla runda hallspegeln. Hon stannade upp och häktade av den från kroken och bar den med sig in i sovrummet, lade sig i sängen och höll upp spegeln framför sig.

En lång stund låg hon där och betraktade sitt vinterbleka ansikte. Ögonen var sömntunga och sorgsna, läpparna färglösa, håret var ändå ganska vackert och flöt ut över kudden. Vem var hon egentligen och vad ville hon? Tre barn hade hon fött, men fortfarande kände hon sig som en vilsen småflicka. Innerst inne visste hon inte var hon hade personen hon såg framför sig. Hon var älskad av flera, ändå rotlös. Särskilt trygg i sig själv hade hon väl aldrig varit.

Plötsligt insåg hon att hon knappt gjort några egna val. På riktigt. Hon hade låtit omständigheterna styra. När hon träffade Olle hade han uppvaktat henne och tagit de flesta initiativen. Han var snygg, trevlig, omtänksam och väldigt kär i henne. Hade hon bara glidit in i förhållandet som ett viljelöst mähä?

Hon flyttade spegeln en bit bort. Mötte sin egen blick. Vad hade hon hållit på med? Det var dags att bestämma själv vilken riktning livet skulle ta.

Beslutet var när det kom till kritan inte svårt. Inte alls.

Sent på eftermiddagen fick Knutas svar på flera viktiga frågor. Wittberg kom in på hans rum och slängde sig ner på stolen på andra sidan skrivbordet. Håret var rufsigt och kinderna blossade av upphetsning.

– Nu jävlar ska du få höra. Det är fan så mycket att jag inte vet i vilken ände jag ska börja.

– Sätt igång.

– Jag har fått tag på både Sixten Dahl, Mattis Kalvalis och managern Vigor Haukas. Mycket riktigt åkte de till Stockholm tillsammans. Sixten Dahl gav under vernissagen konstnären ett erbjudande han hade svårt att motstå. Eftersom han fortfarande inte hade skrivit kontrakt med Egon Wallin så accepterade han att följa med och se Dahls galleri på söndagen, träffa hans medarbetare och höra mer om erbjudandet. Så långt inga konstigheter. Men, när det gäller försäljningen av konsthandeln här i Visby så sålde Egon Wallin den till en Per Eriksson från Stockholm.

– Ja, men det vet vi redan.

– Fast det nya är att det visar sig att Per Eriksson är en bulvan. Den verklige köparen är Sixten Dahl.

Wittberg lutade sig tillbaka med ett triumferande leende.

– Det var som fan.

Knutas var tvungen att plocka fram pipan.

– Detta måste vi gräva vidare i. Kommer de där två jepparna från Litauen tillbaka hit?

– De är redan på hotellet. Fast de åker hem sent i morgon eftermiddag. Jag tog mig friheten att säga att de ska vara här i morgon vid tolvtiden.

– Bra. Och Sixten Dahl?

– Han förhörs av Stockholmspolisen i morgon bitti.

– Snyggt jobbat, Thomas.

Telefonen ringde. Det var rättsläkaren som kunde delge Knutas det preliminära obduktionsresultatet. Han lade handen över luren.

– Var det nåt mer?

– Det kan du skriva upp.

– Vi får ta det på mötet sen. Jag har rättsläkaren i luren.

Wittberg försvann.

– Om vi börjar med dödsorsaken, sa rättsläkaren. Wallin blev strypt några timmar innan han hängdes upp i snaran. Av skadorna att döma så har han troligen blivit överfallen bakifrån och strypt med en vass tråd, av typen pianotråd. Han har avvärjningsskador på armarna, hudrester under naglarna och skråmor på halsen som vittnar om att han har kämpat emot. Samtidigt har tråden skurit långt in i köttet så att...

– Tack, det räcker, jag behöver ingen närmare redogörelse just nu.

Knutas hade blivit känsligare med åren. Han tålde inte längre ingående beskrivningar av offrens skador.

– Nåja.

Rättsläkaren harklade sig och lät en aning missbelåten på rösten.

– Vad gäller övriga skador har han några blessyrer i ansiktet, en bula vid ena ögonbrynet och en skråma på kinden. Troligen fick han skadorna i samband med överfallet och när han släpades på marken.

– Kan du säga nåt mer om hur länge han har varit död?

– Inte närmare än att han troligen mördades mellan midnatt och fem, sex på morgonen. Det var väl allt för den här gången. Jag faxar resultatet till dig nu på en gång.

Knutas tackade för samtalet och lade på. Sedan ringde han upp rikskriminalens växel och bad att få bli kopplad till kommissarie Martin Kihlgård. Förhållandet dem emellan var inte okomplicerat, men han behövde rikskrims hjälp. Eftersom Kihlgård var omåttligt populär bland hans kolleger vore det direkt korkat att fråga någon annan. Flera signaler gick fram innan Kihlgård svarade. Det hördes att han hade mat i munnen.

– Ja, hallå? sa han med grötig röst.

– Tjena, Anders Knutas här – hur är läget?

– Knutte, utropade kollegan förtjust. Jag undrade just när du skulle ringa. Ursäkta, jag ska bara tugga ur.

Ett frenetisk mumsande hördes i luren, åtföljt av ett par djupa klunkar av någon dryck. Det hela avslutades med en lätt rapning. Knutas gjorde en grimas. Kihlgårds omättliga aptit var något som gick honom på nerverna, tillsammans med det faktum att kollegan i Stockholm envisades med att kalla honom Knutte, trots att han upprepade gånger bett honom att låta bli.

– Jo, det är hopp om livet, fast jag uppskattar att du ringer för jag började just känna att det händer för lite här.

– Det var ju bra det, konstaterade Knutas torrt. Vi skulle behöva assistans.

Han redogjorde så kortfattat han kunde för fallet och

Kihlgård lyssnade och hummade instämmande då och då.

Knutas kunde se honom framför sig där han satt i sitt rejält tilltagna arbetsrum på rikskrim i Stockholm, den stora kroppshyddan vägande på stolen och de långa benen uppslängda på en stol. Kihlgård var en och nittio i strumplästen och vägde säkerligen en bra bit över hundra kilo.

– Det var väldans vad det händer grejer hos er, det är ju rena rama vilda västern.

– Ja, man undrar vart utvecklingen är på väg, suckade Knutas.

– Jag samlar ihop några nu på en gång och troligen kommer vi med första bästa plan i morgon bitti.

– Fint, sa Knutas. Vi ses.

Han hade gått förbi stället i flera dagar. Först fick han en sådan lust att gå in men beslöt sig för att vänta. Varje gång han åkte hit lade han på en lättare maskering. För säkerhets skull. Risken fanns alltid att han stötte på någon han kände. Han hade bestämt sig för att göra allt i rätt ordning och ta god tid på sig. Sakta men säkert skulle han krypa inpå för att när tiden var inne obönhörligen gå till attack. Först ville han lära känna sitt offer. Efteråt skulle det vara för sent.

Nu stod han och betraktade mannen på andra sidan glasrutan. Försökte repa mod att gå in. Inte för att han var rädd för honom utan för sig själv. Att han inte skulle kunna låta bli att hoppa på honom. Han andades djupt flera gånger. Självbehärskning var vanligtvis hans styrka, nu var han osäker.

Han märkte att han andades tungt och insåg att det inte skulle fungera, och tog ett varv runt kvarteret för att lugna nerverna. När han kom tillbaka var mannen på väg ut med en stor svart bag i handen och promenerade i riktning mot tunnelbanan.

Han följde efter. Efter tre stationer gick mannen av och tog rulltrappan upp till gatuplanet. Korsade gatan och försvann in på ett av stadens större och exklusivare gym. Han följde efter och betalade för sitt besök i kassan – svindyrt. Etthundrafemtio kronor skulle de ha.

Gymet var nästan tomt vid den här tiden på dagen. Någon maskin slamrade, musiken pumpade. En tjej i tajta trikåer och åtsmitande topp stod och trampade på en trampmaskin och läste en bok samtidigt. Efter en stund kom den han sökte ut från omklädningsrummet. Han började springa på ett löpband, det såg patetiskt ut.

Eftersom han saknade träningskläder kunde han inte delta, vilket var synd. Det hade varit häftigt att springa alldeles nära, provocera honom på något sätt.

Trots att han bestämt sig för att gå långsamt fram för att dra ut på lidandet i möjligaste mån greps han av en häftig lust att hitta på något just nu, bara för att skrämmas. Han gick in på toaletten och kontrollerade att maskeringen satt som den skulle.

När han kom ut hade mannen flyttat sig till skivstängerna. Han låg på en bänk och lyfte. På avstånd iakttog han hur mannen lade på allt tyngre vikter. Till slut låg han där och stånkade högljutt av ansträngningen. Fyrtio kilo på var sida om stången.

Försiktigt såg han sig om åt bägge håll innan han närmade sig. Mannen låg på rygg och märkte honom inte. Ingen var i närheten, tjejen på trampmaskinen befann sig i ett annat rum och stod med ryggen till och den enda kille som varit i själva styrketräningslokalen hade gått. Nu skulle han passa på.

I sista sekunden hejdade han sig. Något gjorde att han stannade upp och backade några steg. Inte bli för ivrig nu. Det kunde förstöra allt. Han måste lägga band på sig, inte hitta på något sattyg som kunde förstöra alltihop. Tänk om han greps av polisen innan han var klar? Det vore katastrof.

Han tog halvtrappan upp till gymets café. Sjönk ner på en stol och försökte koncentrera sig på att andas lugnt.

Efter en stund reste han sig för att hämta ett glas vatten, men drabbades av ett plötsligt illamående. Han fick skynda sig ner till den närmaste toaletten som låg i själva styrketräningslokalen.

Häftiga konvulsioner for genom kroppen och han kräktes i toalettstolen. Till sin förargelse märkte han att tårarna rann. Länge satt han på golvet och försökte komma till sans. Skulle han inte klara av att genomföra det han föresatt sig?

Med ens knackade det på dörren. Han stelnade till och hjärtat satte igång att hamra på högvarv.

Snabbt kom han på fötter, blaskade av ansiktet och spolade flera gånger. När han öppnade dörren höll han på att få slag. Där stod han. Med bekymrad min frågade han hur det var fatt.

I några evighetslånga sekunder stirrade han rakt in i de grågröna ögonen som uttryckte oro och medkänsla. Han mumlade att det var okej och trängde sig förbi.

När Knutas senare på mötet informerade de övriga i spaningsledningen om Martin Kihlgårds ankomst möttes han av spridda applåder.

Den gladlynte, bullrige kommissarien från rikskriminalen var inte bara en skicklig polis utan även en pajas som lättat upp stämningen på många håglösa morgonmöten när spaningsläget sett som mest hopplöst ut. En som var särskilt förtjust i honom var Karin Jacobsson och nu strålade hon med hela ansiktet. Det var länge sedan han sett Karin så själaglad. Ibland undrade han nästan om de var kära i varandra. Samtidigt var tanken på de två som ett par löjeväckande. Karin vägde väl hälften av Kihlgårds kroppsvikt och hon räckte honom bara till brösthöjd. Dessutom skilde femton år i ålder, inte för att det var något hinder i och för sig, men Kihlgård kändes äldre, som om han tillhörde en helt annan generation. Knutas tyckte att han påminde starkt om den gamle pilsnerfilmskådespelaren Thor Modéen från det glada fyrtiotalet. De var skrattretande lika ibland. Men man skulle inte låta sig luras av Kihlgårds fryntliga yttre. Han var en knivskarp polis, tuff, analytisk och fullständigt orädd.

När munterheten över det glada budskapet lagt sig fortsatte mötet med vad som kommit fram under dagen. Thomas Wittberg hade varit ute och knackat dörr och hade en del av intresse att berätta från Snäckgärdsvägen där paret Wallin bodde.

– För det första har det framkommit att Monika Wallin har en älskare, började Wittberg.

– Jaså? sa Knutas förvånat.

Han hade inte alls fått någon känsla av det när han förhörde Egon Wallins hustru tidigare på dagen.

Koncentrationen skärptes runt bordet.

– Hon har ihop det med en granne, Rolf Sandén. Han bor i samma radhuslänga. Han är änkling sedan flera år och har utflugna barn. Förtidspensionerad byggnadsarbetare. De har tydligen kuckelurat i flera år, enligt grannarna. I stort sett alla sa samma sak, förutom en gammal tant som verkade både blind och döv så det är ju inte så konstigt om inte hon har märkt nåt. Om Egon Wallin inte kände till deras förhållande var han i så fall den siste i området.

– Shit pommes frites, sa Karin.

Knutas gav henne en undrande blick. Det där uttrycket hade han inte hört förr.

– Grannen, Rolf Sandén, har du fått tag i honom? frågade han Wittberg.

– Japp, han hade kommit hem från fastlandet när jag ringde, men skulle iväg igen. Jag bokade in ett förhör med honom i morgon. Hur som helst var han pratsam och erkände villigt sin affär med Monika Wallin. Med tanke på omständigheterna tycker jag att han betedde sig märkligt, han var nästan uppsluppen. Att vara så gladlynt när ens granne och älskarinnas man just blivit brutalt mördad verkar helknäppt. Han borde åtminstone ha försökt spela lite medkännande.

– Han ser väl sin chans nu, sa Karin. Fritt fram att äntligen få ha sitt förhållande i öppen dager efter allt smusslande och smygande. Han kanske är jättekär i Monika Wallin och bara går omkring och väntar på att få ta henne till altaret.

– Det kanske var han som gjorde det, inföll Norrby.

– Tja, vem vet? sa Wittberg. Om det nu inte var frun.

– Eller båda, morrade Sohlman med spöklik röst och höll upp händerna som en vampyr beredd att gå till attack.

Knutas reste sig tvärt. Ibland gick de lösa spekulationerna kring bordet honom på nerverna.

– Mötet är avslutat, sa han och lämnade rummet.

Mellan intervjuerna stannade Johan och Pia till vid Regionalnytts redaktion för att hämta batterier till kameran och kolla av senaste nytt. När Johan skulle slå på datorn fick han ett sms.

"Ja, jag vill – snart."

Han blev sittande på stolen och stirrade på meddelandet med ett fånigt leende på läpparna.

– Vad är det? undrade Pia som märkte att han stannat upp. Utan att säga ett ord räckte han över mobilen.

Pia läste, men såg bara brydd ut.

– Vad menas med det här?

– Att Emma vill.

Han vände sig mot Pia.

– Att hon vill! utropade han lyckligt. Fattar du? Hon är redo – äntligen!

Han drog upp en förvånad Pia ur stolen, kramade henne och dansade runt med henne. Hon skrattade.

– Men vadå vill – vadå?

Så gick det upp för henne vad det hela handlade om.

– Nä? Du menar det? Hon vill att ni ska flytta ihop, gänga er på riktigt?

– Ja, skrek Johan. JAA!

Några kolleger från radion dök upp i dörröppningen

och undrade vad som stod på. Johans glädjetjut hade hörts över halva redaktionen.

Pia tog tag i mobiltelefonen igen.

– Och "snart", står det här. Vadå snart? Vad betyder det?

– Inte en aning, men jag kan gifta mig i morgon om det är så. Fy fan vad sköönt!

För sitt inre såg Johan bilder som flimrade förbi i en rasande fart. Han och Emma i kyrkan med alla släktingar och vänner, den stora bröllopsfesten med Emma i romantisk vit klänning, hur de skar bröllopstårtan, Emma i snickarbyxor och huckle om huvudet med tjock mage när hon väntade deras andra barn, fridfullt bakande en sockerkaka i köket medan Elin lekte på golvet, han och Emma och barnen på solsemester, föräldramöten i skolan och hur de köpte sommarstuga och satt på förstukvisten på äldre dagar med varsin kaffekopp medan barnbarnen stojade på gräsmattan. Han rusade fram till kollegerna från lokalradion och kramade om dem innan han slängde sig på telefonen och ringde till Emma.

Hon lät andfådd och han hörde Elin gurgla och småprata i bakgrunden.

– Är det sant? Du vill? utropade han glädjestrålande.

Emma skrattade.

– Ja, jag vill – det är säkert.

– Jamen det är ju inte klokt. Jag menar, det är underbart, älskling! Jag tar med mig mina grejer och flyttar in i dag – funkar det?

– Gör det, du, sa hon skrattande. Så blir vi sambor direkt.

– Jag kommer så fort vi blir klara i kväll.

– Ring när du är på väg.

– Puss och kram.

– Puss. Hej.

– Hej...

Sakta lade han på luren utan att riktigt våga tro på vad han just hört. Hade hon verkligen sagt ja, efter allt strulande hit och dit? Han vågade knappt tro det och stirrade på Pia som hade fått tårar i ögonen.

– Menar hon det? frågade han.

– Ja, det är klart, sa Pia och log. Hon menar det, Johan.

Erik Mattson brukade lämna sitt arbete på Bukowskis vid femtiden och på vägen hem stannade han ofta till på restaurang Grodan på Grev Turegatan för att ta en drink. Baren hade just öppnat när han gjorde entré, men det skulle inte dröja länge förrän den fylldes av välbeställda östermalmsbor i karriären som tog ett glas efter jobbet. Människor som han själv. Åtminstone på ytan.

Där brukade han och hans närmaste vänner träffas så fort tillfälle bjöds. Den här kvällen var det Per Reutersköld, Otto Diesen och Kalle Celling som stod med varsin öl när han kom. De hade känt varandra i många år, ända sedan de gick i gymnasiet på Östra Real.

Nu hade de passerat fyrtio, vilket märktes mer på vissa än på andra. Skillnaden nu var att de flesta av hans vänner nöjde sig med en öl eller två och åkte sedan hem till sina familjer, medan Erik ett par kvällar i veckan bara tittade upp i sin lägenhet för att ta en snabbdusch och var tillbaka i kvarteren kring Stureplan efter någon timme.

Han hade förvisso också barn, men han var frånskild och barnen hade växt upp hos sin mamma. Orsaken var Eriks missbruk av alkohol och lättare droger. Ett missbruk han lyckades hålla någorlunda i schack, men inte fullt ut. Sedan han fått flera återfall när han ansvarade för barnen förlorade han den delade vårdnaden. Han hade mått mycket dåligt efter skilsmässan och gått in i en djup depression. De tre barnen var så små vid den tiden, antagligen märkte de inte särskilt mycket av kaoset omkring honom och den bitterhet som vällde fram mellan föräldrarna.

Med tiden hade deras relation blivit bättre. Erik lyckades kontrollera sitt beroende så pass att det inte gick ut över barnen och efter ett tag fick han umgås med dem vartannat veckoslut. De helgerna var ovärderliga. Erik älskade sina barn och gjorde allt för dem. Nästan. Att helt sluta dricka mäktade han inte med. Det var att kräva för mycket. Han höll det, som han uttryckte saken själv, på en acceptabel nivå.

Jobbet skötte han utmärkt, med undantag för de perioder då han festat för hårt. Det hände med jämna mellanrum och chefen hade accepterat att om han ville behålla Erik fick han stå ut med att det inträffade att han helt enkelt inte dök upp. Värderingsmannens skicklighet var vida känd och spädde ytterligare på Bukowskis redan goda anseende och sparade även pengar eftersom han var så snabb.

Däremot skulle han med sina alkoholvanor aldrig kunna befordras till intendent. Ett faktum han accepterat för länge sedan.

Erik var dessutom en trevlig och social sällskapsmänniska, alltid oklanderligt klädd med en snabb tunga och ett underfundigt leende. Han skämtade mycket, men aldrig på andras bekostnad.

På ytan kunde han uppfattas som en lättillgänglig person, men han hade en stark integritet som gjorde honom svåråtkomlig. Han såg mycket yngre ut än sina fyrtiotre år. Han var lång, muskulös och elegant. Med sitt mörka bakåtkammade hår, stora grågröna ögon och rena drag var han attraktiv.

Ibland tycktes han frånvarande och de som kände honom väl tolkade det som symptom på hans alkoholmissbruk. På något underligt vis verkade han oberörd av det som hände runt omkring honom. Som om han levde i sin egen värld, avskärmad från allt annat.

I de kretsar han umgicks i visste de flesta allt om varandras familjer, men Erik var ett undantag. Om sina barn talade han gärna, men han nämnde aldrig sina föräldrar vid namn eller pratade om dem i något sammanhang.

Ändå var det allmänt känt att han var son till en hög pamp inom näringslivet. Vissa undrade hur han hade råd att leva sitt vidlyftiga liv med bara assistentlönen från Bukowskis som rimligen inte kunde vara särskilt hög. Deras frågor besvarades då av Eriks goda vänner som förklarade att han, trots att kontakten med föräldrarna var dålig, erhöll ett månatligt underhåll som gjorde att han hade råd att spendera mycket pengar och förmodligen hade sitt på det torra livet ut.

Nu stod han där, nonchalant lutad mot bardisken i sin kritstrecksrandiga kostym med en öl i handen och tittade förstrött ut över lokalen medan han lyssnade på Otto Diesens historia om hur han haft turen att frontalkrocka med en läcker brunett i skidbacken på en affärsresa till Davos. Incidenten hade slutat med att de låg nakna i en hotellsvit och masserade varandras ömmande kroppar. Att Otto var gift bekom honom inte det minsta och ingen annan i sällskapet heller. Ibland slogs Erik av hur alla uppträdde som om de fastnat i utvecklingen när de sågs.

De berättade samma gamla rövarhistorier som de gjort i alla år. Samtidigt som livet förändrades på andra plan med nya arbeten, familjer och så vidare, stod det absolut stilla när de umgicks. Han kom på sig själv med att tycka att det var skönt. Det fanns en trygghet i det, mellan dem skulle inget ändras, vad som än hände i livet utanför. För Erik var det en tröst och när de skildes en stund senare med de sedvanliga klapparna på axeln och ryggdunkningarna kände han sig på gott humör. Han stannade till vid sushibaren på hörnet och köpte med sig middag hem.

Våningen låg högst upp i det vackra huset på Karlavägen med utsikt över Humlegården och Kungliga biblioteket. Han klev in och möttes av en hög med post på hallmattan. Med en suck lyfte han upp blandningen av reklamblad och fönsterkuvert, idel räkningar. Vad hans bekanta inte kände till var att hans månatliga underhåll var indraget, att han levde långt över sina tillgångar och att han greps av ångest varje månadsskifte då räkningarna skulle betalas.

Utan att öppna ett enda kuvert slängde han posten åt sidan och satte på en skiva med Maria Callas. Vännerna hade oerhört roligt åt att han var så förtjust i henne. Sedan tog han en dusch, rakade sig och bytte om. Länge stod han framför spegeln och fixade till håret med gelé.

Kroppen kändes avslappnad och lite öm, han hade besökt gymet på lunchen och kört ett extra långt träningspass. Träningen var en motvikt till hans stora alkoholintag. Han var medveten om att han drack för mycket, men ville inte sluta. Då och då blandade han alkoholen med tabletter, men det var oftast bara när han sjönk ner i sina djupa depressioner, vilket inträffade några gånger om året. Ibland gick de över på några dagar och ibland höll de i sig i månader. Han hade vant sig vid dem och handskades med dem på sitt eget sätt. Det enda som riktigt besvärade honom med de långa depressionerna var att han då helst inte ville träffa barnen. Det underlättade att de numera förstod problematiken, de var alla tre så gott som vuxna, Emelie var nitton, Karl tjugo och David tjugotre. Erik försökte ändå till varje pris undvika att erkänna för dem när han var deprimerad. Han ville inte belasta dem eller göra dem oroliga. För de mesta låtsades han som ingenting, sade bara att han skulle resa bort eller att han var väldigt upptagen på jobbet. De hade också sina liv med flick- och pojkvänner, studier, idrottsaktiviteter och kompisar. Ibland kunde det gå veckor utan att han hörde av barnen, med undantag för David som han hade närmast kontakt med. Kanske berodde det på att han var äldst.

Erik Mattson hade två liv. Ett som ansedd och uppskattad medarbetare på Bukowskis, ett socialt liv med många vänner, fina fester, resor och ett faderskap, om än sporadiskt. Det andra livet såg helt annorlunda ut; hemligt, dunkelt och destruktivt. Ändå var det nödvändigt.

Någon timme senare lämnade Erik Mattson lägenheten. Han visste redan på förhand att det skulle bli en lång natt.

Knutas vaknade med molande huvudvärk. Sömnen hade varit dålig. Bilden av den döde Egon Wallin jagade honom i drömmen och de stunder han låg vaken tänkte han på mordutredningen. På dagen fanns knappt tid att fundera så det blev på nätterna han fick bearbeta alla intryck. Utredningen avbröts ideligen av en massa annat som inte tillhörde själva polisarbetet och det höll redan på att driva honom till vansinne. Att medierna var så välinformerade var besvärande.

Ibland undrade han över hur klokt det var att låta hans ställföreträdare Lars Norrby vara presstalesman. Kanske vore det bättre om han inte visste så mycket. Ju mer insatt presstalesmannen var i utredningsarbetet, desto större risk att han avslöjade mer än han borde.

Egentligen vore nog det bästa att plocka bort honom ur spaningsledningen, men då blev det väl ramaskri.

Den berömda bilden av offret hängande i Dalmansporten hade ställt till med en hel del. Knappast förvånande var den tagen av Pia Lilja. Tillsammans utgjorde hon och Johan Berg ett team som han helst velat slippa. Visst respekterade han Johan, reportern var framfusig men ställde aldrig onödiga frågor som inte ledde någon vart. Dessutom hade han flera gånger bidragit till att polisen lyckats lösa fall snabbare, vilket ofrånkomligen bidrog till att poliserna i huset, inklusive han själv, var mer benägna att tillmötesgå Johan. Att han till råga på allt höll på att sätta livet till i den senaste mordutredningen spädde bara på polisernas välvilja, vilket var förödande på sikt. Berg var en reporter man helst undvek om man ville jobba störningsfritt. Och framför allt i sällskap med en fotograf som Pia Lilja. Ödmjukhet och respekt för polisens integritet var inte direkt honnörsord för henne. Hon klampade på i ullstrumporna och brydde sig inte om att ta onödiga hänsyn. Bara som hon såg ut med det där svarta håret som stod ut som en rotborste från huvudet, värsta krigsmålningen kring ögonen och så ringen i näsan som sist han såg henne hade bytts ut mot en pärla. Det var i alla fall något bättre. Visst förstod Knutas värdet av att ha en bra relation med pressen men ibland inkräktade de så mycket på arbetet att han bara önskade att de skulle dra åt helvete allihop.

Han sträckte sig efter väckarklockan, bara kvart i sex. En stunds respit innan den skulle ringa. Han lade sig på sidan vänd mot Line. Hon hade sitt rosa nattlinne med stora orangefärgade blommor. På armen som låg över hennes huvud avtecknade sig tusentals fräknar mot det vita skinnet. Han älskade varje prick. Det rödlockiga håret hade flutit ut över hela kudden.

– God morgon, viskade han i hennes öra. Hon bara grymtade till svar. Han klämde försiktigt i midjan för att se om hon reagerade.

– Vad lejer du? Ibland när hon var trött pratade hon danska. Hon kom från Fyn, men de hade träffats i Köpenhamn femton år tidigare. Folk sa att det förändrades med åren, det där med kärleken. Att relationen blev till något annat, att förälskelsen försvann och ersattes av något djupare, men inte lika påtagligt. Vissa beskrev det som att man blev mer som goda vänner, passionen slocknade och förvandlades till trygghet. Det stämde inte in på honom och Line. De bråkade och älskade med samma frenesi som de hade gjort från allra första början.

Line älskade sitt arbete som barnmorska. Att vara omgiven av blod, smärta, obeskrivlig lycka och djupaste förtvivlan hela dagarna satte förstås spår i en människa. Hon hade nära till både gråt och skratt, hon var öppen och ingen kunde säga att hon inte var tydlig med vad hon ville och kände. Det gjorde henne på sätt och vis lätt att leva med. Samtidigt kunde han bli trött på hennes känsloyttringar och häftiga humör. Hennes omotiverade ilska, som han kallade den, vilket gjorde henne ännu argare de gånger han begick misstaget att säga det högt.

Nu låg hon i alla fall där, loj och avslappnad. Hon vände sig emot honom och såg på honom med sina gröna ögon.

– God morgon, min skatt. Är det redan dags?

Han kysste henne på pannan.

– Vi ligger en stund till.

Efter en kvart gick han upp och satte på kaffe. Det var fortfarande mörkt ute. Katten strök sig mot hans ben och han lyfte upp henne i knäet, där hon genast lade sig tillrätta. Han funderade över gårdagens samtal med offrets hustru. Varför höll hon tyst om sitt vänsterprassel med Rolf Sandén? Hon borde ha förstått att det skulle komma fram, förr eller senare.

Han måste ringa henne igen, tänkte han och sträckte sig efter sin gamla, slitna anteckningsbok. Där skrev han ner reflektioner i polisarbetet för att inte glömma bort dem. Han skummade anteckningarna från deras samtal, men kunde knappt tyda vad han skrivit. Boken började också bli så sliten att flera blad föll ur. Det här dög inte, tänkte han. Att köpa en ny var nödvändigt.

Han kastade en blick på köksklockan på väggen. Tiden för dagens möte var utsatt till klockan nio istället för åtta, eftersom Knutas gått med på att medverka direkt i SVT:s morgonsoffa. Nu undrade han varför han tackat ja. TV gjorde honom nervös och han tyckte jämt efteråt att han framstod som klumpig och velig. Han hade svårt att få fram orden när han stod där i det obarmhärtiga strålkastarljuset och förväntades spotta ur sig perfekt formulerade, balanserade, väl avvägda svar som gjorde både TV-journalisterna och polisledningen nöjda, vilket i sig var en omöjlig ekvation. Inte avslöja för mycket, samtidigt berätta tillräckligt för att polisen skulle få in tips.

Sanningen var att polisen behövde allmänhetens hjälp med uppslag. De hade få konkreta spår att gå efter. Hittills hade inte ett enda vittne med något matnyttigt att säga gett sig tillkänna, inget i Egon Wallins liv hade framkommit som skulle kunna leda dem till en möjlig gärningsman. Motiv saknades. Rån trodde ingen på, trots att varken plånboken eller mobiltelefonen hittats.

Egon Wallin hade skött sitt galleri i alla år, arbetat hårt och målmedvetet. Han hade goda relationer med sina anställda och hade aldrig varit i klammeri med rättvisan och inte med någon annan heller vad det verkade.

Intervjun blev bättre än väntat. Han fick sitta i en minimal TV-studio och vara med på direktlänk till morgonprogrammet. Programledaren var lagom försiktig och ställde inte alltför närgångna frågor. Efter de tre minuterna var han genomsvettig, men kände sig ändå ganska nöjd. Länspolismästarens samtal på mobilen bara några minuter efter framträdandet gav honom bekräftelse på att han lyckats manövrera sig igenom intervjun riktigt bra.

När han kom tillbaka till polishuset ringde han upp den rättspsykolog som han använt sig av året dessförinnan. Han hoppades på att hon skulle kunna tolka gärningsmannens tillvägagångssätt och leda dem vidare. Men hon tyckte det var för tidigt i utredningen och bad honom återkomma längre fram. Och hon hade säkert rätt. Några saker hade han ändå lyckats klämma ur henne. Hon uteslöt inte att det kunde vara en förstagångsförbrytare. Däremot trodde hon inte att det rörde sig om ett slumpmässigt mord, utan att det hade föregåtts av planering, kanske under lång tid. Mördaren var troligen medveten om att Egon Wallin tänkte ge sig ut igen och att han skulle vara ensam. Det betydde i sin tur att förövaren hade haft sitt offer under uppsikt.

De måste fråga ut alla i hans omgivning en gång till. Någon kunde ha lagt märke till något, kanske sett en ny, okänd person i hans närhet. Och så detta med att han måste ha känt sin förövare – det gjorde definitivt sökningen snävare. Visserligen hade Egon Wallin haft ett osedvanligt stort umgänge, men det underlättade betydligt att gärningsmannen troligen fanns i hans närhet.

Perrongen fylldes av tålmodigt väntande resenärer som härdats genom åratal av försenade pendeltåg orsakade av frusna växlar, snötäckta spår, vagnar som immade igen i kylan, dörrar som inte gick att öppna. Alltid var det något. Pendeltågskaoset hade stockholmarna tvingats leva med så länge han kunde minnas.

Han iakttog människorna omkring sig med avsmak. Där stod de som hjälplösa hjon och frös i sina yllerockar, täckjackor och kappor. Jeans och vantar och moonboots, snoriga näsor och ögon som tårades av kylan. Temperaturen visade på sjutton minus. Tröstlöst stirrade de tomt på SL:s informationstavlor om inställda tåg och förseningar. Otåligt stampade han i marken för att försöka hålla värmen. Satans kyla, vad han hatade den. Och vad han hatade dessa stackare han hade omkring sig. Vilka erbarmliga liv de levde.

Upp i ottan i mörkret, många stod i snålblåsten vid iskalla busskurer och satt sedan och skumpade på bussar i lukten av vått ylle, avgaser och fukt på väg till pendeln. Där väntade nästa anhalt innan tåget äntligen dök upp. När det sent omsider kom tvingades resenärerna trängas, hoptryckta mot varandra, station efter station ända tills tåget nådde Stockholms central en halvtimme senare.

Efter vad som kändes som en evighet kom pendeltåget till sist inrullande. Han knuffade sig upp för att få en sittplats vid fönstret. Huvudet värkte och trots att ljuset var skumt i vagnen kisade han för att undkomma så mycket av det som möjligt.

Tågresan in till stan blev en pina. Han lyckades krångla sig ner bredvid en tjock käring som satt längst ut på sätet. Lutade huvudet mot fönstret och stirrade ut för att slippa se människorna omkring sig. Tåget dunkade förbi förort efter förort, den ena tristare än den andra. Han hade kunnat slippa den här tågresan, hade kunnat leva ett helt annat liv. Som vanligt fick han en sur uppstötning när han tänkte tanken. Kroppen reagerade instinktivt, fysiskt. Han blev illamående när han tänkte på hur tillvaron hade kunnat se ut. Om inte.

Otåligheten hade börjat komma krypande och han kände att det måste hända något snart. Kunde inte vänta så mycket längre. Det blev svårare och svårare att hålla god min utåt. Ibland blev han rädd att han tagit sig vatten över huvudet.

Han steg av vid Centralen och föll in i den jäktade rytmen. Åkte med strömmen av människor förbi pendeltågsgångarna, genom svängdörrarna och bort mot tunnelbanan. Tåget stod redan inne på perrongen och han sprang de sista meterna. Gamla Stan låg bara en station bort.

Monika Wallin förekom Knutas. När han var på väg till jobbet ringde hon på hans mobil. Hon lät upprörd.

– Jag har hittat nåt. Jag vill att du kommer hit.

– Vad är det?

– Det kan jag inte säga på telefon. Men jag gick igenom vårt förråd i går kväll och upptäckte en sak som jag är säker på att du vill se.

Knutas kastade en blick på sitt armbandsur. Han skulle bli försenad till morgonmötet, men det kunde inte hjälpas. Som tur var hade han tagit bilen denna morgon. Även om det inte var långt till Snäckgärdsvägen som låg på andra sidan lasarettet gick det bra mycket fortare med bil. Istället för att stanna vid polishuset körde han förbi, tog in på Kung Magnus väg och rundade rondellen vid det klassiska konditoriet Norrgatt innan han fortsatte ner mot lasarettet. När han svängde in på den lilla parkeringen stod Monika Wallin och väntade på honom. Hon var klädd i en rosa täckjacka och förvånat lade han märke till att hon målat sina läppar rosa.

– Hej, hälsade hon något forcerat och sträckte fram handen. Till och med vantarna var rosa.

Hon började gå före honom mot radhuset. Dörren till förrådet som satt ihop med gaveln på huset stod öppen. Monika Wallin gick före honom in i det dåligt upplysta utrymmet som var större invändigt än det verkade utifrån. Det var överbelamrat med saker och om paret Wallin hade det städat och prydligt inomhus var detta en helt annan historia. Huller om buller låg ytterkrukor, gamla skidor, spadar, lampskärmar, cykelhjul, kartonger, verktyg och trädgårdsredskap.

– Ja, förrådet var Egons domäner, ursäktade sig Monika Wallin. Jag går aldrig in här, vägrar eftersom det är så rörigt. Därför kunde jag inte ens byta en glödlampa för jag visste inte var jag skulle börja leta.

Hon suckade och såg sig uppgivet omkring där de stod och trängdes på den enda tomma fläck som återstod på golvet. Väggarna var täckta av hyllor med prylar och i bortre hörnet fanns ett överlastat bord med lådor.

– Här borta, mumlade hon och banade sig fram i den smala gång hon uppenbarligen röjt för att kunna ta sig längst in i förrådet. Där fanns en dörr som hon låste upp.

– Den leder till varmförrådet. Det sitter ihop med tvättstugan och det har funnits en dörr inifrån också, men vi har satt en torktumlare för, så man kan bara nå hit den här vägen.

Knutas följde efter och de kom in i ett mindre rum. Här rådde en annan ordning. Kartonger var prydligt uppradade längs väggarna. Vid ena sidan stod ett nätt köksbord av äldre modell. Monika Wallin flyttade undan en masonitskiva på ena sidan väggen och lyfte på en presenning. Knutas nyfikenhet steg. Han lutade sig ivrigt fram för att se vad som fanns där bakom.

Hon drog ut en mindre kartong, lade upp den på bordet och vek undan silkespapperet inuti.

– Titta, sa hon. Jag har ingen aning om var den här kommer ifrån.

Knutas kikade nyfiket ner på innehållet i kartongen.

Där låg en målning som inte var större än ett A4–papper. Motivet visade en bit av Stockholms slott, Riddarholmskyrkan skymtade i bakgrunden, annars dominerades målningen av vattnet i Stockholms ström. Av den gyllene färgen som reflekterades i slottets fönster att döma borde det vara kvällsljus som konstnären avbildat. Knutas var ingen konstkännare, men till och med han kunde se att målningen var bra. Någon signatur hittade han inte.

– Vem har målat den?

– Jag är osäker. Jag är ingen konstkännare direkt. Jag skötte mest det administrativa, men skulle jag gissa så chansar jag på att det är en Zorn.

– Anders Zorn? utbrast Knutas förbluffad. Då måste den vara värd en hel del.

– Om det verkligen är Zorn, ja. Men det finns mer.

Nästa målning var lite större och hade en vacker guldram. Den visade ett motiv som gjorde att Knutas direkt kunde säga vem konstnären var. Två rundhyllta nakna kvinnor, vita i skinnet men med blossande kinder, vid en strand som säkert var Siljan.

– Det där *är* ju verkligen en Zorn, eller hur? sa han upphetsat och letade efter en signering som han fann i högra hörnet av tavlan.

Han kunde inte tro sina ögon. Här stod han i ett litet sunkigt radhusförråd i Visby och betraktade verk av en av Sveriges mest berömda konstnärer genom tiderna. Det var inte klokt.

Monika Wallin hade flera tavlor att visa upp: en målning med hästmotiv av Nils Kreuger, en med några sparvar i snö av Bruno Liljefors och en föreställande två pojkar som betraktade ett äppelträd med en villa i bakgrunden. De var signerad C.L. Carl Larsson.

Knutas var tvungen att sätta sig ned på en pall i det trånga rummet.

– Du kände alltså inte till att tavlorna fanns här?

– Självklart inte. Vi har aldrig visat dem i galleriet, vi har inte köpt in dem, de finns inte dokumenterade nånstans.

– Det är mycket kända konstnärer alltihop, vad tror du de kan vara värda?

– En förmögenhet, suckade hon. Totalt handlar det säkert om miljontals kronor.

– Har du gått igenom fler kartonger här inne?

– Nej, men nu orkar jag inte mer. Nu får ni ta över.

– Vi måste göra en husrannsakan, det förstår du säkert?

Hon nickade och slog ut med händerna i en uppgiven gest.

Medan de väntade på förstärkning bjöd Monika Wallin på kaffe. Då tog Knutas upp det brännbara ämnet. Han valde att gå rakt på sak.

– Varför berättade du inte att du hade ett förhållande med Rolf Sandén när jag var här senast?

Uppenbarligen hade Monika Wallin väntat på frågan. Hennes ansikte var uttryckslöst.

– Jag tyckte att det var ganska så ointressant.

– Allt som har med dig och Egon att göra är relevant för oss. Kände Egon till det?

Hon suckade djupt.

– Nej, han visste inget. Han märkte inget överhuvudtaget. Han hade slutat se mig för länge sen.

– Hur kan du vara så säker på det?

– Vi har skött det snyggt. Träffats på dagtid när han var i galleriet. Jag jobbar ju mycket hemma. Är bara i galleriet på måndagarna för det mesta.

– Tydligen känner grannarna till det?

– Det är väl ofrånkomligt i ett sånt här litet område. Inte för att jag bryr mig, vi umgås inte med nån häromkring i alla fall.

– Utom du och Rolf, då?

– Ja, utom vi.

Tavlorna som hittades i paret Wallins förråd beslagtogs av polisen och skickades med nästa flyg till Bukowski Auktioner i Stockholm för identifiering och värdering. Erik Mattson tog emot dem på tisdagsförmiddagen.

Det tog honom mindre än en timme att identifiera tavlorna och kontrollera deras äkthet. Alla var originalmålningar. Den större Zornmålningen med dalkullorna vid Siljans strand betingade ett värde på mellan tre och fyra miljoner. Resten låg på några hundra tusen kronor styck. Totalt beräknade han värdet till mellan fyra och fem miljoner kronor. Verken var kända och sedan han slagit på dem i databaserna visade det sig att samtliga var stulna.

De båda Zorntavlorna stals tre år tidigare från en samlare i Göteborg, Carl Larssonmålningen hade stulits från en utställning i Falun året före och Bruno Liljefors försvann i samband med en flytt från en gård på Gotland bara några månader tidigare.

Erik Mattson ringde omedelbart Knutas när han var klar.

– Det var som fan, utbrast kommissarien. Stulna allihop. Är du säker?

– Javisst, ni kan kontrollera själva i era register.

– Och du är säker på äktheten?

– Det finns ingen tvekan.

– Tack ska du ha.

Knutas lade på luren och slog direktnumret till gruppen från rikskriminalen och bad dem kontrollera stölderna, hur de gått till och om det fanns misstänkta gärningsmän.

Förstrött såg han ut genom fönstret.

Egon Wallin hade alltså varit inblandad i riksomfattande tavelstölder eller åtminstone fungerat som hälare, vilket var nog så allvarligt. Knutas var chockad. Hade han så dålig människokännedom? Han som hade uppfattat Egon Wallin som en så rättskaffens man. Vad var det mer som han inte visste om honom?

Husrannsakan skulle genomföras under dagen i paret Wallins hem och i galleriet. Han såg fram emot att få ta del av resultatet.

Att paret Wallins hem spärrades av och söktes igenom gick inte medierna spårlöst förbi. Grannarna hade sett tavlorna bäras ut från förrådet och ryktet om att de var stulna kom igång omedelbart.

– Jag hade det på känn, sa Pia ivrigt i bilen på väg till Snäckgärdsvägen. Att det var nåt med Egon Wallin.

När de kom fram var det full aktivitet i radhusområdet. Tomten var avspärrad och flera polisbilar stod parkerade utanför. Några grannar följde ogenerat polisens arbete. Johan skymtade Monika Wallin genom köksfönstret. Han tyckte synd om henne.

Han gick fram till en av poliserna som höll vakt.

– Vad händer här?

– Den frågan svarar jag inte på. Du får prata med presstalesmannen eller förundersökningsledaren, Anders Knutas.

– Är någon av dem här?

– Nej.

– Du kan väl åtminstone berätta varför ni har spärrat av?

– Fynd har påträffats i fastigheten som intresserar polisen, mer kan jag inte säga.

– Handlar det om stulna tavlor?

Polismannen rörde inte en min.

– Det kan jag inte uttala mig om.

Johan och Pia försökte prata med några grannar som bara kunde berätta att de inte haft en aning om att paret Wallin förvarade stulen konst hemma. Däremot hänvisade flera till områdets skvallertant som bodde längst bort i längan. Om någon visste mer så var det hon.

Damen som såg ut att vara minst åttio öppnade innan de ens hunnit ringa på. Hon var lång och mager, med det silvriga håret i knut. Klänningen hon bar var elegant. Hon var klädd som om hon skulle gå bort.

– Vad är det om? frågade hon misstänksamt. Är ni från polisen? Jag har ju redan sagt allt jag vet.

Att Pia bar på en stor TV-kamera verkade inte ge damen någon ledtråd.

De presenterade sig.

– Är ni från TV? Det var värst.

Hon skrattade förläget och rättade automatiskt till håret.

– Ingrid Hasselblad, presenterade hon sig och sträckte fram en mager arm. Naglarna var rödmålade och välskötta. Plötsligt slog hon upp dörren på vid gavel.

– Kom in, kom in. Får jag bjuda på kaffe?

– Ja tack.

Johan och Pia växlade blickar. Kaffe betydde oftast att intervjun tog längre tid än vad som var motiverat, men den här gången var det kanske värt det.

Hon visade in dem i vardagsrummet. Utsikten var vidunderlig, havet var så nära att det kändes som om vågorna kunde stänka upp på fönstret.

– Ursäkta mig ett ögonblick.

Damen försvann och när hon kom tillbaka med kaffebrickan lade Johan märke till att hon bättrat på läppstiftet och sminkat sig med för mycket rouge på kinderna.

Kaffet var svagt och mazarinerna torra men både Pia och Johan talade om hur gott det smakade.

– Gör inte det där ont? frågade Ingrid Hasselblad och pekade på Pias pärla i näsan.

– Nej då, det känns inte alls.

Pia log.

– Ja se modet nuförtiden. Det är inget som vi äldre förstår oss på. Hon borstade bort en smula från kjolen. Själv var jag mannekäng som ung. Men det var länge sen.

– Vi skulle vilja ställa några frågor bara – om Wallins, sa Johan som tänkte att nu fick det vara nog med dösnack. Går det bra att vi filmar samtidigt?

– Jodå, det ska väl inte vara några problem.

Ingrid Hasselblad sträckte på ryggen och log mot kameran som om hon trodde det var stillbildsfotografering det var fråga om.

– Då låtsas vi som om kameran inte finns och det är bara du och jag som pratar, sa Johan.

– Javisst.

Ingrid Hasselblad satt blick stilla i samma position som tidigare med ett stelt leende på sina röda läppar.

– Okej, om du vänder dig mot mig, instruerade Johan, och så tränar vi först innan vi sätter på kameran. För att komma i stämning.

Han gjorde ett tecken åt Pia att rulla.

– Vad är det du har sett hemma hos Egon Wallin?

– Tidigare i dag när jag hade varit och handlat och gick förbi deras hus kom det ut flera konstaplar från Wallins förråd och de bar på tavlor.

– Vad gjorde poliserna med tavlorna?

– De bar in dem i en polisbil. De hade skynken över, men när de skulle lägga in en av tavlorna i bilen så gled skynket av och jag fick mig en titt på hela konsverket.

– Vet du vad det var för en tavla?

– Jag är inte säker, men jag tyckte den såg ut som en Zorn.

– Kan du beskriva motivet?

– Det föreställde två runda kvinnor, vita i skinnet som de alltid är på Zorns målningar. Det var grönt gräs runt omkring dem och så var de vid en sjö eller flod, vatten var det i alla fall.

– Har du lagt märke till nåt anmärkningsvärt förut hos familjen Wallin?

– Han har burit tavlor in och ut förr, men inte har jag undrat över det, de äger ju ett galleri. Det är väl inte så underligt att man förvarar konst hemma då.

– Har du nånsin sett Monika Wallin bära omkring på tavlor?

– Neej, svarade hon dröjande. Det har jag nog inte.

– Nåt annat?

Nu rodnade Ingrid Hasselblad under rouget.

– Ja, det kan man väl säga.

Johan skärpte koncentrationen.

– Vadå?

– Den där Monika, hon är otrogen. Med Rolf Sandén som bor här bredvid. Hon nickade förstulet mot väggen. De har haft ihop det i flera år och träffats på dagarna när Egon har varit på jobbet.

– Kan du beskriva Rolf Sandén? Vad är han för person?

– Han är änkling sen flera år. Ja, frun var så söt och rar hon, men tyvärr gick hon bort i en bilolycka. Deras barn har flyttat för länge sen.

– Jobbar han inte på dagarna?

– Han är sjukpensionär. Har varit byggnadsarbetare

men har slitit ut ryggen. Fast han är unga pojken, bara femtio. Han hade stort femtioårskalas i somras.

Hon lutade sig framåt och sa med lägre röst:

– Han spelar jämt på travet och jag har hört att han är spelmissbrukare.

– Vem säger det?

Johan lyssnade intresserat. Det här blev bara bättre och bättre.

– Folk pratar. Det är allmänt känt att Rolf Sandén är en notorisk spelare. Det vet alla.

Ingrid Hasselblad skruvade besvärat på sig och vände sig mot Pia:

– Ska vi inte sätta igång snart? Jag behöver nog bättra på läppstiftet.

Så fort Knutas kom tillbaks efter att ha varit ute och köpt en lunchsmörgås hörde han att Kihlgård och gänget från rikskriminalen hade kommit. Martin Kihlgårds bullrande skratt gick inte att ta miste på. Högljutt pladder och skrattsalvor trängde ut från möteslokalen och det lät som den värsta cocktailbjudning. Att det alltid var samma sak. Så fort Kihlgård visade sig höjdes stämningen på kriminalavdelningen avsevärt.

Ingen lade märke till Knutas när han sköt upp dörren. Kihlgård stod med sin breda rygg vänd mot honom och hade tydligen just berättat en av sina otaliga historier, eftersom alla kring bordet låg dubbelvikta av skratt.

– Å så kom han och satte i sig alltihop, fortsatte Kihlgård i upphetsad ton och slog ut med armarna. Varenda jäkla smula!

Denna slutkläm utlöste ännu ett gapflabb som fick väggarna att vibrera. Knutas såg sig avmätt omkring och knackade Kihlgård försynt på axeln. Kommissariens min när han vände sig om uttryckte enbart förtjusning.

– Nä men, tjänare Knutte, gamle gosse, hur är det med dig?

Knutas nästan försvann i Kihlgårds breda omfamning. Han klappade honom tafatt över ryggen.

– Jo, bara bra. Och du tycks må toppen.

– Det gungar fint, som flickan sa!

Kihlgård brast ut i ett nytt garv och fick med sig hela spaningsledningen.

Inte bara Kihlgårds skämt lockade till skratt, hela hans uppenbarelse var komisk. Det ostyriga håret stod åt alla håll, som om han aldrig sett röken av en kam. Ansiktsfärgen var lätt rödbrusig, han var något glosögd och ofta var han klädd i färgglada V-ringade tröjor som smet åt fint runt magen. Att han dessutom viftade mycket med händerna när han pratade och åt praktiskt taget oavbrutet förstärkte intrycket av pajas. Åldern var svår att bestämma, han kunde vara allt i spannet mellan fyrtio och sextio. Fast Knutas visste att Kihlgård var tre år äldre än han själv, alltså femtiofem.

När han också hälsat på de kolleger Kihlgård hade med sig från rikskriminalen kunde mötet börja. Efter att Knutas avslutat sin redogörelse såg han nyfiket på arbetskamraterna från Stockholm.

– Nå, vad säger ni?

– Det finns onekligen många trådar att dra i, började Kihlgård. Det här med stölderna är ju intressant. Och det var inte vilka verk som helst. Han var ingen småhandlare precis.

– Man undrar hur länge han hållit på och agerat hälare. Om det nu bara var det han gjorde, inföll Karin.

· – Det kan ha pågått länge, fast samtidigt tycker jag att vi borde ha fått upp ögonen för det, sa Knutas bekymrat.

– Att han vågade förvara dem i förrådet, sa Wittberg. Är inte det konstigt? Det hade kunnat börja brinna eller vad om helst. Dessutom kunde han själv råkat ut för inbrott.

– Det kanske bara var tillfälligt med just de här tavlorna. Ett undantag, sa Norrby.

– Men varför hade han dem fortfarande kvar när han hade förberett allt annat så noga, med flytten och alltihop? undrade Karin.

– Han hade säkert tänkt sälja dem i Stockholm, föreslog Knutas. Antagligen hade han en kontakt där.

– Hade han nån dator? frågade Kihlgård.

– Visst, sa Knutas. Både hemma och på galleriet. Vi gör husrannsakan i dag – så de kommer att gås igenom under dagen.

– Försäljningen av konsthandeln måste ha rört upp känslor, både hos frun och de anställda. Hur har de reagerat? Och att han sålde till den där Sixten Dahl.

– Monika Wallin verkade ganska kallsinnig till försäljningen när jag pratade med henne, sa Knutas. Men det är klart, det kan vara en chimär. Vi får undersöka saken vidare. Sen måste vi be om ytterligare hjälp från Stockholm med att ta reda på allt om eventuella samarbetspartners och även undersöka lägenheten dit Wallin tänkte flytta.

– Ja, han borde ha haft rätt bra kontakter i Stockholm, muttrade Kihlgård. Vet inte frun nåt om det?

– Inte vad hon har sagt än så länge, bet Knutas av, arg på sig själv för att han inte tänkt på att fråga mer om det när han besökte änkan. Vi får förhöra henne igen.

– Vernissagebesökarna då? fortsatte Kihlgård. Har ni en förteckning över vilka som bjudits in?

– Japp, det har jag ordnat, sa Karin och höll upp ett stort pappersark. Jag har delat upp det så att i första spalten finns alla som fick en inbjudan skickad till sig, den andra spalten visar de inbjudna som verkligen kom och den tredje innehåller övriga besökare, det vill säga de spontanbesökare som de anställda kan komma ihåg var där.

– Finns några intressanta namn?

– Ja, absolut, ett par kända konsthandlare från Stockholm som vi vet att Wallin hade affärskontakter med: en Hugo Malmberg som har ett galleri i Gamla Stan och så klart Sixten Dahl som vi redan känner till, sa Karin. Han skulle förhöras under morgonen i dag, men de har inte hört av sig från Stockholm än, så vi vet inte vad det har gett. Hur som helst är han väldigt intressant eftersom han konkurrerade med Egon om den litauiske konstnären och dessutom köpte han konsthandeln här i Visby av honom via en bulvan.

– De två tar ni väl hit och förhör själva?

Kihlgård tittade frågande på Knutas medan han slet upp en påse med skumbilar. Det blev tyst en stund innan Knutas svarade.

– Nja, inte direkt.

– Med tanke på att Egon Wallin i hemlighet tänkte flytta till Stockholm och att han dessutom sysslade med stulen konst så är det väl högintressant med två konsthandlare från Stockholm som besökte vernissagen samma dag som Wallin mördades. Eller?

Kihlgård kastade in en handfull bilar i munnen.

Knutas kände irritationen stiga. Tänk att man inte kunde träffa Kihlgård i fem minuter utan att han skulle reta gallfeber på en.

– Det är väl nåt vi får överväga så småningom. Jag tycker att vi först och främst inväntar svar från Stockholm om vad förhöret med Sixten Dahl har gett, eller hur?

Han plockade ihop sina papper och reste sig för att markera att mötet var avslutat.

Knutas behövde luft.

Hungern skrek i magen, klockan hade gott och väl passerat lunchdags. Den torra smörgås han köpt hade inte gjort Knutas ett dugg mätt men han hade inte tid att tänka på triviala saker som mat just nu. Det var dags att förhöra Mattis Kalvalis och hans manager innan de återvände till Litauen.

Han blaskade av ansiktet på toaletten och stoppade en minttablett i munnen.

När han kom ner till receptionen satt de redan där och väntade på honom. Han hade inte träffat konstnären tidigare utan bara sett honom på bild. Mattis Kalvalis såg minst sagt malplacerad ut i polishusets reception.

Det mest uppseendeväckande var håret som var svart, förutom luggen som hade färgats i en neongrön ton. I ena örat hängde en lång kedja och han var klädd i röda skinnbyxor och en kavaj i samma lysande gröna ton som luggen. Till den udda utstyrseln bar han ett par ljusblå högskaftade gymnastikskor som påminde om sådana Knutas själv hade haft som ung.

Managern som satt bredvid var hans raka motsats. Han såg ut som en rysk gruvarbetare med kraftig kroppsbyggnad och grova drag, pälsmössa med öronlappar och en puffig, mörkblå täckjacka. Hans handslag var svettigt.

På stapplande skolengelska fick Knutas fram några hälsningsfraser och gick sedan före dem upp till kriminalavdelningen. Som tur var hade spaningsledningens möte redan upplösts och han viftade till sig Karin som stod vid kaffeautomaten tillsammans med Kihlgård.

De båda litauerna avböjde kaffe och slog sig ner i Knutas besökssoffa. Knutas lät Karin, som hade bättre engelskakunskaper, sköta förhöret och han själv lyssnade och iakttog de båda männen framför sig. På sätt och vis hade det sina fördelar att bara sitta med. Han kunde se varje förändring i ansiktsuttrycket vid en fråga och om förhörspersonen flackade med blicken.

Karin började med att slå på bandspelaren och talade in de sedvanliga inledningsfraserna.

– Can I smoke?

Konstnären ställde frågan medan han grävde fram en cigarett från ett skrynkligt paket ur innerfickan på kavajen.

– I'm afraid not.

Den magre, originelle mannen mitt emot henne hejdade sig med cigaretten halvvägs till munnen och stoppade tillbaka den i paketet utan att röra en min.

Karin granskade det bleka ansiktet som var ungt med vackra drag, men hade djupa fåror. Mörka skuggor bredde ut sig under ögonen. Mattis Kalvalis såg ut som om han inte sovit på flera dygn. Han verkade obekväm där han satt i Knutas tvåsitssoffa och trängdes med sin korpulente manager.

Efter standardfrågorna om personuppgifter vände sig Karin mot konstnären.

– Hur väl kände du Egon Wallin?

Mattis Kalvalis drog på orden när han svarade.

– Nja, inte särskilt bra egentligen. Han var lätt att ha

att göra med på ett professionellt plan, men vi hade bara träffats några gånger.

– Hur lärde ni känna varandra?

– För ett år sen måste det ha varit, sa han med en blick på sin manager som nickade instämmande. Ja, förra våren träffades vi i Vilnius. Han var där på nån konferens, tror jag det var.

Han såg återigen på mannen bredvid som trutade med munnen och nickade.

– Och hur kom det sig att ni träffades?

– Vi satt vid samma bord på en middag som arrangerats av litauiska Konstnärsfrämjandet. Han hade sett mina verk, ja, jag ställde ut på ett litet galleri i Vilnius då, och han sa att han tyckte om dem. Dagen efter träffades vi och åt lunch och han erbjöd sig att bli min agent här i Skandinavien.

– Och du accepterade direkt?

– Nej då, visst inte. Jag fick faktiskt ganska stor uppmärksamhet för den där utställningen som var min första och det skrevs en del i tidningarna. Anbud kom från flera håll, men Egon Wallins var det bästa.

Knutas blev fundersam. Hur kunde Egon Wallin ha konkurrerat ut andra agenter så lätt? Han gjorde en anteckning i sitt block.

– Hur bra var anbudet?

Karin fixerade Mattis Kalvalis med blicken. Hennes ögon var lika mörka som hans.

– Han skulle jobba med att sälja in mig här mot att han fick tjugo procent av intäkterna.

– Varför var det så fördelaktigt?

– Alla andra tar tjugofem procent. Dessutom verkade han ha goda kontakter.

Mattis Kalvalis smålog. Från att ha uppträtt nervöst i

början av förhöret verkade han alltmer avslappnad.

– I och för sig så verkar det stämma med tanke på din första vernissage här, sa Karin. Det mesta sålde slut, vad jag förstår.

– Just det.

– Och publicitet har vi fått, insköt managern, som yttrade sig för första gången. Mattis har varit med i varenda större tidning nu i helgen och beställningarna på verk strömmar in. Egon Wallin var väldigt bra att jobba med, det märktes på en gång. Nu vet vi inte hur det blir.

– Nej, höll Mattis med och ryckte uppgivet på axlarna.

Av minen att döma var han inte särskilt orolig.

– Vi vet att ni åt middag på Donners Brunn efter vernissagen på mordkvällen. Vad gjorde ni sen?

– Jag följde inte med på middagen, berättade managern. Jag kände mig dålig så jag gick direkt till hotellet.

– Jaså?

Karin rynkade pannan. Hon hade tidigare uppfattat det som att Vigor Haukas deltagit.

– Jo, det blev väl lite för mycket vin. Jag blev exalterad för att vi sålde så mycket.

– Vad gjorde du på hotellet?

– Bara sov. Jag var så trött efter allt jäktande och nervositeten inför vernissagen.

Han skrattade till som om han skämdes. Karin vände sig mot Mattis Kalvalis.

– Kan du berätta om kvällen?

– Javisst. Vernissagen blev lyckad som sagt, man kan väl närmast beskriva evenemanget som en succé. Jag hade väldigt roligt och det var intressant att prata med alla besökare. Folk här är så öppna och entusiastiska, sa han förtjust och drog i den gröna luggen. Det var en massa journalister där så jag gav flera intervjuer. Ja, sen efteråt gick vi på restaurang allihopa, utom Vigor då, och det var mycket trevligt.

– Hur länge var du kvar på restaurangen?

– Jag gick nog därifrån vid elvatiden.

– Vad gjorde du sen?

– Gick raka vägen tillbaka till hotellet. Jag var tvungen att gå upp tidigt nästa morgon.

– Och du träffade ingen?

– Nej, hotellet ligger ju nästan vägg i vägg med restaurangen. Jag gick upp på rummet och lade mig.

– Var det nån som såg dig?

– Nej. De har inte receptionen öppen på natten så lobbyn var obemannad.

– Ingen kan alltså intyga att det du säger nu stämmer?

– Nej, svarade konstnären förvånat. Är jag misstänkt? Ena handen flög förfärat upp mot bröstkorgen.

– Jag ställer bara vanliga standardfrågor som vi gör till alla, svarade Karin avväpnande. Det är rutin.

– Okej. Jag förstår.

Mattis Kalvalis log osäkert och kastade en fladdrig blick på sin manager.

– Varför åkte ni till Stockholm?

– Det är väl lika bra att säga som det är. Visserligen hade jag lovat Egon att han skulle få bli min agent i Skandinavien, men kontraktet var inte underskrivet. Under vernissagen blev jag erbjuden ett ännu bättre avtal med en annan konsthandlare från Stockholm.

– Sixten Dahl?

– Ja, just det. Han övertalade mig att åtminstone komma och se galleriet och höra mer om vad han kunde göra för mig. Så vi bestämde redan under vernissagen att vi skulle åka.

– Har du skrivit nåt kontrakt med Sixten Dahl?

Konstnären slog ut med händerna.

– Ja, faktiskt. Det var så mycket bättre. Och nu spelar det ju ingen roll längre. Nu när Egon är död.

Efter förhöret gick Knutas och Karin till pizzerian runt hörnet för en sen lunch. De var de enda gästerna. Klockan var över två och Knutas var svimfärdig av hunger. De beställde varsin capricciosa vid disken och slog sig sedan ner vid ett fönsterbord med utsikt över gatan. Solskenet var borta och det var gråväder och snömodd utanför fönstret.

– Det känns inte bra att släppa iväg de där två, sa Karin och skakade på huvudet. Alldeles för mycket hänger i luften.

– Jovisst, höll Knutas med. Men vad ska vi göra? Vi kan knappast få dem anhållna.

Karin tog en klunk av lättölen hon hade framför sig.

– Det här fallet blir bara mer och mer komplicerat. Först mordet på Egon Wallin, hans i hemlighet planerade uppbrott, de stulna tavlorna och fruns älskare. Vilken soppa.

De fick in pizzorna och åt under tystnad. Knutas kastade i sig maten så snabbt att han fick hicka. Han beställde en Ramlösa som han snabbt hällde i sig för att få stopp på eländet.

– Det finns två beröringspunkter här, sa Knutas. Konst och Stockholm. Wallin var på väg dit och Kalvalis har uppenbarligen en del kontakter där. Finns det nåt mer?

– Hemligheter, sa Karin. Både Wallin och frun hade hemligheter för den andra. Wallin lyckades till och med sälja galleriet, köpa lägenhet i Stockholm och praktiskt taget ordna hela skilsmässan utan att hans stackars hustru fick reda på det.

– Och Mattis Kalvalis? mumlade Knutas eftertänksamt. Vad har han för hemligheter?

Han sköt undan tallriken och tittade forskande på Karin. Och du då, tänkte han, på tal om hemligheter.

– Hur är det? frågade han.

– Vadå – med mig?

Hon såg besvärad ut.

– Ja.

– Jo, men det är bra.

– Du ljuger så dåligt.

– Äh, lägg av.

Hon log ändå.

Knutas såg henne allvarligt i ögonen.

– Har vi inte känt varandra så länge att du kan berätta?

Nu rodnade Karin.

– Men snälla Anders, det är inget särskilt. Livet går upp och ner bara, du vet hur det är.

– Har du nån pojkvän?

Karin ryckte till. Knutas blev själv förvånad över sin djärvhet. Att han verkligen hade frågat.

– Nej, det har jag inte, sa hon lågt.

Hon såg ner på sitt halvfulla ölglas och snurrade det sakta mellan händerna.

– Förlåt, sa han. Jag menade inte att klampa på. Jag tycker bara mig ha märkt att det är nåt som trycker dig. Är det så?

Hon suckade.

– Okej, jag har vissa privata problem, men det är inget jag har lust att sitta här och snacka om.

– Men när då? sa han argt.

Plötsligt hade ilskan blossat upp.

– När har du lust? När tänker du överhuvudtaget berätta nåt för mig? Vi har jobbat tillsammans i femton års tid, Karin. Om du har problem så vill jag hjälpa dig. Du måste ge mig en chans att göra nåt!

Karin reste sig häftigt och stirrade ilsket på honom.

– Hjälpa mig, fräste hon. Hur i helvete ska du av alla människor kunna hjälpa mig?

Utan att han fick en chans att svara lämnade hon bordet och försvann ut genom restaurangens entré.

Knutas satt kvar och såg efter hennes arga rygg.

Han förstod absolut ingenting.

När spaningsledningen träffades på onsdagsmorgonen hade fortfarande bara ett fåtal personer hört av sig till polisen, trots alla uppmaningar i medierna.

– Hur kan någon mördas och hängas upp till allmän beskådan i Visby ringmur utan att en enda människa har märkt nånting?

Knutas avbröts av att han nös så det stänkte över halva bordsytan. I veckor hade han dragits med en förkylning som vägrade ge med sig.

Han ursäktade sig snabbt och torkade av bordet med en näsduk han grävde fram ur fickan.

– Om vi bara visste var själva mordet begicks, suckade Karin.

– Det lär komma fram tids nog, lugnade Norrby. Hur som helst kan jag berätta att vi har kollat upp adressen i Stockholm dit Egon Wallin hade tänkt flytta, alltså Artillerigatan 38. Det visar sig att han köpte lägenheten för två månader sen, närmare bestämt den sjuttonde november. En nyrenoverad trea. Den var nästan fullt möblerad med sprillans nya möbler, ny TV och musikanläggning. Köket var utrustat med porslin och husgeråd. Han hade köpt lägenheten via annons och betalat 4,2 miljoner kronor.

Wittberg visslade till.

– Fan vad dyrt. Hade han så mycket pengar?

– Visserligen är priserna höga på Östermalm, men det här var också en hörnlägenhet med balkong fem trappor upp i huset och det var ingen liten trea, 105 kvadratmeter.

Norrby gjorde en konstpaus och strök handen över håret.

– Och för att svara på din fråga. Ja, han hade pengar. Han hade nyligen sålt galleriet. Han använde väl de pengarna. Dessutom hade han en del aktier och obligationer.

– Livförsäkring? undrade Karin.

– Japp, på tre miljoner. Vid hans död tillfaller pengarna hustrun.

– Jahapp, sa Kihlgård och lutade sig bakåt i stolen och knäppte händerna på magen. Då har vi fått ytterligare ett motiv. Vi kanske ska ta och plocka in Monika Wallin igen. Det fanns ju en del brister i tidigare förhör.

Han kastade en snabb blick på Knutas som skruvade besvärat på sig.

– Hon hade en älskare och makens död gör henne rik. Två klassiska motiv till att mörda.

– Barnen då, insköt Karin. Vad får de?

– De lär nog ärva en hel del. Exakt hur mycket kan jag inte svara på just nu, men han var säkert god för rätt många miljoner, sa Norrby. Frun och barnen delar lika så det blir en ordentlig hacka åt allihop.

– Där har vi tre som har goda motiv, sa Karin. Barnen har heller inte förhörts än. Vad gäller Rolf Sandén, älskaren alltså, så hade han både motiv och kroppsstyrka. Tyvärr har han även alibi för mordnatten. Då var han på besök hos en god vän i Slite och övernattade. Vännen har intygat att de var tillsammans hela kvällen.

– Jag har kollat upp en del om Egon Wallins samarbetspartners i Stockholm, fortsatte Kihlgård. Först den där Sixten Dahl som han sålde konsthandeln till utan att veta om det. Dahl sa inget uppseendeväckande i förhöret som gjordes i Stockholm. Han hade också alibi för mordnatten. Han delade nämligen rum med en god vän från Stockholm och de var tillsammans hela kvällen och natten. Ja, de var inte ihop, förklarade Kihlgård snabbt, det har vi redan frågat. Hotellet var fullbokat så det fanns inte rum åt båda. Nån konferens om samarbete kring Östersjön pågick samtidigt.

– Javisst, inföll Karin. Den där om gasledningen mellan Tyskland och Ryssland som ska gå på havsbotten förbi oss.

– Just det, sa Kihlgård. Och Dahls uppgifter stärks både av restaurangpersonal på Donners Brunn och av receptionisten på hotellet. De var tillbaka före elva och gick då direkt upp på rummet.

– Det är väl i och för sig inget som säger att de inte gick ut igen, påpekade Karin.

– Och att de åt på samma restaurang som Egon Wallin och de andra är ett intressant sammanträffande, tyckte Wittberg.

– Jo, men samtidigt finns inte så värst många ställen att välja på och den restaurangen ligger närmast hotellet, sa Knutas.

– Vi får väl kolla av det här igen, föreslog Kihlgård. Nåväl, Sixten Dahl kommer att flytta hit på prov under ett halvår för att få igång verksamheten och hans fru följer med. Ja, ja, det hör väl inte hit egentligen, mumlade han och bläddrade vidare i sina papper som om han letade efter något. Så lyste han upp.

– Jo, här.

Han satte omsorgsfullt på sig glasögonen och tog en

tugga av en kanelbulle som han sköljde ner med kaffe innan han fortsatte. Alla väntade tålmodigt medan han plockade bort smulor ur mungipan.

– Egon Wallin hade köpt in sig som delägare i en konsthandel i Gamla Stan i Stockholm. Den ägs av fyra olika personer och han skulle alltså bli en femte delägare.

– Vilka är de andra? frågade Knutas, som glömt bort sin förbittring över Kihlgårds nålstick.

– Jag har en lista på namnen här.

Han rättade till glasögonen på näsroten och läste namnen på listan.

– Katarina Ljungberg, Ingrid Jönsson, Hugo Malmberg och Peter Melander.

– Hugo Malmberg känner jag igen, sa Karin. Jag undrar om inte han var med på vernissagen.

Hon letade i listorna hon hade framför sig på bordet.

– Jajamänsan, utropade hon belåtet. Han är förhörd i Stockholm. Av nån som heter Stenström.

– Intressant, det där tar vi tag i med en gång, sa Knutas. Hur långt hade affären gått?

– Det var helt klart, sa Kihlgård. Han hade betalat in allt och det verkar inte vara några konstigheter.

– Vi får prata med den där Malmberg omedelbart, sa Knutas. De andra måste också kollas upp. Man undrar förstås om nån av dem också är inblandad i handeln med stulna tavlor.

– Ja, men sen har vi också en annan motivbild, sa Wittberg dröjande. Nån av de andra delägarna kanske inte gillade att Egon Wallin skulle vara med.

– Men skulle man gå så långt som till mord för en sån sak? Nej, nej.

Norrby skakade på huvudet.

Kylan var obeveklig och höll människorna inomhus. Det var ovanligt tyst i Stockholm denna februarinatt. Temperaturen hade sjunkit till minus sjutton grader och allt tycktes stelnat, förfruset.

När Hugo Malmberg öppnade porten ut mot Långholmsgatan slog en isande vägg av kall luft emot honom. Han begravde halva ansiktet i halsduken och fällde upp kragen. Spanade nedåt den ödsliga gatan, ännu ingen taxi. Klockan var närmare tre på natten. Han tände en cigarett och väntade, stampade med fötterna i marken i ett försök att hålla värmen. Han övervägde att gå in igen, tills han insåg att han glömt portkoden. Blicken följde fasaden upp till fjärde våningen och hela Ludvigs och Alexias fönsterrad på den här sidan låg i mörker. De hade varit snabba att släcka, var väl glada att han äntligen gick.

Ännu en i raden av fredagsmiddagar med vällagad mat, exklusiva viner och goda vänner hade avverkats. Byxorna spände, han måste se upp så han inte lade på sig. Han hade stannat kvar längst av alla, vilket inte var ovanligt. Den här gången hade han och värden, tillika hans gode vän Ludvig, snärjt in sig i en diskussion om bristen på intresse för konsten på de stora dagstidningarnas kultursidor, det var litteraturen som tog allt spaltutrymme. När alla argument var uttömda och indignationer avfyrade var klockan halv tre. De övriga middagsgästerna hade droppat av en efter en utan att det föranledde de båda vännerna att avbryta sin livliga diskussion och det var Ludvigs fru Alexia som fick kindpussas adjö i dörren.

Till sist insåg även Hugo att det var dags att gå hem och Ludvig ringde efter en taxi. Bilarna brukade alltid vara på plats snabbt så han tyckte det var lika bra att ta hissen ner och vänta utanför medan han rökte en efterlängtad cigarett.

Hemma hos Ludvig och Alexia rådde rökförbud. När han fimpat cigarett nummer två och taxin ännu inte kommit såg han återigen på klockan. Han hade väntat i tio minuter vid det här laget och började misströsta. Mobiltelefonen låg dessvärre hemma och att ställa sig och skrika eller försöka kasta sten på fönstren där uppe var inget som lockade.

Han såg bort mot Västerbron. Egentligen var det inte alls långt hem. Bara över bron och så kunde han ta trappan ner och snedda över Rålambshovsparken, och därefter återstod bara en kort sträcka på Norr Mälarstrand fram till hörnet av John Ericssonsgatan där han bodde. Det borde inte ta mycket mer än tjugo minuter, en halvtimme på sin höjd. Att det var så förbannat kallt fick honom att tveka, men om han höll hög fart borde det inte vara så farligt.

Hugo Malmberg var en av Stockholms mest ansedda gallerister. Han var delägare i en stor konsthandel i Gamla Stan och genom att göra lyckosamma affärer i konstbranschen hade han byggt upp en smärre förmögenhet under åttiotalet och den hade bara växt i omfattning sedan dess.

Han gick i rask takt bort mot Västerbron för att få igång blodcirkulationen. Kylan gjorde varje andetag plågsamt. Sverige var inte menat för människor, tänkte han. Fanns det en gud hade han glömt denna avkrok i det nordligaste av Europa. Staden låg i en förfrusen dvala. Islagret som täckte broräcket glänste i skenet från gatlyktorna. Bron tornade upp sig framför honom med sin vackert välvda båge och under den låg isen kompakt ända in till stadens kärna. Han fällde upp kragen ännu lite till och stack händerna innanför rocken.

Nattbussen passerade retligt nog precis när han kommit upp på Västerbron. Det hade inte fallit honom in att han kunnat ta den. Under honom låg Långholmen med sina kala träd och klippor. Den gamla fängelseön mitt i stan bestod mest av skog och båtplatser runt om.

Ett stycke längre fram fanns en trappa som ledde från bron och ner till den ensliga ön.

Plötsligt upptäckte han en figur som rörde sig där nere mellan träden. Mannen var klädd i mörk täckjacka och bar en stickad mössa på huvudet.

I samma ögonblick som han passerade trappan möttes deras blickar. Den mörkklädde mannen var lång och verkade muskulös under jackan. Ansiktet var vekt, ett lockigt, blont hår stack fram nedanför mössan.

Han kom sig inte för med att säga något. Det var en udda situation, de var ensamma i den kalla natten och kanske borde de ha hälsat. Den yngre mannen var verkligen rasande attraktiv. Strunt samma, nu ville han bara hem så fort som möjligt. Kinderna hade stelnat av kylan. Han ökade på stegen.

Inte ett ljud hördes bakom. Han visste inte om mannen i trappan följde honom i fotspåren eller om han gått åt andra hållet, mot Södermalm. Till slut kunde han inte motstå frestelsen att vända sig om. Förvånat ryckte han till – främlingen var bara några meter efter. Han smålog och tittade Hugo Malmberg rätt i ögonen.

Utan att veta hur han skulle tolka leendet fortsatte Hugo framåt.

När han närmade sig krönet på bron friskade vinden i. Luften var så rå och kall att han knappt förmådde dra ner den i lungorna.

Där gick han mitt i centrala Stockholm och kunde inte erinra sig att han någonsin upplevt staden så ödslig. Allt runt omkring var inpackat, infryst, som om stadens liv och larm plötsligt förstenats, fastnat mitt i rörelsen. Det var samma känsla som han hade för konsten. En skickligt målad tavla som berörde honom gjorde att allt runt omkring fryste i ett ögonblick, som ett fotografi – tid och rum stannade upp och det enda som existerade var han själv och målningen han betraktade.

Så fick han syn på den okände mannen igen. Nu var han plötsligt framför. Hur hade det gått till? Han stod på andra sidan bron och tittade rakt mot Hugo.

Snabbt svepte en obehagskänsla genom kroppen. Det var definitivt något som inte stämde i den unge mannens beteende. Med ens blev han varse hur utlämnad han var, fullt synlig mitt på bron utan en tillstymmelse till chans att gömma sig om han skulle råka ut för ett överfall. Han kunde förstås springa, men förföljaren skulle med all säkerhet vara ifatt innan han ens hunnit få upp farten.

Borta på Norr Mälarstrand såg han en ensam taxi köra på väg mot city.

Han fortsatte framåt medan han höll ögonen på mannen på andra sidan. Samtidigt hörde han ett motorljud som snabbt steg till ett öronbedövande dån. En långtradare kom körande i hög fart över bron i motsatt körriktning. Han uppfattade chaufförens ansikte, sedan dundrade den förbi.

När hela släpet passerat var mannen på bron försvunnen.

På lördagen väcktes Knutas av att telefonen ringde. Han kände genast igen Sohlmans ivriga röst i andra änden.

– Vi har hittat vad vi tror är mordplatsen.

– Verkligen, var då?

Knutas var klarvaken på ett ögonblick.

– Vid Kärleksporten. Jag tycker du ska komma hit.

– Okej, jag är där om en kvart.

Han slängde sig ur sängen och in i duschen. Line sträckte sig sömnigt efter honom bland lakanen.

– Vad är det om? mumlade hon trött.

– Det händer saker. Jag måste gå.

Han kysste henne på pannan.

– Jag ringer sen, ropade han och tog trappan ner till undervåningen i några få kliv. En macka måste han hinna med, men kaffet fick vänta, vilket var en närmast outhärdlig uppoffring. Kaffet var hans livselixir som fick honom att vakna varje morgon.

Han körde så fort han kunde ner till hamnen och fortsatte utefter muren bort till den lilla öppning som kallades Kärleksporten på murens västra sida. När han kom fram var ett stort område redan avspärrat.

– Vad är det som har hänt? frågade han Sohlman som

tittade fram genom porten när han kom.

– Ett vittne hittade den här i morse.

Sohlman höll fram en plastpåse med en plånbok i svart skinn.

– Allt är kvar vilket gör att vi definitivt kan stryka rånmordsteorin.

– Wallins plånbok, konstaterade Knutas.

– Han måste ha tappat den under tumultet som uppstod när han blev överfallen. Flera spår tyder på att han mördades just här. Vi har funnit blodstänk på muren och en cigarettfimp av samma märke som hittades vid fyndplatsen. Lucky Strike. Det är ett ganska ovanligt märke, åtminstone här på Gotland.

– Inga spår av mobiltelefonen?

– Tyvärr.

– Hit kan man också komma ända fram med bil, sa Knutas och såg sig omkring på marken. Men några bilspår finns väl knappast kvar.

– Säg inte det. Det har inte snöat sedan mordkvällen och här kör nästan aldrig några bilar. Åtminstone inte på vintern. Har vi tur så.

– Det troliga är att han förföljde honom hit från Snäckgärdsvägen. Frågan är vart han skulle. In till stan var det uppenbarligen, men vart?

– Han måste ha stämt träff med nån. Antingen på en av de restauranger som har öppet sent på lördagskvällar eller på ett hotell. Nåt annat ställe har jag svårt att tänka mig.

– Såvida det inte var hemma hos nån, sa Knutas. Han kan ha varit på väg att träffa nån härifrån i hemlighet.

– Om det inte var så att det var gärningsmannen själv han skulle möta.

– Absolut, så kan det förstås också vara.

Knutas suckade.

– Det är i alla fall bra att vi har hittat mordplatsen. Var är vittnet?

– Inne på förhör, sa Sohlman. Vi fortsätter jobba så länge.

– Okej, jag får kalla in alla som kan till ett möte i eftermiddag. Hoppas att det går att göra det här diskret nu så att vi inte får medierna över oss.

– Blir nog svårt, sa Sohlman. Vi måste hålla ett ganska stort område avspärrat under större delen av dagen. Jag hoppas att vi kan kartlägga precis hur han har gått.

– Jag har en känsla av att gärningsmannen har ganska god lokalkännedom, sa Knutas fundersamt. Tänk om det faktiskt är en gotlänning vi letar efter.

Tillbaka i polishuset ringde han Line och förklarade att han skulle behöva vara borta större delen av dagen.

Även om han sett fram emot att vara ledig var det skönt att det äntligen hände något. Så fort en utredning stod stilla i några dagar började han misströsta. Otåligheten hade blivit värre med åren.

Det dröjde inte länge förrän Sohlman ringde. Han var tillbaka i polishuset för att göra en teknisk undersökning av innehållet i Egon Wallins plånbok.

– Kan du komma ner hit?

– Visst.

Han skyndade nerför trapporna till tekniska avdelningen som låg i husets bottenvåning.

Sohlman hade spritt ut innehållet i plånboken på ett bord med starka lysrör ovanför.

– Allt verkar vara kvar: kreditkort, pengar, presentkort. Den hade fallit ner i en grop och var helt övertäckt av snö, så det är inte så konstigt att ingen har hittat den tidigare.

– Hur mycket har vittnet kladdat på den, tror du?

– Det var en äldre man som var ute med sin hund. Jycken nosade fram den ur snön. Vittnet såg direkt att det var Egon Wallin på körkortet så han hade vett att bara släppa den på marken och ringa oss. Dessutom hade han handskar på sig som han behöll på. Han hade sett på TV hur man gör. Sen stod han kvar och vaktade plånboken tills vi kom. Vi kan tacka alla kriminalprogram på TV. Att det sen inte finns några fingeravtryck kvar eftersom den legat ute så pass länge är en annan sak.

– Vad har du hittat?

– Jo, en grej som jag undrar över är den här.

Med en pincett lyfte Sohlman upp en papperslapp från bordet. Det var en gul post it-lapp som någon klottrat ner fyra siffror på.

– En kod, uppenbarligen, sa Knutas. Kan det vara hans bankomatkod?

– Verkar väl dumdristigt att ha den uppskriven så synligt och lättillgängligt i plånboken tillsammans med kortet, sa Sohlman. Visst kan folk göra såna klantiga grejer, men jag tycker inte det stämmer in på Wallins personlighet.

– Du har rätt, höll Knutas med. Det borde handla om nåt annat. Har de nån kod till dörren på galleriet? Ifall man inte har nyckeln och det är stängt?

Sohlman tittade tvivlande på honom.

– Wallin har drivit den där konsthandeln i tjugofem år. Han gick dit varje dag. Även om de nyligen bytt kod så borde han kunna den utantill.

– Hur som helst får vi kolla alla upptänkliga alternativ, sa Knutas. Jag sätter Kihlgård på det här. Så får han nåt annat än mat att tänka på.

Sakta kom Erik Mattson till medvetande. Långt borta hörde han en dusch spola tillsammans med andra ljud han inte kände igen. Trafikbruset från gatan lät annorlunda. Det var intensivare än utanför hans fönster på Karlavägen, luften i rummet var fadd och instängd och sängen han låg i långt mjukare och mera nedsjunken än den exklusiva Duxkomfort han var van vid. Kroppen var mörbultad och det ömmade mellan benen. Huvudet värkte.

Han slog upp ögonen och såg omedelbart att han befann sig på ett hotell. Gårdagskvällen kom tillbaka och innan han hann tänka längre uppenbarade sig en storvuxen man i dörröppningen till badrummet. Han torkade sin rakade skalle medan han betraktade Erik i sängen. Han var helt naken och fortsatte obekymrat att frottera sig med lemmen hängande i viloläge. Musklerna svällde på den vältränade kroppen, han var ovanligt vit i hyn och hade nästan inget hår, inte ens kring könet. På ena armen satt en liten tatuering i form av en sköldpadda. Det såg löjligt ut.

De hade träffats på en av stadens mer dekadenta bögklubbar som Erik brukade besöka på fredagar. Det hade räckt med en halv drink och några längre ögonkast för att den storvuxne mannen skulle närma sig. Han hade varit angelägen, de hade bara hunnit ta några drinkar innan han ville gå hem. När Erik förklarade att det kostade hade den andre först blivit förbannad och gått därifrån. Men det hade inte dröjt länge förrän han var tillbaka igen och frågat om priset. Det var tydligen okej för de hade lämnat klubben och tagit taxi till hans hotell. Han hade varit hård och bestämd och näst intill våldsam. Vid några tillfällen hade Erik känt sig rädd, men den store mannen gick aldrig över gränsen. Även om det var nära. När han gjorde en paus och gick på toaletten hade Erik snabbt knaprat i sig två av de små gula. För att döva smärtan och stå ut resten av natten. Kunden visade inga tecken på att vara tillfredsställd, han verkade omättlig.

Nu kände Erik att det hade varit tuffare än vanligt. Ibland njöt han själv, både sexuellt och mentalt. Det var som om han flydde in i något, som att han mådde bra av det destruktiva i det hela. Hans liv var en bana utför och det fanns ingen annan väg att gå. Lika bra att låta saker och ting ske. Smärtan kunde innebära att han kände sig mer tillfreds hela nästa dag. Spänningsmomentet var en krydda man inte skulle underskatta. När han kom in på en klubb och visste att han inom några timmar skulle vara så intim det gick med en annan människa, men att han inte hade en aning om vem av alla inne på klubben det skulle bli. Visst fanns det njutningar med hans dubbelliv, förutom att det höll honom på fötter ekonomiskt. Samtidigt var det slitsamt, både mentalt och fysiskt. Ibland drabbades han av ångestattacker, förtvivlan och en gränslös tomhet. Det dövade han med att knapra piller och hälla i sig sprit. En flykt för stunden, visst, men han såg ingen framtid. Något annat liv fanns inte för honom. Han var som en guldfisk i en vattenskål utan möjlighet att ta sig ut.

Mannen log mot honom och förde honom tillbaka till

nuet. Med en triumferande gest kastade han iväg bad-
lakanet och en blick på hans könsorgan fick Erik att inse
att han ännu inte var nöjd.

Rikskriminalarna hade åkt hem till Stockholm över helgen, alla utom Martin Kihlgård. Ibland undrade Knutas om Kihlgård över huvudtaget hade något liv utanför polisarbetet. Han visste i själva verket inte mycket om honom. Kollegan pratade aldrig om någon familj och bar ingen vigselring så Knutas tog för givet att han var ogift. Vad han hade för fritidsintressen visste han inte heller, förutom mat då förstås. Även den här dagen hittade han Kihlgård mumsande på en baguette med salami och brieost när han stack in huvudet i det rum Kihlgård hade lånat under sin gotlandsvistelse.

– Hur går det?

– Hyggligt, jag har kollat upp den här mystiska koden och det började med att jag ställde mig en ganska enkel fråga.

Kihlgård pratade med mat i munnen i vanlig ordning och Knutas väntade medan han tuggade ur.

– Jo, jag undrade över hur det kom sig att mördaren visste att Wallin skulle ge sig av hemifrån igen.

Knutas ryckte på axlarna.

– Det är möjligt att det var en ren chansning. Han kanske skuggade Wallin och ville vänta tills ljuset släcktes.

– Eller också kände han till att Wallin skulle träffa någon!

Kihlgård lät triumferande på rösten som om det han kläckte ur sig var något nytt och revolutionerande.

– Ja, det där har vi redan diskuterat och vridit och vänt på hundratals gånger, sa Knutas otåligt. Han tänkte minsann inte stå här och ödsla dyrbar tid på att snacka skit.

– Gärningsmannen måste ha känt till att Wallin planerade att gå ut senare på kvällen för att träffa nån, fortsatte Kihlgård oberört. Troligen visste han också att den personen bodde på Wisby hotell.

– På Wisby hotell?

Knutas blev lång i ansiktet.

– Hur vet du att kvinnan han skulle träffa bodde där?

Kihlgård höll fram lappen med koden som Knutas klottrat ner samma morgon.

– Varför går man annars omkring med hotellets nattkod på en lapp i plånboken?

– Hur har du kommit fram till det?

– Först kollade jag med banken om det kunde vara en kreditkortskod och med frun om det var en kod som gäller larmet på huset, jag menar de har ju en massa dyrbar konst hemma. Där gick jag bet. Då funderade jag på sammanhanget och det här med att han var på väg att träffa nån, inte osannolikt på ett hotell. Jag kollade vilka hotell som inte har nattportier. Nu är det så att efter mordet på den kvinnliga nattportieren på Wisby hotell så har de bytt system. Om man kommer till hotellet efter midnatt och före klockan sex på morgonen så får man ringa på en klocka så kommer receptionisten och öppnar. På så sätt kan ingen obehörig bara rusa in. För den händelse en hotellgäst inte vill kalla på nattportieren, kanske för att han eller hon vill smuggla upp nån på rummet...

Kihlgård blinkade åt Knutas med en du-vet-vad-jag-menar-min.

– ...så tilldelas alla gäster en kod som de kan använda. Jag kollade upp koden med hotellet och det visade sig stämma. Av säkerhetsskäl byter de sifferkombination varje dag och det var den här koden som gällde natten mellan lördagen den nittonde och söndagen den tjugonde februari.

Knutas visslade till.

– Det var inte dåligt, sa han med beundran i rösten. Imponerande. Då har vi begränsat oss till Wisby hotell. Så många gäster finns det inte att välja på. Lysande, Martin.

Han gav sin kollega en vänskaplig dunk i ryggen.

– Tack ska du ha.

De avbröts av att Karin tittade in genom dörröppningen.

– Lunch?

Kihlgård sken upp.

– Låter som en förträfflig idé, sa han och stoppade in den sista biten av baguetten i munnen. Det är bara en sak till. Jag jämförde listorna på hotellgästerna den aktuella natten med dem som var inbjudna till vernissagen.

– Ja?

– Det fanns inte en enda kvinna som var med på bägge. Samtliga av dem som både besökt vernissagen och bott på hotellet var män.

På lördagsmorgonen vaknade Johan tidigt. Han låg kvar i sängen på sidan och tittade på Emmas ansikte medan han funderade över hur de skulle gifta sig. Med tanke på hur turbulent deras förhållande hade varit hittills ville han följa Emmas önskemål om att slå till snart. Han vågade inte riskera att något hände som kunde kullkasta deras planer.

Han kanske måste överge sin dröm om att gifta sig i kyrkan. Det skulle bli fint ändå.

Nu var det slutet på februari och de borde ha minst två månader på sig om de skulle hinna skicka ut inbjudningskort i tid. Att släkt och vänner skulle vara med ställde han som ett absolut krav. Det vägrade han att rucka på. Men var kunde man ha ceremonin om inte i en kyrka? I samma stund som han tänkte tanken fick han en idé – varför inte i Roma klosterruin? Och så kunde de ha festen hemma. Lite trångt blev det kanske, men huset var rymligt, om alla spred ut sig på de tvåhundra kvadratmeterna skulle det väl gå. De behövde ju inte ha sittande bord – kanske inte ens mat? De kunde bjuda på champagne och tårta helt enkelt – smörgåstårta först och sedan kaffe och bröllopstårta? Ingen bordsplacering eller stela tal. Bara glam och fest och kul.

Han blev så ivrig vid tanken att han var tvungen att gå upp och hämta papper och penna. Skriva upp vilka han ville bjuda för att se om det överhuvudtaget var möjligt att ha festen hemma. Om de skulle gifta sig utomhus kanske de fick skjuta på det ännu lite till? I maj eller juni, när det blivit varmare, grönt och vackert. En bröllopsresa måste de förstås åka på. Barnvakt utgjorde inget problem. Det bästa borde vara att Elin fick vara kvar hemma, och så kunde antingen hans mamma eller Emmas föräldrar som bodde på Fårö ta hand om henne. Då kunde de ju passa på att umgås med Sara och Filip också.

De kanske kunde åka till Paris, tänkte han drömmande. Någon mer romantisk stad kunde han inte tänka sig. På våren eller början av sommaren. Det skulle bli perfekt.

Han var på vippen att väcka Emma när han slogs av en insikt. De måste väl förlova sig nu när han hade friat? Skulle han köpa förlovningsringar själv eller skulle de göra det tillsammans? Han visste inte hur det gick till. Han måste fråga någon. Han drog med fingret längs hennes bara rygg. Att han älskade henne var han säker på. Därför spelade det egentligen ingen roll hur de gifte sig. Bara att de gjorde det.

Tomheten som alltid följde efter en sådan där natt drev honom ut. Erik Mattson hade varit hemma och tagit igen sig ett par timmar, men framåt eftermiddagen lämnade han lägenheten och steg på bussen till konstmuseet Waldemarsudde på Kungliga Djurgården.

Vid busshållplatsen som låg alldeles nära strandkanten klev han av och promenerade sista biten upp mot det som varit prins Eugens hem under nittonhundratalets första hälft. Målarprinsen som aldrig blev kung, men som var en stor konstnär och framförallt en god landskapsmålare. Prinsen samlade under hela livet på sig en diger konstsamling som han tillsammans med sitt vackra hem donerade till staten vid sin död 1947.

Den ljusa gulputsade byggnaden uppe på kullen tycktes växa ut ur klippan. Den låg vid strandkanten längst ut på udden mot Östersjön som nådde ända in till Stockholm på den här sidan. Huvudbyggnaden som prinsen bott i kallades för slottet, men påminde snarare om en mindre herrgårdsbyggnad.

Just nu visades en utställning med svensk konst från nittonhundratalets början.

Han steg in genom entrén och betalade inträdesavgiften. Brydde sig inte om att gå in i det vackra galleriet utan styrde stegen mot det som varit prinsens hem, själva slottet.

Även där ställdes konstverk ut och det var i ett av sällskapsrummen som målningen hängde.

Han såg den på långt håll. Den stora oljemålningen upptog en hel vägg. Stämningen i den, färgerna, de mjuka, böljande rörelserna, tragiken och koketterandet. Andaktsfullt sjönk han ner på den sittbänk som placerats framför Nils Dardels storverk, *Den döende dandyn*.

Motivet var förtrollande och han märkte knappt de andra besökarna. Motstridiga känslor svallade inom honom.

Han kände sig så nära Dardel, som om det fanns ett hemligt band emellan dem, en kontakt oberoende av tid och rum. Att de aldrig träffats var av underordnad betydelse. Han förstod att de var tvillingsjälar, det hade han vetat ända sedan han såg *Den döende dandyn* för första gången på en studentuppvaktning hemma hos en bekant till familjen många år tidigare.

Då var han sjutton, osäker och sökande. Målningen talade direkt till honom. Den bleke, vackre dandyn var central i motivet och den som först fångade betraktarens öga. Samma mystik och gåtfullhet vilade över dandyn, som symboliserade Dardel själv. Så ung han var, tänkte Erik där han satt. Så bräckligt tilldragande. De slutna ögonen med de täta, mörka ögonfransarna mot den bleka kinden. Den slanka kroppen som halvlåg på golvet med benen lätt isär, nästan erotiskt mitt i tragiken. Dandyn höll ena handen över hjärtat som om han hade ont och av blekheten att döma tycktes livsandarna redan ha lämnat honom.

Erik fascinerades av hans yttre: det känsliga ansiktet, den eleganta klädseln, den ena handen som kokett låg utsträckt mot golvet och de långa, smala fingrarna som höll i en nackspegel. Vad betydde den? Var det bilden av sig själv han dog bort ifrån? Orkade han inte med sitt liv, sin alkoholism och homosexualitet? Ville han fly sitt dekadenta liv precis som Erik ville, men inte vågade?

Eriks blick gled över de tre ömma kvinnorna kring dandyn. Deras mjuka former, deras omtänksamhet. En av dem var på väg att lägga en filt över den smäckra, eleganta gestalten som ett flygeltäcke över ett utsökt instrument som slutat spela.

Det fanns också en man med i motivet. Stående i bakgrunden, halvt bortvänd från den lilla gruppen, verkade den unge mannen förtvivlad av sorg och han tryckte en näsduk som en monokel mot ena ögat. Det fanns något teatraliskt över honom, med de mörka ögonen och röda läpparna. Han var också klädd som en dandy med utmanande färger, lila kavaj, orange skjorta och slips i rödgrönt. Erik var säker på att mannen i skymundan representerade Dardels mest betydelsefulle älskare, Rolf de Maré.

Dardel hade flera homosexuella relationer, även om han hade förhållanden med kvinnor samtidigt.

Eriks blick sökte sig tillbaka till dandyns hand över hjärtat. Var smärtan rent fysisk, hade han just drabbats av en hjärtattack? Dardel led visserligen av ett hjärtfel efter en allvarlig scharlakansfeber som barn, men var det så enkelt? Det kanske handlade om brusten kärlek. Ville konstnären visa att han var på väg att lämna Rolf de Maré och sin homosexuella sida för att träda in i äktenskapet med en kvinna? När Dardel målade verket sommaren 1918 var han hemligt förlovad med ministerdottern Nita Wallenberg. Var det därför mannen i bakgrunden sörjde?

Tavlan hade så många bottnar, den berörde hans innersta och tragiken i hans eget liv. Om de ändå hade träffats, kunde han tänka i förtvivlan – om de levat i samma tidsålder. Vad han skulle ha älskat honom. Hur många gånger hade han inte undrat vad Dardel hade i sinnet när han målade tavlan.

Kanske kan han se mig nu, tänkte han och tittade automatiskt upp i taket. Ögonen sökte sig återigen till tavlan.

De tre kvinnornas sätt att samla sig runt den döende dandyn påminde om Kristi död, med dandyn som Kristus. Erik tyckte att den av kvinnorna som lade en filt över honom liknade en ängel med de gröna palmbladen bakom som vingar. En annan av kvinnorna kanske var Maria, med sin klänning i den starka, typiskt Mariablå färgen, och den yngre flickan som höll kudden under hans huvud kunde symbolisera Maria Magdalena med hennes färger, röda hår och kläder i rött och lila. Mannen i bakgrunden hade drag av Jesus favoritapostel Johannes. Ja, varför inte?

Tragiken gick inte att ta miste på – vad den än symboliserade. Den kunde ha att göra med kriget. När Dardel målade tavlan var det brinnande krig i Europa. Första världskriget rasade. Sverige hade hållit sig utanför, men Finland hade just gått med och kriget ryckte närmare Sverige som påverkades i allra högsta grad. Inte ens i de fina salongerna där Nils Dardel rörde sig kunde man fortsätta att blunda för de fasor människor utsattes för runt omkring. Kanske ville han berätta om förändringarna i samhället under den här tiden. Att de fina salongernas fest och glam som han och hans vänner åtnjöt började bli absurda – att den världsfrånvände dandyn måste bli medveten om vad som pågick runt omkring.

Erik trodde att Dardel var en idealist, men en komplicerad, mångbottnad och i mångt och mycket tragisk människa som ville fly från sig själv. Det gjorde han genom alkoholen, men även genom konsten.

Precis som Erik.

Frågan om Egon Wallin varit homosexuell sysselsatte både Knutas och Kihlgård under resten av lördagen. Knutas hade ringt Monika Wallin och frågat om saken, men hon slog ifrån sig. Inte för att det funnits mycket glöd mellan dem, men att hennes man skulle varit gay hade hon mycket svårt att tro. Hon hade aldrig under deras långa äktenskap märkt att han drogs till män.

Kihlgård hörde med de övriga anställda i konsthandeln, och fick helt andra svar. De hade båda anat att Egon Wallin var intresserad av det egna könet.

Till sist började Kihlgård från andra hållet genom att kolla igenom vilka av de män som besökt vernissagen och bott på Wisby hotell under mordnatten som var homosexuella. Han fick fram två personer. Hugo Malmberg, en av delägarna i den konsthandel Egon Wallin tänkt köpa in sig i, och Mattis Kalvalis.

Kihlgård knackade på hos Knutas som satt försjunken i sitt och berättade vad kan kommit fram till.

– Intressant, sa Knutas. Kalvalis eller Malmberg alltså. En av dem var han antagligen på väg för att träffa.

– Eller varför inte båda? föreslog Kihlgård och fladdrade med ögonfransarna. De kanske körde en ménage à trois!

– Äh sluta, sa Knutas. Nu ska vi inte rusa iväg. Vem av dem är troligast?

– Malmberg är mer rätt i ålder, Kalvalis är minst tjugo år yngre än Wallin. Fast i och för sig spelar väl inte det någon roll.

– Nej, men Hugo Malmberg skulle han bli affärspartner med, sa Knutas. Dessutom planerade Wallin att bosätta sig i Stockholm. Man vet ju inte, Malmberg kanske också handlar med stulen konst. De kanske var insyltade i det där bägge två.

– Jag har kollat upp Malmberg, sa Kihlgård. Han förekommer inte i brottsregistret och har ett prickfritt yrkesliv bakom sig. Jag fick också tag på honom per telefon. Han blånekar till att ha haft ett förhållande med Egon Wallin och säger sig inte tro på att han var homosexuell. Han påstår att om det varit så hade han märkt det.

– Mattis Kalvalis då – har du pratat med honom?

– Ja, och hans reaktion verkade äkta. Han gapskrattade när jag frågade om de hade ett sexuellt förhållande. Den gamla gubben, sa han. Aldrig i livet! Däremot var han övertygad om att Wallin var homo, han hade fått såna vibbar, även om Wallin själv aldrig sa nåt rent ut.

Kihlgård såg på klockan.

– Nej du, jag måste gå, jag har en middagsdejt, sa han belåtet.

– Jaså, med vem då?

– Du skulle bara veta.

Kihlgård blinkade åt honom, skrockade belåtet och lämnade rummet.

När Knutas blev ensam började han att stoppa pipan.

Vad gällde Wallins handel med stulna tavlor hade de kört fast fullständigt och kom för tillfället inte vidare. Den husrannsakan som genomförts i Stockholmslägenheten hade gett noll och intet. Datorernas hårddiskar hittades ingenstans. Wallins bokföring och bankkonton var fläckfria, där fanns ingenting som tydde på oegentligheter. Monika Wallin hade skött sitt arbete perfekt.

En stor frustration var att Knutas inte visste hur de skulle gå vidare med konstaffärerna. Wallins övriga tänkta samarbetspartners i Stockholm hade kollats upp men inte heller där hade man hittat något av intresse.

Långsamt tittade han igenom listorna på vernissagebesökarna igen och hajade till när han upptäckte att Erik Mattson på Bukowskis fanns med. Han hade inte bjudits in personligen, en allmän inbjudan hade skickats till auktionsfirman, som anmält två personer varav Erik Mattson var den ene. Ytterst märkligt, tänkte Knutas. Mattson hade värderat de stulna tavlorna som hittades hemma hos Egon Wallin, men inte yppat ett ord om att han besökt vernissagen när de talades vid i telefon.

Han slog numret till Bukowskis och fick tag i chefsintendenten som höll på att förbereda den stora vårauktionen kommande vecka. Han bekräftade att de hade skickat två medarbetare till Gotland under den aktuella helgen. De hade en värdering i Burgsvik på fredagen och sedan skulle de passa på att besöka vernissagen på lördagen. Eftersom bägge två var experter på modern konst var det viktigt att de höll sig á jour med vad som hände inom konstvärlden och allt talade dessutom för att Mattis Kalvalis skulle bli ett betydande namn.

Knutas bad att få tala med Erik Mattson men han var inte där. Han fick mobiltelefonnumret. Ingen svarade och han lämnade ett meddelande på telefonsvararen.

Klockan var över sex och det var lördag. Han försökte hitta Mattsons hemnummer på nätet utan att lyckas. Det var väl hemligt av någon anledning. Han försökte en gång till på mobilen utan framgång. Nåväl, det fick vänta. Men oron satt kvar och gnagde i Knutas när han körde hem.

Det hade börjat skymma och himlen färgades i rosaröda nyanser. Människor som besökte Gotland pratade mycket om det där. Ljuset. Att det var annorlunda på Gotland. Antagligen hade de rätt. Trots att han var så van vid det kunde han stanna upp och betrakta det speciella skimmer som låg över ön.

Knutas hjärta tillhörde Gotland helt och fullt. Hans rötter var djupa, släkten hade bott på ön så långt tillbaka som någon orkat släktforska. Föräldrarna bodde på en gård i Kappelshamn på den nordvästra delen. De hade passerat pensionsåldern men ägnade sig fortfarande åt att baka tunnbröd som de levererade till restauranger och butiker på ön. Brödet var berömt och det fanns turister som påstod att de åkte till Gotland bara för att få tag på det. Det kunde inte köpas någon annanstans. Knutas hade en god relation till sina föräldrar, men han föredrog att ha dem på lagom avstånd. När han och Line skulle köpa sommarstuga hade hans pappa försökt övertala honom att skaffa en i Kappelshamn, men valet hade fallit på det närliggande Lickershamn. Ville föräldrarna ha hjälp med något sommartid kunde han snabbt ta sig dit, men han behövde inte ha dem springande hos sig i tid och otid.

Knutas hade en äldre syster i Färjestaden på grannön Öland och en tvillingbror som var militär och bodde på Fårö. De träffades mest vid familjesammankomster. Systern Lena såg han mest bara till jul och midsommar, hon var sju år äldre och henne hade han aldrig haft någon vidare kontakt med. Brodern ringde däremot då och då och ville att de skulle gå ut och äta en bit mat och ta en öl tillsammans. Trots att de sågs ganska sällan umgicks de på ett lättsamt och okomplicerat sätt. Kanske var det så med tvillingar kunde han tänka, att man alltid visste var man hade varandra utan att ständigt behöva bekräfta att relationen fortfarande existerade. Vid besöken i Visby brukade brodern sova över. Barnen uppskattade sin farbror. Petra och Nils tyckte om att lyssna till hans rövarhistorier från det militära livet och han fick dem alltid att skratta hejdlöst.

När han svängde in på uppfarten vid villan såg han Line i köksfönstret och greps av ett plötsligt vemod. Tänk att människor kunde leva sida vid sida och ha sådana hemligheter för varandra som Egon och Monika Wallin haft. Han fasade vid tanken att han skulle gå omkring i godan ro och tro att han hade ett bra äktenskap när det i själva verket var precis tvärtom. Att ens partner helt kallsinnigt kunde planera att flytta och börja ett nytt liv på en helt annan plats utan att säga ett ord. För honom var det obegripligt hur en människa var funtad för att vara i stånd till ett sådant svek. Han tyckte synd om Monika Wallin. Även om hon haft en älskare hade hon blivit grundlurad.

Med en långdragen suck släppte Johan ner väskan på golvet i sin lägenhet. Snart skulle han bara ha en fast adress och tanken tilltalade honom.

Max Grenfors hade ringt honom på söndagseftermiddagen just när han och Emma bestämt att de skulle köpa hem thaimat och hyra en bra film på kvällen. Typiskt. I en vecka hade han fått njuta av att bo med Emma och Elin innan han måste tillbaka till Stockholm. Ändå var det fullt förståeligt att han kallades till hemmaredaktionen. Det fanns för tillfället inget att rapportera om mordet och hälften av Stockholmsredaktionens reportrar hade dukat under i influensa. Pia fick hålla ställningarna på Gotland så länge.

Han började med att öppna fönstren i den instängda lägenheten. De två krukväxter han hade slokade betydligt. Han gav dem en rejäl dos och gick igenom posten. Innehållet i den ansenliga högen på dörrmattan bestod mest av räkningar, förutom ett antal reklamblad och ett paradisiskt vykort från Andreas som var på semester i Brasilien.

Han sjönk ner i soffan och såg sig omkring. Hans tvåa på nedre botten på Södermalm var inte särskilt stor eller märkvärdig, men läget gjorde att den skulle bli lätt att hyra ut. Bara han fick tillåtelse av fastighetsägaren.

Han betraktade sin slitna skinnsoffa, soffbordet i ek som han fått av sin mamma och bokhyllan Billy från Ikea. Sina möbler skulle han inte sakna. Skivsamlingen däremot måste han ta med till Gotland och CD-spelaren var ett måste. Inte oväntat hade Emmas exman Olle lagt beslag på stereon efter skilsmässan.

Han gick in i köket, blev stående och lutade sig mot dörrposten en stund. Vad spartanskt allt tedde sig jämfört med Emmas kompletta hem i den stora villan i Roma. Allt som rymdes i köket var ett litet slagbord vid fönstret och två stolar. Där fanns ingenting han ville ta med sig, förutom möjligen smörgåsgrillen som han i sitt enmanshushåll använt till förbannelse. I och för sig kunde det vara skönt att slippa se den. Sovrummet var heller inte mycket att hurra för. Sängen hade ett fult, gammalt överkast och saknade gavel. Han insåg att han verkligen inte lagt två strån i kors för att inreda sitt hem. Han hade haft lägenheten i över tio år och trivdes bra, men det var som om han bara använt den som någon sorts mellanstation, inte som ett riktigt hem.

Den kändes verkligen anonym och ogästvänlig. Tom och livlös på något vis. Det skulle bli skönt att flytta härifrån. Han lyssnade av telefonsvararen, hans mamma hade ringt flest gånger, det var som om hon glömt att han arbetade på Gotland.

Två av hans tre bröder hade också hört av sig. Han saknade dem och hoppades att de skulle få en chans att träffas nu när han var här. Johan var äldst och insåg att han tagit på sig en papparoll när deras far dött några år tidigare. Lyckligtvis hade hans mamma hittat en ny kärlek, de var särbos och verkade ha det alldeles förträffligt, vilket gladde honom. Inte bara för hennes skull utan också för sin egen. Hon behövde honom inte på samma sätt som tidigare. Han tänkte på hur det skulle bli nu när de bestämt att de skulle flytta ihop på riktigt, han och Emma. Att de skulle gifta sig. Johan skulle bli först av sönerna. Det var ett stort och allvarligt beslut. Han ville inte berätta något. Inte riktigt än.

Ångesten kom krypande framåt kvällen. Det var något med söndagskvällar, det hade Erik alltid tyckt. Helgen var nästan slut och vardagen lurade runt hörnet. Med ansvar, rutiner, åtaganden – han måste fungera. Bara det kunde göra honom panikslagen. Han låg i soffan i vardagsrummet och glodde i taket. En whisky skulle döva tomheten. Men han skulle inte dricka i dag. Det gjorde han aldrig på söndagar.

Istället reste han sig och plockade fram några gamla fotoalbum från barndomen. Satte på en skiva med Maria Callas och började vända blad. Han själv som sjuåring på Möjas ångbåtsbrygga. Hissande segel med pappa på båten och med en kamrat i jollen. Som barn älskade han Stockholms skärgård. Familjen seglade alltid några veckor på sommaren. De brukade åka till Möja, Sandhamn och Utö, besöka bryggdanser och äta middag på de fina värdshusen. Pappa var med och då var alltid mamma gladare och mer avslappnad. Med sin man i närheten glömde hon bort sin irritation mot Erik som hon annars ständigt visade när de var hemma bara de två och pappa var ute och reste. Hon solbadade och den slanka, hårt trimmade kroppen blev brunbränd och hon lade lite på hullet. Det var som om hennes spända ansikte slätades ut och hon återgick till att vara mer av den gladlynta flicka hon kanske varit en gång och som han ville tro fanns där under den stränga ytan.

Erik växte upp som enda barnet med sina föräldrar i ett överdådigt hus i den fashionabla förorten Djursholm. Han hade gått grundskolan i privatskola och sedan läst ekonomlinjen på gymnasiet på Östra Real. Framtiden var utstakad. Han skulle följa i sin fars fotspår och gå på Handelshögskolan, få toppbetyg och sedan börja arbeta i familjeföretaget. Några andra alternativ diskuterades inte.

Erik klarade sig förhållandevis bra genom skolåren, trots sin kallsinniga mor och frånvarande far. Han hade alltid haft lätt att få vänner och umgänget utanför hemmets dörrar gjorde att han stod ut, år ut och år in. Hett längtade han efter den dagen då han skulle kunna ta sitt pick och pack och flytta hemifrån.

I tonåren började förändringen. Det hade börjat en ny kille i klassen som var konstintresserad, sprang på varenda vernissage i stan och målade en del själv på fritiden. Han var så entusiastisk och medryckande att flera klasskamrater slog följe med honom på helgerna till Liljevalchs och Nationalmuseum, Waldemarsudde och små, obskyra gallerier. Erik var den som blev mest intresserad, framför allt var det svensk sekelskifteskonst som fascinerade. Vid den här tiden upptäckte han också *Den döende dandyn* och blev fullkomligt överväldigad. Då förstod han inte vad i målningen som tilltalade honom så starkt, bara att den slog an en sträng i honom av något djupt, underliggande som han inte hade kontroll över. Han började läsa allt han kom över om Dardel och tidigt nittonhundratalsmåleri över huvud taget. Gick så långt som till att börja studera konstvetenskap vid sidan av sina vanliga studier. Planen var att hålla det hemligt för föräldrarna så länge som möjligt.

Nu var det inte bara konstintresset som komplicerade livet under de här åren. Han började känna sig mer och mer dragen till det egna könet, kvinnor var han fullständigt ointresserad av. När kompisarna pratade tjejer och sex garvade han och höll med och drog till med en och annan rövarhistoria om egna avancerade erfarenheter. I själva verket tittade Erik i smyg på män. På bussen, på gatan och i duschen på gymnastiken. Mäns kroppar var intressanta, inte kvinnors. Eftersom han var plågsamt medveten om föräldrarnas gammalmodiga och inskränkta syn på homosexualitet gjorde han allt för att undertrycka sin dragning till män. Men så fick han sina känslor bekräftade.

Familjen skulle resa till Gotska Sandön över en helg och övernatta i en stuga. På färjan dit träffade de en trevlig familj från Göteborg, vars son var i samma ålder som Erik. Sent på kvällen när de vuxna satt uppe och drack vin, lämnade de båda ynglingarna sällskapet och gav sig ut på en promenad längs de långa sandstränderna kring ön. Det var strax före midsommar och natten var ljus och varm. De lade sig bredvid varandra i en av sanddynerna och tittade upp mot himlen medan de låg och pratade. Erik tyckte om Joel, som han hette, och de hade mycket gemensamt. De blev förtroliga och Erik berättade för Joel om sina problem hemma. Han hade varit ömsint och förstående och rätt som det var hade de legat i varandras armar. Den natten skulle Erik aldrig glömma. De bytte adress och telefonnummer, men hörde aldrig av varandra igen.

Erik hade kommit tillbaka till vardagen i Stockholm, rejält omskakad efter sin homosexuella debut. Han var så livrädd för sina känslor att han på universitetet började uppvakta en flicka som gett honom långa blickar under föreläsningarna.

Hennes namn var Lydia, de blev ihop och gifte sig ganska snart. I början var äktenskapet förhållandevis lyckligt och de tre barnen kom i rask följd.

Eriks drickande hade börjat långt tidigare men eskalerade för varje år som gick.

Hans föräldrar märkte inget i sin självupptagenhet och bidrog med pengar så Erik och Lydia kunde bo flott i en stor paradvåning på Östermalm. Lydia kom från en medelklassfamilj i Leksand och hon utbildade sig så småningom till konservator och fick anställning på Nationalmuseum.

En dag när Erik i vanlig ordning inte kommit hem på natten utan först dagen därpå vid tvåtiden och fortfarande var påverkad av sprit och droger bröt Lydia ihop. Det var en lördag och hon tog med sig barnen och åkte hem till svärföräldrarna.

Naturligtvis blev Eriks föräldrar rasande och hotade med att dra in pengarna de bidrog med varje månad.

Lydia ville skiljas och självfallet tog hans föräldrar hennes parti. Det var ju Erik som misskött sig och inte hållit vad han lovat.

Vad hans mor tyckte och tänkte brydde sig Erik inte om, barnakärleken hade hon lyckats förstöra under år av psykisk tyranni och kärlekslöshet. Alla gånger som hon kränkt och lämnat ut honom inför lärare, grannar, släktingar och bekanta. För henne kände han noll och ingenting och han var övertygad om att det var ömsesidigt. Existerade någon känsla att tala om så kunde den närmast beskrivas som ett djupt förakt.

Sin pappa däremot brydde han sig fortfarande om. Egentligen hade han aldrig varit elak mot Erik men trots att han var framgångsrik inom näringslivet var han som en nickedocka tillsammans med sin hustru. Det var hon som styrt och ställt i alla år och han hade sällan ifrågasatt.

Bara låtit henne hållas. Bäst för husfridens skull, som han sa med ett godmodigt leende på läpparna innan han flydde fältet iväg på nästa affärsresa.

Vid ett enda tillfälle träffade han sina föräldrar efter skilsmässan och det var då Emelie fyllde fem år.

Vid kaffebordet på dotterns födelsedagskalas såg Erik smärtan och besvikelsen i sin fars ögon och det gjorde honom ont. Bland alla ballonger, dagiskompisar, presenter och tårtfat vibrerade känslan av svek och sårade känslor. Han hade blivit tvungen att gå ut på balkongen för att få luft.

Även om Lydia var djupt besviken på Erik efter skilsmässan så förstod hon honom på ett sätt som ingen annan människa gjort. Han hade berättat för henne om sin trasiga barndom, om det komplicerade förhållandet till sin mor och om hur han blivit alltmer medveten om sin homosexualitet. Hon accepterade honom som han var och när alla upprörda känslor i samband med skilsmässan lagt sig, förblev de ändå vänner. Han trodde att Lydia insåg att han hade försökt så gott han kunde. De bestämde att barnen skulle bo hos henne eftersom de var så små ännu, men att de fick vara hos sin pappa varannan helg.

Arrangemanget fungerade i ett halvår. Erik skötte jobbet exemplariskt och höll sig nykter de helger han hade hand om barnen. Föräldrarna fortsatte att sätta in en ansenlig summa på hans konto varje månad även om modern underströk att det var för hennes barnbarns skull och inte hans.

Så en lördag när han hämtat ungarna hos Lydia dök en gammal pojkvän upp. Han stannade på middag. När barnen somnat blev den före detta pojkvännen kelig, de hade sex och började sedan dricka av den fina whiskyn han haft med sig. I vanlig ordning kunde inte Erik sluta när han väl börjat.

Vid lunchtid dagen därpå vaknade han på soffan i vardagsrummet av att det ringde ihållande på dörren. Det var Lydia som stormade in i lägenheten och hittade de tre barnen framför TV:n i sovrummet knaprande på chips, kakor och rå spagetti.

De skulle ha gått på Skansen tillsammans den söndagen. Det var den sista helgen som Erik fick ha barnen hos sig och hans föräldrar stoppade de månatliga utbetalningarna.

Efter det träffade han inte sina föräldrar mer.

Vid ett tillfälle hade han råkat se sin mor på NK:s hattavdelning. En lång stund hade han stått bakom en pelare och betraktat henne när hon skrattande provat hattar tillsammans med en väninna. Han kunde inte förstå att det var sin egen mor han vilade ögonen på. Att hon hade burit honom i sin kropp, fött fram honom och ammat honom som liten. Det var obegripligt. Lika fundamentalt svårförståeligt som att hon en gång valt att skaffa barn.

Natten var svart och kall. När han svängde in med bilen på Valhallavägen såg han inte till en enda människa. Temperaturen visade på tolv minusgrader. Han gled in i en tom parkeringsruta utanför 7–Elevenbutiken, nästan ända längst nere vid Gärdet. Det var tillräckligt långt ifrån för att bilen inte direkt skulle förknippas med brottsplatsen om någon mot all förmodan skulle lägga märke till att han ställde bilen där.

Ryggsäcken i bakluckan var lätt och välpackad. Selen med pappröret fäste han vid ena axeln så han kunde röra armarna fritt. Snabbt gick han över gatan och valde gångvägen utefter kanten av Gärdet för att i möjligaste mån undvika att bli sedd.

Vid Källhagens hotell och värdshus sneddade han över parkeringen och fortsatte ner på baksidan till Djurgårdsbrunnskanalen. En bit bort såg han det vita mäktiga Sjöhistoriska museet vars fasad var upplyst nattetid. Det var tyst och ödsligt omkring honom. Skansens klippor avtecknade sig mot den mörka natthimlen på andra sidan. Längre bort glimmade stadens ljus. Så långt bort city kändes, fast han bara befann sig någon kilometer från de största affärsgatorna.

Nere vid bryggan snörde han på sig skridskorna. Det

tunna snötäcke som legat på isen hade blåst undan och det gick bra att åka. Flera gånger hade han testat sträckan de senaste dagarna och det fungerade om man höll sig nära kanten.

Det var ytterst ovanligt att man kunde ta sig fram på skridskor den här vägen, antingen var isen för tunn och ojämn eller snötäcket för tjockt. Men just nu var det faktiskt möjligt. Och transportmedlet var perfekt. Han skulle varken synas eller höras.

Isen knäppte och sjöng under honom när han gav sig iväg. Först måste han igenom kanalen. Han skrinnade fram i god fart och rundade Biskopsudden ute vid Thielska galleriet.

Nu öppnade sig isen som ett blankt golv framför honom. Han hoppades att den skulle hålla, längre ut i farleden mot Stockholms inlopp fanns en isränna där båtarna passerade vintertid.

Vid Waldemarsuddes brygga var det mörkt. Han åkte förbi och stannade först när han var precis nedanför slottet. Det var becksvart och fingrarna var stela av kyla. Snabbt snörde han av sig skridskorna och lämnade dem på isen. Han tog ryggsäcken och smög upp mot byggnaden som låg i ensamt majestät på en höjd. Lyckligtvis fanns inga andra hus i närheten och närmaste granne bodde utom synhåll från sjösidan.

Huset låg i mörker. Han var klädd i svarta kläder med den stickade mössan på huvudet. Ryggsäcken var utrustad med de nödvändiga verktygen. Ingenting fick stoppa honom nu.

Via brandtrappan på baksidan klättrade han upp på en mindre avsats och vidare till taket mot sjösidan. Där fanns en lucka till en ventilationstrumma.

På gamla ritningar över Waldemarsudde hade han sett

att ventilationstrumman ledde rätt ner till ett förrådsutrymme invid trapphallen.

Han öppnade luckan och ålade sig ner genom den trånga trumman, tog spjärn med armbågar och knän mot väggarna. Efter någon minut var han nere vid gallret som han snabbt skruvade loss och så var han inne.

På andra sidan fanns ett trångt, mörkt utrymme som saknade fönster. Ficklampans ljuskägla hjälpte honom att hitta dörren. En kort stund blev han stående och tvekade med handen vilande på dörrvredet.

I samma sekund som han fick upp dörren skulle med största sannolikhet larmet gå och han förberedde sig mentalt på oljudet. Sedan var frågan hur lång tid det tog för polisen att ta sig ut till Waldemarsudde. Eftersom museet låg längst ute på Djurgården räknade han med minst tio minuter. Om inte en patrull råkade befinna sig i närheten av en ren händelse, men det skulle vara maximal otur.

Sex, sju minuter hade han beräknat att operationen skulle ta, vilket gav honom viss marginal. Långsamt tryckte han ner handtaget och öppnade dörren.

Ljudet var öronbedövande och det tjöt från alla håll. Det kändes som om trumhinnorna skulle sprängas och han sprang över golvet, genom de mörka rummen och bort till den salong där konstverket som han var ute efter hängde. Månljuset sken in genom de höga fönstren och ledsagade honom.

Målningen var större än han uppfattat den tidigare och motivet såg spöklikt ut i dunklet. Han stålsatte sig för att behålla koncentrationen trots att oljudet höll på att göra honom tokig. Ur ryggsäcken plockade han fram en hopfällbar stege. Den skramlade till när han klättrade upp och under någon sekund blev han rädd för att den skulle välta.

Tavlan var så stor att det enda sättet var att skära ut

duken. Han satte tapetserarkniven i ena hörnet och drog utefter kanten så försiktigt han kunde, klarade ovansidan utan missöden och fortsatte tills duken föll ner på golvet. Han rullade snabbt ihop målningen och stoppade in den i pappröret. Den fick nätt och jämnt plats.

En sak återstod att göra innan han var färdig. Han kastade en blick på klockan och såg att han dittills utnyttjat fyra minuter. Nu hade han högst tre minuter på sig. Han grävde i ryggsäcken och fick fram det föremål som skulle fullborda hans gärning. Placerade det på bordet som stod framför ramen där målningen suttit.

Snabbt sprang han tillbaka genom rummen. Att ta sig ut genom något fönster eller en balkongdörr hade varit lätt — om de inte varit försedda med både stålkonstruktioner och pansarglas. Omöjliga att forcera såvida man inte hade en bulldozer.

Han var tvungen att ta sig tillbaka samma väg han kommit, genom ventilationstrumman. Papprullen med målningen bar han i en sele på ryggen. När han kom ut på taket igen stannade han upp och hämtade andan. Såg sig om åt alla håll men kunde inte upptäcka vare sig någon människa eller polisbil.

I koncentrerad fart och med hjärtat dundrande i bröstet hoppade han ner på marken, rusade runt hörnet till baksidan av huset och tog sig snubblande nerför de branta trapporna på baksidan ner mot isen. Snörde på sig skridskorna med fumliga fingrar. När han gav sig i väg var han en hårsmån från att ramla, men återfick balansen och försvann så snabbt han kunde med långa, rytmiska skär.

Långt borta hörde han polissirener tjuta och ljudet kom närmare. När han var tillbaka inne i kanalen såg han polisbilarna köra i ilfart över Djurgårdsbron på väg mot Waldemarsudde.

Han lyssnade till sin egen häftiga andhämtning, bröstkorgen värkte av kylan och ansträngningen. Samtidigt spirade ett frö av lycka inom honom. Äntligen skulle skulden betalas. Målningen var på väg till sin rättmätige ägare. Den vetskapen gav honom frid.

Spåren efter honom skulle sluta vid stenarna nedanför slottet. De skulle inte få tag på honom. Inte den här gången heller.

För första gången i museets historia hade någon brutit sig in nattetid och när museichefen Per-Erik Sommer anlände till museet klockan tre på söndagsnatten kände han sig som om någon stövlat in i hans privata vardagsrum. Han hade varit museets chef och överintendent i femton år och Waldemarsudde var hans andra hem och skötebarn. Aldrig någonsin hade han kunnat föreställa sig att en simpel tjuv skulle ta sig in under natten. Säkerhetsanordningarna var rigorösa. Stockholm hade råkat ut för flera uppmärksammade konststölder under senare år. Nationalmuseum med väpnat rån då museet var öppet, rififikuppen mot Moderna museet där tjuvarna tog sig in genom taket. Självklart påverkade händelserna säkerhetstänkandet även på de andra museerna i stan. På Waldemarsudde hade man spenderat miljoner på att skydda prinsens hem och digra konstsamling.

Polisen fanns på plats med hundar när han kom och området höll på att spärras av och genomsökas. Vid huvudentrén möttes han av poliskommissarie Kurt Fogestam som förde befäl. Han visade var tjuven gått in. Alla dessa säkerhetsanordningar. Så hade han helt fräckt gått in genom ventilationstrumman. Per-Erik Sommer skakade på huvudet.

Tillsammans gick de in för att undersöka vad som försvunnit.

Salongerna var nu fullt upplysta och de började med biblioteket. Där saknades ingenting, inte heller i blomsterrummet. Per-Erik Sommer andades ut när han kunde konstatera att även vardagsrummet var intakt. Där hängde bland annat Anders Zorns porträtt av prinsens mor, drottning Sofia, som prinsen haft ett varmt förhållande till. Om den stulits hade det inneburit katastrof. Den andra ovanligt värdefulla målningen, *Strömkarlen* av Ernst Josephson, var infälld i själva väggen och lyckligtvis omöjlig att stjäla.

Så upptäckte han vad som saknades. Eftersom målningen med sin storlek dominerat hela matsalen under utställningen blev intrycket märkligt naket nu när den inte hängde där längre. *Den döende dandyn* var borta. Utskuren – ramen gapade tom och olycksbådande som ett stumt vittne om vad som hänt.

Han ville sätta sig, men hindrades av polisen. Risken fanns att spår förstördes. Han var som bedövad av chocken, men vände sig om för att se efter om något annat var stulet.

Då upptäckte han ett föremål han först inte lagt märke till.

På ett bord framför målningen stod en liten skulptur. Det var inget som tillhörde prins Eugens hem. Han kände överhuvudtaget inte igen den. Sakta lutade han sig framåt.

– Vad är det? frågade Kurt Fogestam.

– Den där tillhör inte samlingarna, sa han.

Han sträckte sig fram för att ta tag i den, men hindrades av poliskommissarien.

– Vad menar du?

– Att statyetten inte tillhör museet. Tjuven måste ha ställt dit den.

Häpet stirrade de på den lilla statyn som var gjord i sten. Det var en torso, en naken överkropp med lång hals och ett huvud som var vridet åt sidan, lite bakåtlutat. Ansiktet var enkelt utskuret, ögonen var slutna, munnen stängd och uttrycket något melankoliskt, längtande. Det var svårt att avgöra om den föreställde en man eller en kvinna. Dess androgyna framtoning stämde väl överens med den stulna målningen.

– Vad i hela världen ska det här föreställa?

Per-Erik Sommer gapade av förvåning. Att tjuvar stal saker var en sak, men en tjuv som lämnade ett konstverk på brottsplatsen hade han aldrig hört talas om.

När Johan klev in på Regionalnytts redaktion möttes han av redaktör Max Grenfors i upplösningstillstånd. Han satt vid desken med håret spretande åt alla håll, skrynklig skjorta och vilt stirrande blick. Med en lur vid vardera örat, pennan i mungipan och fyra halvt urdruckna kaffemuggar på bordet märktes det att han var igång ordentligt. Att halva reporterstyrkan var borta samtidigt som en stor nyhetshändelse inträffade var inget drömscenario för en redaktionschef. Den fräcka stölden på Waldemarsudde skulle dominera hela sändningen. Det syntes lång väg att situationen frestade på hans nerver. Hans härjade ansikte lyste i alla fall upp när han fick syn på Johan.

– Bra att du kom, ropade han fast han var upptagen med två samtal.

– Du får åka direkt. Emil väntar.

Emil Jansson var en ung, driven fotograf som mest arbetat i oroshärdar som Gazaremsan och Irak. Han hälsade vänligt på Johan och de skyndade sig ner till bilen i SVT:s garage. Det tog dem bara fem minuter att komma ut till Waldemarsudde. TV-huset låg ett stenkast från Djurgårdsbron.

Polisen hade spärrat av hela parken kring slottet, galleriet och det gamla huset och området utanför genomsöktes. Johan fick tag i en polis som var villig att låta sig intervjuas. Samtalet med vakthavande under den korta bilfärden hade inte gett mer än det Johan redan visste.

Intervjubilden blev bra med det avspärrade slottet och poliser som gick omkring med hundar i bakgrunden.

– Vad är det som har hänt? började Johan.

Enklaste frågan var oftast mest effektiv.

– Klockan 02.10 i natt fick vi larm om att en tavla stulits här inifrån museet, sa polismannen myndigt. Det var en målning som var utlånad tillfälligt till museet, nämligen *Den döende dandyn* av konstnären Nils Dardel.

– Hur har tjuvarna gått tillväga?

– Ja, eller tjuven – det vet vi ju inte, rättade polismannen. Men det är klart, det är svårt att genomföra en sån här sak ensam. De borde åtminstone ha varit två.

Han vred sig ett halvt varv och tittade bort mot museibyggnaden. Emil hängde på med kameran. Ett ögonblick verkade det nästan som om polismannen var omedveten om att han förekom i en filmad intervju. Han agerade ovanligt naturligt och verkade uppriktigt bekymrad över hur det hela gått till. Dessutom fick Johan en känsla av att han verkligen var intresserad av konst.

– Hur har de tagit sig in?

– Genom en ventilationstrumma på baksidan av huvudbyggnaden som det verkar. Han nickade bakåt.

– Är det inte larmat?

– Jo, men de lät larmet tjuta, uträttade det de skulle och försvann.

– Låter iskallt.

– Visst, men eftersom museet ligger en bit ut så tar det ett tag innan polis och väktare hinner fram.

– Hur lång tid tog det?

– Det snackas om tio minuter. Och det är ju lite väl länge, kan man tycka. På den tiden hinner tjuven göra det han ska och försvinna. Det var precis vad som hände här.

Det hettade till i Johans kinder. Det var ytterst ovanligt att en polis kritiserade sin egen kår.

– Hur lång tid vore rimligt, som du ser det?

– På fem minuter borde man kunna vara här, tycker jag. Går larmet så är det självklart bråttom.

Johan blev tagen på sängen av polismannens uppriktighet. Det här måste vara ett blåbär, tänkte han och studerade den unge polisen. Han var nog inte mer än tjugofem och talade med stark värmländsk dialekt. Han kommer att få sina fiskar varma, tänkte Johan, men strunt i det. Desto bättre för oss att han är så aningslös.

Vanliga människor var han försiktig med när han intervjuade, men knappast poliser.

– Hur har de burit sig åt? Om jag inte missminner mig är tavlan väldigt stor.

Johan kände mycket väl till Dardels målning. Han hade sett den flera gånger då hans mamma släpat med honom till Moderna museet under hennes otaliga försök att få honom mer kulturintresserad.

– Tjuven eller tjuvarna har skurit ut duken.

– Är det inget annat som saknas?

– Det verkar inte så.

– Är inte det konstigt? Borde inte tjuvarna ha stulit fler tavlor i så fall? Det finns väl mycket som är värdefullt där inne?

– Ja, det kan man tycka, men tydligen har de bara varit intresserade av just den här målningen.

– Tror ni att det är ett beställningsjobb?

– Mycket tyder onekligen på det.

Nu började den unge polisinspektören skruva på sig, som om han kände på sig att han sagt för mycket. I nästa sekund stegade en äldre uniformerad polis fram och ryckte undan sin kollega från kameran:

– Vad försiggår här? Polisen ger inga intervjuer i det här läget. Ni får vänta till presskonferensen i eftermiddag.

Johan kände igen honom som länspolisens nytillträdde presstalesman.

Den unge inspektören såg vettskrämd ut och försvann snabbt tillsammans med sin äldre kollega.

Johan kastade en blick på Emil som låtit kameran rulla.

– Fick du med allt?

På måndagsförmiddagen fick Knutas samtal från Stockholmspolisen. Det var hans gamle vän och kollega Kurt Fogestam som ringde. De hade funnit varandra på en konferens när de var nyblivna poliser och vänskapen hade hållit i sig sedan dess. De försökte alltid träffas när Knutas var i Stockholm. Eftersom bägge två var hängivna AIK-fans brukade de se en fotbollsmatch när det var säsong och sedan dricka maltwhisky ihop, vilket var bådas favoritdryck. Några gånger hade också Kurt varit över på Gotland.

– Tjänare, hälsade Knutas glatt, det var länge sen. Hur är läget?

– Ja, hej, sa Kurt Fogestam. Bara bra tack, men nu ringer jag för att jag har nyheter som verkar ha med din utredning att göra.

– Jaså? Knutas lystrade till. Ett nytt uppslag var precis vad de behövde.

– Det har begåtts en stöld på Waldemarsudde i natt. En mycket värdefull målning har stulits. Det är *Den döende dandyn* av Nils Dardel. Känner du till den?

– *Den döende dandyn*, upprepade Knutas och på näthinnan flimrade diffusa bilder av en blek, halvliggande ung man med slutna ögon.

– Nja, sådär, medgav han sedan. Men vad har stölden med min mordutredning att göra?

– Tjuven hade skurit ut duken och låtit ramen sitta kvar. Det är en jäkla stor målning, vet du.

– Jaha?

Knutas förstod inte vart kollegan i Stockholm ville komma.

– Han lämnade kvar en sak. En liten skulptur som han hade placerat framför målningen. Vi har kollat upp den nu under förmiddagen. Det är samma skulptur som stals från den mördade Egon Wallins galleri i Visby.

Hugo Malmberg vaknade tidigt på måndagsmorgonen. Han steg upp, gick på toaletten och blaskade av sig i ansiktet och på överkroppen, sedan återvände han till sängen. Hans två amerikanska cockerspaniels, Elvis och Marilyn, sov i sin korg och tycktes inte ha märkt att han var vaken. Han betraktade frånvarande takets genomarbetade stuckatur. Han hade inte bråttom, behövde inte vara på galleriet förrän strax före tio. Hundarna tog han med sig till jobbet så de var vana vid att få sin morgonpromenad på vägen dit. Blicken gled över himmelssängens brokad, de mörka tapeterna i rött och guld, den svulstiga spegeln på motsatta väggen. Förstrött sträckte han sig efter fjärrkontrollen för att se på morgonnyheterna. En fräck stöld hade begåtts under natten på Waldemarsudde. Den berömda målningen *Den döende dandyn* hade stulits. Ofattbart. En reporter rapporterade direkt från museet. Han skymtade poliser och avspärrningsband i bakgrunden.

Han lagade Ägg Bénédict och kokade starkt kaffe och följde nyheten i både radio och TV. Otroligt fräck stöld. Polisen misstänkte att tjuven hade försvunnit på skridskor.

Han kom iväg sent. Luften kändes befriande när han öppnade porten ut mot gatan. John Ericssonsgatan förband Hantverkargatan med paradstråket Norr Mälarstrand som löpte utmed vattnet från Rålambshovsparken ända bort till stadshuset. Hans våning låg i hörnet med utsikt åt både vattnet och den vackra gatan med trädplanteringar, bred trottoar och gräsmatta framför husen.

Isen låg tjock, men han valde vägen längs kajen där de gamla skutorna låg på rad, även så här på vintern. När han tittade bort mot Västerbron påmindes han om mannen han mött på bron under fredagsnatten. Vilken märklig upplevelse.

Han vände bron ryggen och gick med raska steg, passerade det stolta stadshuset i nationalromantisk stil som byggdes vid Kungsholmens strandkant i början av förra seklet, den mest spännande tiden i Sveriges konsthistoria enligt hans mening. Hundarna lekte ystert i snön. För deras skull sneddade han över isen till Gamla Stan, de älskade att galoppera på de fria ytor isen erbjöd.

Flera gånger under dagen tyckte han sig se mannen från Västerbron. Vid ett tillfälle stannade en ung kille till utanför galleriet. Han bar täckjacka och samma typ av mössa. I nästa sekund var han försvunnen. Hade det varit samme man som gått efter honom på fredagsnatten? Han slog bort tanken. Han inbillade sig säkert. Kanske var det så att han innerst inne hoppades att få träffa den vackre mannen med den intensiva blicken igen. Chansen fanns att ynglingen faktiskt varit intresserad, men sedan ångrat sig.

Strax före lunch svarade han i telefonen. Det var tomt i galleriet just då och när han lyfte luren var ingen där.

– Hallå? upprepade han, men fick inget svar.

– Vem är det? försökte han igen medan han stirrade ut på gatan.

Tystnad.

Allt han hörde var någon som andades.

Stämningen var laddad när spaningsledningen samlades till möte på måndagseftermiddagen. Alla hade hört talas om den gotländska skulpturen som lämnats kvar på Waldemarsudde och var nyfikna på att få höra mer. Till och med Kihlgård satt tyst med koncentrerad blick på Knutas när han satte sig ner vid bordets kortända.

– Ja hörni, började han. Det här fallet blir bara mer och mer mystiskt. Det finns uppenbarligen en koppling mellan mordet och konststölden på Waldemarsudde i natt.

Han redogjorde för vad Kurt Fogestam hade berättat.

– Och så har vi de stulna tavlorna hemma hos Egon Wallin, sa Karin. Det måste finnas ett samband. Är det nån missnöjd ligaledare som Wallin haft affärer med och som inte fått betalt som mördat honom, och nu vill han tala om det på nåt sätt?

– Vad annars? Det är klart att det har med handeln med stulen konst att göra, sa Wittberg.

– Fast varför nöjde han sig med bara en tavla?

Kihlgård såg på sina kolleger.

– Om det handlar om konsttjuvar som tar risken att genomföra en kupp mot ett av Sveriges mest välbevakade museer så varför stjäla bara en målning? Och inte ens den mest värdefulla? Jag blir inte klok på det, sa han och öppnade papperet på en medhavd chokladkaka.

Det blev tyst kring bordet medan alla begrundade det gåtfulla sambandet.

– Vi vet faktiskt ingenting om Egon Wallins handel med stulna tavlor, sa Karin. Hur stor omfattningen var eller hur länge han hållit på. Inget förhör här på Gotland har lett oss vidare och i Stockholm verkar han vara helt okänd bland konsttjuvar och hälare. Herregud, vi måste kunna vaska fram en enda människa som vet nåt om hans skumma konstaffärer. Tavlorna han hade hemma var ju inte vilka som helst.

– Egentligen ska vi vara glada för stölden på Waldemarsudde, konstaterade Norrby torrt. Nu har vi nåt nytt att ta tag i och det behövde vi sannerligen.

– Ja, höll Knutas med och gned sig om hakan. Men varför ville tjuven servera oss sambandet på det här sättet? Det blir jag inte klok på.

Ingen hade något bra svar att ge.

– En annan fråga är varför han valde att ta just *Den döende dandyn*. Han försökte inte ens kamouflera sitt mål genom att stjäla åtminstone en tavla till.

– Det hade han väl knappast tid med, i och för sig, invände Karin. Larmet utlöstes ju.

– Javisst, men frågan kvarstår. Varför just Dardel? Varför just *Den döende dandyn*?

– Det kan ha varit ett beställningsjobb, föreslog Wittberg. En fanatisk samlare som har lejt nån att stjäla tavlan. Den lär inte gå att sälja, åtminstone inte här i Sverige. Vad vet vi om den?

Lars Norrby tittade i sina papper.

– Jag har tagit reda på lite grann. Den målades 1918 av Nils von Dardel, eller rättare sagt Nils Dardel. Han kom från en adlig familj, men lade bort det där "von" när han hade blivit vuxen. Ja, det är lite kuriosa, som jag har tagit reda på.

Han smålog förnöjt. Kollegerna betraktade honom oförstående.

– Dardel var verksam från tiden strax efter förra sekelskiftet och framåt och hade väl sin storhetstid mellan nittonhundratjugo- och trettiotalet ungefär. Målningen *Den döende dandyn* har ägts av olika privata personer, men köptes av Moderna museet från finansmannen Tomas Fischer i början av nittiotalet. Den har också sålts på en auktion på Bukowskis en gång för en rekordstor summa. Ni kanske kommer ihåg det, det skrevs mycket om försäljningen i tidningarna då.

Bukowskis, tänkte Knutas. Märkligt att det dyker upp igen. Erik Mattson fläktade förbi för hans inre. Han hade fortfarande inte fått någon förklaring till varför Mattson inte berättat att han var på Egon Wallins vernissage. Det var något som inte stämde. Han fick inte glömma att söka Mattson igen. Han gjorde en anteckning i sin bok.

– Vilka personer i Sverige har ett utpräglat intresse för just Nils Dardel? Är det kanske i den änden vi ska söka? framkastade Karin.

– Jamen vad hade Egon Wallin med Nils Dardel att göra? Där finns väl inget samband? frågade Wittberg.

– Inte vad vi vet nu, men det är en av de trådar vi måste dra i, sa Knutas. Hur som helst föreslår jag att nån åker upp till Stockholm omedelbart och träffar polisen, besöker Waldemarsudde och försöker rota mer i det här med konstaffärerna. Det kan vara värt att träffa den där Sixten Dahl och Hugo Malmberg på deras hemmaplan.

– Jag kan åka, erbjöd sig Kihlgård.

– Jag vill gärna att nån från oss följer med i så fall, sa Knutas.

– Jag kan, sa Karin ivrigt. Jag åker gärna.

– Bra, då säger vi så, sa Knutas och gav henne en miss-
belåten blick. Varför just hon?

Och han?

Den avlånga salen inne på Bukowski Auktioner hade en tjock, mönstrad matta över ekparketten. Rader av svarta stolar i stål och plast stod uppställda genom hela lokalen ända bort till entrén där receptionen och garderoben låg. Längst framme ovanför podiet hängde en stor vit duk med ett porträtt av Henryk Bukowski, en allvarsam man med högt hårfäste, glasögon, skägg och mustasch. Blicken var vänd snett uppåt som om han såg in i en oviss framtid. Den landsflyktige polske adelsmannen grundade 1870 auktionshuset Bukowskis som under åren växt till Nordens största kvalitetsauktionsföretag.

Han studerade podiet som sken i vitt trä med ett förgyllt "B" i mitten. Maskeringen satt på plats. Ingen skulle känna igen honom. Han höll utkik efter mannen men såg honom ingenstans.

I lokalen spred sig dofter av dyr parfym och exklusivt rakvatten. Rockar och minkpälsar togs av och hängdes in i garderoben. Program såldes och auktionsspadar delades ut. Det fanns en spänd förväntan i luften. En längtan och ett behov av att spendera pengar.

Det fick honom att må illa.

Han satte sig på raden längst bort till vänster i salen, där han hade god uppsikt över entrén.

Strax kom en kvinna i fyrtioårsåldern och slog sig ner bredvid honom. Hon bar en brun minkpäls och glasögon med tunna guldbågar. En lätt solbränna, kanske från jul-semestern som hon tillbringat vid någon paradisisk strand på andra sidan jordklotet, tänkte han missunnsamt. Hon stank av pengar. Hon hade brunt hår i klassisk knut, sjal, skinnstövlar, svarta byxor, en tung diamantring glimrade på fingret.

Medelåldern i salen var annars femtio plus, lika många kvinnor som män, välklädda, välbärgade, alla utstrålade de samma lugn och tillförsikt. En medfödd säkerhet och självkänsla som till stor del berodde på pengar.

Han tittade på klockan. Tio minuter återstod innan auk-tionen skulle börja. Återigen såg han efter mannen som var orsaken till att han var där. Salen började bli välfylld, ett mjukt sorl hördes mellan väggarna, en och annan fras ut-talades på engelska. Längst bak stod människor i grupper och samtalade lågmält, det hela hade en air av cocktail-party över sig. Här kände de flesta varandra, spridda "hej, hej" och "tjenare", "vad trevligt" hördes här och där.

Nu kom ragatans man också, gråhårig och solbränd i snyggt skuren kavaj, kycklinggul slipover och knallblå skjorta under. Den svenska fanans färger. Ack ja. Han såg ut som en typisk näringslivspamp. En bekant hälsade på paret.

– Nu får du hålla henne lugn. Ha ha. Så hon inte förkö-per sig. Det vore väl illa.

Han kände olusten komma krypande. Fick tvinga sig själv att sitta kvar på den obekväma stolen.

Framme vid podiet hade auktionsförrättaren tagit plats, en man i femtioårsåldern med stramt, elegant utseende. Lite högdragen, lång och smal med krökt näsa och bakåtkammat hår. Han dunkade med sin klubba tre gånger i bordet för att få tyst på sorlet i salen.

Första verket lyftes fram av två rosiga gossar som inte såg ut att vara äldre än sexton, sjutton år. De var välklädda i nypressade mörka byxor och vita stärkta skjortor med mörkblå slips under skinnförklädena som var svepta om de pojkslanka kropparna. Ögonen följde intresserat budgivningen medan de höll ett lätt grepp om verket som vilade på en ställning medan det bjöds ut.

Med stigande förakt, blandat med den djupaste avundsjuka, följde han vad som hände i salen. Auktionsförrättaren ledde effektivt budgivningen, det syntes att han njöt av nerven och energin. Buden studsade som pingpongbollar mellan publiken på plats i salen och telefonernas osynliga kunder. Han visste också att på balkongen ovanför satt Bukowskis experter med kunder i lurarna. De såg honom inte och han kunde inte se dem. Pengarna bytte snabbt ägare med hjälp av nickar och huvudskakningar, budspadar i luften, blinkningar och armar som lyftes. Energi och förväntan, grusade förhoppningar eller infriade. Kikare som höjdes till ögonen för att urskilja de mindre objekten. Auktionsförrättaren – hela tiden i strålkastarljuset, i fokus, huggande som en kobra på de olika buden och så det förnöjsamma lilla leendet i mungipan när priset steg. Auktionsförrättaren höll alla bjudande i ett fast grepp: "Damen på tredje raden", "Bud från Göteborg", "Första andra, tredje". Och så avslutningsvis den lilla smällen från klubban.

En tavla som hette *Lättja* av konstnären Robert Thegerström ropades ut för åttiotusen och till sist stannade priset på tvåhundranittiofemtusen kronor.

Nästan längst bak i salen satt ett äldre par. Mannen bjöd och bjöd på olika verk med outgrundlig min, medan hans fru bredvid tittade beundrande på honom.

En kvinna i hellång minkpäls bjöd för hundratusentals kronor utan att blinka och utan att kommunicera med sin man.

Framme vid podiet läste en silverhårig dam tydligt och välartikulerat upp namnet på konstnären och motivet. Endast vid ett tillfälle tvekade hon: "Det står pilgrimsfalkar, men vi misstänker att det är duvhökar". En viss munterhet utbröt bland bänkraderna.

Det här är en lek för de rika, tänkte han där han satt och betraktade skådespelet. Så långt bort från vanliga människors vardag.

Ibland blev det stimmigt och auktionsförrättaren fick hyssja på publiken.

När de två vackra gossarna med blossande kinder kom in med en praktfull oljemålning av Anders Zorn sänkte sig en respektfylld tystnad. Utgångsbudet var tre miljoner. Färre bjöd när priserna nådde högre höjder. Publiken följde uppmärksamt budgivningen. Det rådde en helt annan koncentration när budet nådde över tiomiljonersstrecket.

Till sist stannade det på tolv miljoner sjuhundratusen kronor. Auktionsförrättaren uttalade summan med extra långdragen dramatik och sög på varje stavelse. Innan han lät klubban falla höll han handen ovanför bordsskivan i några extra sekunder för att dra ut på det hela och ge de intresserade konkurrenterna en extra chans. När klubban till sist föll drogs en lättnadens suck i församlingen.

Det här är rena rama OS, tänkte han.

Han reste sig och gick, stod inte ut att vänta längre. Mannen han sökte dök aldrig upp. Något måste ha gått fel.

Karin Jacobsson kom till Waldemarsudde i sällskap med Kurt Fogestam från Stockholmspolisen. Kihlgård tog hand om förhören av Sixten Dahl och Hugo Malmberg. De började med att promenera runt det avspärrade parkområdet kring museibyggnaden. Trädgården låg helt täckt av snö och vattnet utanför hade frusit till is. Det var enastående vackert.

– Vi misstänker att gärningsmannen har försvunnit bort över isen, sa Kurt Fogestam.

Han och Karin hade träffats flera gånger tidigare när hon varit på besök i polishögkvarteret i Stockholm.

– Jag vet. Fast det går väl båtar här även på vintern?

– Jo, men eftersom det varit så extremt kallt i år så har isen lagt sig utefter hela Djurgårdens kant och flera meter ut. Närmast land är isen decimetertjock och det håller ju att både gå och åka på. Dessutom är den för ovanlighetens skull väldigt jämn. Vi tror att han har försvunnit på långfärdsskridskor.

– En konsttjuv som kommer om natten, stjäl en berömd och mytomspunnen tavla från ett museum och drar iväg på långfärdsskridskor – det låter som rena rama James Bond.

Kurt Fogestam skrattade till.

– Visst gör det? Men det är så han har gått tillväga.

Kommissarien gick före nerför de branta trapporna till klipporna vid iskanten. Han stannade och pekade.

– Han har gått iland här och försvunnit samma väg.

– Hur långt har ni kunnat följa spåren?

– Vi var här tio minuter efter att larmet gick, men det tog ytterligare en kvart, tjugo minuter innan hundarna kom. Där förlorade vi tyvärr en hel del skulle jag tro. De kunde bara följa spåren ner hit. Sedan är de borta. Och skären går ju inte att följa eftersom det knappt ligger nån snö på isen.

– Hur kom han in i själva byggnaden?

– Den här mannen visste vad han gjorde. Han har gått in genom en ventilationstrumma på baksidan och klättrat ner så han hamnade i hallen. Sen brydde han sig inte om larmet utan gjorde det han kommit för och gav sig iväg.

– Iskallt, sa Karin. Och det börjar det bli här ute med. Ska vi gå in?

I entrén träffade de Per-Erik Sommer som insisterade på att få bjuda på kaffe först, för att få de två stelfrusna poliserna att tina upp. Museichefen var en lång, kraftig man med en vänlig blick bakom sina hornbågade glasögon.

Caféet låg inrymt i det som varit prinsens kök och de slog sig ner. Genast blev de serverade kaffe och varm äppelkaka med vaniljsås. Det smakade ljuvligt efter den kylslagna promenaden.

Kurt Fogestam hade förklarat för Karin att han bara var med som sällskap. Sommer hade redan förhörts av stockholmspolisen och nu var det Karins tur att ställa de frågor hon behövde få svar på.

– Det är förfärligt detta, rent förfärligt, suckade Per-Erik Sommer och rörde om med skeden i kaffet. Vi har aldrig tidigare drabbats av nån stöld, ja – inomhus alltså, rättade han sig snabbt. Några skulpturer i trädgården har stulits och det är i och för sig tillräckligt allvarligt, bara det. Men ändå. Detta är en helt annan sak. Larmet fungerade, men vad hjälpte det? Polisen hann ändå inte fram.

– Har ni övervakningskameror?

– På några ställen, men tyvärr fångades inte tjuven av nån av dem.

– Hur många personer arbetar här?

– Låt mig se... Museichefen mumlade för sig själv och räknade på fingrarna. Vi är nio heltidsanställda om man räknar skötseln av parken och byggnaderna. Vi har egen trädgårdsmästare och vaktmästare. Sen finns det ett antal personer som jobbar extra och rycker in då och då.

– Hur många kan det röra sig om?

– Tja, det är nog tio, femton stycken, skulle jag tro.

– Har nån av dem anknytning till Gotland?

– Inte vad jag vet.

– Kände du eller nån annan här Egon Wallin?

– Jag gjorde det inte, men jag kan inte svära på hur det är med de andra. Jag tycker att jag borde ha hört talas om det i så fall, med tanke på det förskräckliga som hänt honom.

– Har ni nånsin haft nåt samarbete med hans galleri i Visby?

– Åtminstone inte så länge jag har varit chef här.

– Vet du om det finns nån som har haft kontakt med Muramaris, galleriet i Visby eller nåt annat projekt på Gotland?

– Jag tror inte det.

Karin vände sig till Fogestam.

– Har alla anställda hörts?

– Förhören pågår, jag tror inte de är avslutade.

– Jag vill gärna ha en lista på de anställda.

– Javisst, det kan jag ordna, men ingenting tyder på insiderbrott. Den här stölden har begåtts av nån utifrån.

– Som kände lokalerna väldigt väl, påpekade Karin.

– Ja, men ritningar på huset finns att få tag på om man bara vill.

– Vad är det i övrigt som visas under den pågående utställningen?

– Svensk konst kring förra sekelskiftet plus minus trettio år. Sen har vi ju tavlor ur prinsens egen samling, vissa har sina permanenta platser. De flyttas aldrig. Många av verken är bra mycket mer värdefulla än Dardels målning, vi har exemplar av både Liljefors och Munch som betingar ett värde som ligger betydligt högre än *Den döende dandyn*. Och varför nöjde sig tjuvarna bara med den? Det är obegripligt.

På väg till rummet där tavlan stals passade Per-Erik Sommer på att berätta om Waldemarsudde eftersom Karin var där för första gången.

– Prinsen var en frisinnad själ och stöttade sin tids svenska konstnärer, berättade han. Hans hem stod färdigt 1905 och blev en plats för fria tankar, och sällskapslivet blomstrade här ute. Han var personlig vän med många av den tidens konstnärer. Sen var han ju också själv en stor landskapsmålare framför allt. Prinsen samlade också på konst under hela sitt liv. I hans samling finns över tvåtusen verk, fortsatte Sommer entusiastiskt som om han glömt varför de var där.

– Finns fler målningar av Nils Dardel här?

– Vi har även lånat in tre andra målningar för utställningen. Sen gjorde Dardel ett porträtt i blyerts av prins Eugen som ingår i hans samling. Ingen av de tavlorna har stulits.

De kom in i den ljusa, vackra sällskapsvåningen och

en stark doft av blommor slog emot dem. Rummen var inredda i svensk sekelskiftesstil. Färska blommor prydde varje rum enligt prinsens önskan. Där fanns purpurröd amaryllis, blåskimrande hyacinter och mängder av tulpaner i alla färger.

Karin visste sedan tidigare att prins Eugen aldrig gifte sig och att han inte hade barn. Hon undrade om han varit homosexuell, men vågade inte fråga.

Det dominerande rummet var prinsens vardagsrum. Genom de höga terrassdörrarna flödade ljuset in på de gula sidentapeterna. Det mest iögonfallande var den stora tavlan *Strömkarlen* av Ernst Josephson, med motiv av Näcken spelande fiol, sittande på klippor vid flodens brus. Där stannade Per-Erik Sommer till.

– Den här målningen är som ni ser infälld i väggen och får inte flyttas. Den var prinsens favorit.

Den nakne unge mannen som var det centrala i motivet var vacker och känslig och det fanns både tragik och ömhet i målningen. Placeringen var genomtänkt. Den syntes utmärkt och strömkarlens förgyllda fiol harmonierade mycket väl med de gula sidentapeterna i rummet.

Golvet knarrade under dem när de gick igenom rummen: blomsterrummet med sin vidunderliga utsikt mot staden och Stockholms inlopp och det mörkt gröna biblioteket med hyllor fyllda av konsthistorisk litteratur och den pampiga öppna spisen.

Till slut visade museichefen dem matsalen där *Den döende dandyn* hade hängt. Rummet var fortfarande avspärrat så de fick nöja sig med att betrakta det i dörröppningen. Matsalen hade ljust gröna väggar, en imponerade kristallkrona och lätta rokokomöbler som andades sjuttonhundratal. Ena långväggen såg påtagligt tom ut. Ramen var borttagen för teknisk undersökning.

– Jaha, suckade Per-Erik Sommer, det var alltså där den hängde.

– Är inte målningen väldigt stor? frågade Karin.

– Jo, den är nästan två meter bred och en och en halv meter hög.

– Han borde alltså ha stått på nåt för att nå upp att skära ut den?

– Jovisst. En sån där ultralätt aluminiumstege låg kvar i rummet. Den brydde han sig inte om att ta med sig.

– Och skulpturen – var stod den?

– Mitt framför på det där lilla bordet.

– Var finns den nu?

– Den lade polisen beslag på.

Karin stirrade på den tomma väggen och sedan på bordet framför. Mönstret bildade en trekant; Egon Wallin – Muramaris – *Den döende dandyn*. Just nu verkade det omöjligt att lista ut hur detta hängde ihop. Genom att stjäla skulpturen från Wallins galleri och placera den här ville uppenbarligen tjuven säga något. Var den som stal målningen samma person som mördade Egon Wallin?

I detta ögonblick framstod det som högst troligt.

Stölden på Waldemarsudde hade självfallet varit måndagskvällens toppnyhet i alla TV:s nyhetsprogram och Johan fick mycket beröm på morgonmötet dagen därpå. Regionalnytt var först med uppgifterna om hur gärningsmannen kommit in på museet och att han försvunnit över isen, även om SVT:s övriga nyhetsredaktioner lade vantarna på delar av materialet och använde det i sina egna inslag. Egentligen var det meningen att man som reporter så fort man var tillbaka i huset skulle låta alla som ville få ta del av materialet. På så vis kunde alla reportrar använda sig av de intervjuer och bilder som fanns. Men Johan hade börjat sätta sig på tvären. Han ville inte riskera att inte hinna redigera sitt eget reportage bara för att han skulle hålla på att serva andra med information och material stup i ett. Han tyckte också att det var fel att han och fotografen som slitit hårt för att få unika bilder eller exklusiva intervjuer skulle portionera ut materialet som gratisgodis till småbarn för att sedan se det hackas sönder till de olika sändningarna. Det var inte kul och inte bra för yrkesstoltheten. Varken för honom eller fotografen. Han hade börjat protestera vilket i sin tur väckte reaktioner både bland chefer och andra reporterkolleger. Det var säkert ingen lyckad strategi för att tillskansa sig högre lön eller klättra på karriärstegen. Däremot inbillade han sig att det skulle bli lättare för honom att få tjänsten på Gotland om en sådan någonsin tillsattes permanent. Stockholmsredaktionen skulle bli av med den besvärlige reportern.

Samtidigt som han satt i Stockholm kunde han inte låta bli att undra vad som hände i mordutredningen på Gotland. När morgonmötet var över ägnade han flera timmar åt att försöka få fram information. Han sökte både Knutas och Karin hela förmiddagen utan att lyckas. Pia Lilja låg hemma och var sjuk i influensa så henne hade han ingen nytta av. Till sist fick han nöja sig med Lars Norrby. Han frågade om något nytt hänt i utredningen.

– Nja, det är väl inget jag kan säga direkt.

– Nåt måste du kunna berätta? Vi måste hålla liv i den här storyn och det har ni också nytta av. Så att folk som sitter inne med information fortsätter att höra av sig till polisen.

– Försök inga tricks med mig, jag har jobbat för länge.

Johan kunde höra att Norrby log i andra änden. Han låg fortfarande bra till hos poliserna i Visby efter fjolårets drama och bestämde sig för att inte ge upp. Efter att ha försökt pumpa presstalesmannen på olika sätt i säkert en kvart fick han honom dit han ville. Det var när Johan frågade om Karin var bortrest eftersom hon var omöjlig att få tag på som Norrby berättade att hon befann sig på jobb i Stockholm.

– Varför då? frågade Johan.

– Jamen, det är ju det här med stölden såklart.

Johan blev fundersam och visste inte hur han skulle fortsätta.

– Vadå? sa han bara dumt.

– Stölden på Waldemarsudde. Vi utreder hur den hänger ihop med mordet på Egon Wallin.

Det klack till i Johan. Vad i helsike var det mannen i andra änden sa? Han avvaktade några sekunder och hoppades att Norrby skulle klämma ur sig något mer.

Tystnaden blev tydligen besvärande eftersom han fortsatte.

– Ja, det här kan stanna mellan oss, men skulpturen som lämnades på brottsplatsen på Waldemarsudde var den som stals från Egon Wallins galleri. Det är alltså samma skulptur.

Johan som inte haft en aning om att en skulptur stulits från galleriet i Visby spelade bara med.

– Jaha, den ja. Hmm. Tack så länge.

Max Grenfors vägde på redaktörsstolen vid desken, redaktionens mittpunkt, som vanligt med en telefon vid örat. Bredvid satt programledaren med blicken fastnaglad på datorskärmen, hon tittade på ett inslag och hade hörlurar på sig. Då var det säkrast att inte störa. Sändningsproducenten hade fullt sjå med att hitta bilder till ett reportage om kvinnomisshandel vilka alltid var kniviga att bildsätta. Risken var att samma gamla genrebilder användes om och om igen.

Alla reportrar var upptagna med redigeringar, det märktes att det bara återstod några timmar till sändningen. Då ökade alltid pulsen på redaktionen.

Det kändes som om Johan skulle spricka om han inte fick bubbla ur sig de otroliga uppgifterna. Han knackade Grenfors på axeln och gestikulerade att han hade något viktigt att säga. För en gångs skull uppfattade redaktören allvaret direkt och avslutade samtalet. Han strök sig över håret och suckade.

– Vissa reportrar ska ha hjälp med allting. Det är inte klokt! Snart ska man väl behöva göra intervjuerna åt dem också!

Johan som visste hur mycket Grenfors brukade lägga sig i och peta i inslagen tog inte så allvarligt på hans klagovisor.

– Nu ska du höra, sa han och drog fram en stol och satte sig bredvid honom. Stölden på Waldemarsudde är inte bara en vanlig konststöld.

– Inte?

I Grenfors blick tändes en glimt av intresse.

– Nej. Tjuven hade inte bara stulit en tavla. Han lämnade kvar nåt också.

– Vadå?

– Han placerade en skulptur vid den tomma ramen där målningen hade suttit.

– Jaha?

– Och inte vilken skulptur som helst. Det är samma skulptur som stals från Egon Wallins vernissage under morddagen.

– Men vad betyder det? Att det var den som mördade Egon Wallin som stal målningen?

– Mycket möjligt, sa Johan.

– Hur tillförlitliga är de här uppgifterna?

– De kommer direkt från polisen.

Grenfors tog av sig glasögonen han börjat bära nyligen. Naturligtvis av trendigaste märke.

– Det finns alltså en koppling mellan stölden och mordet. Hur i helsike hänger det ihop?

Han kastade en snabb blick på klockan.

– Fan i helvete, det här måste vi ha. In i redigeringen – du får sätta ihop en drapa på det här direkt.

Nyheten om att den våghalsiga stölden på Waldemarsudde och mordet på konsthandlaren Egon Wallin hade ett glasklart samband som gärningsmannen dessutom velat göra polisen uppmärksam på toppade alla nyhetsprogram på tisdagskvällen.

Johan gladde sig inte bara åt att han stod för den hetaste

nyheten för andra dagen i rad. Innan han gick hem fick han order om att nästa morgon ta första flyget tillbaka till Visby.

Karin mötte sin chefs blick på andra sidan bordet och uttalade orden han helst velat slippa höra.

– Jag slutar, Anders.

Det snurrade till i huvudet. Innebörden ville inte fastna utan studsade av honom, bort, bort.

Knutas sänkte långsamt gaffeln på vilken han spetsat en rejäl bit av den kokta torsken med äggsås.

– Vad säger du? Du kan inte mena allvar.

Han kastade en blick på väggklockan som om han ville dokumentera ögonblicket då hans närmaste kollega berättade att hon skulle lämna honom.

Karin såg deltagande på Knutas.

– Jo, Anders, så är det. Jag har blivit erbjuden en tjänst i Stockholm. På rikskrim.

– Va?

Den fullastade gaffeln vilade fortfarande i luften på väg ner mot tallriken. Som om armen fastnat, förlamats av det oerhörda i vad Karin sa. Hon slog ner blicken och petade i maten när hon fortsatte. Plötsligt tyckte Knutas att hela matsalen stank av äggsås, lukten gjorde honom illamående.

– Det är faktiskt Kihlgårds chef på rikskrim som har erbjudit mig en tjänst. Jag ska jobba i samma arbetsgrupp som Martin. Det blir en utmaning för mig, Anders, det måste du förstå. Jag har inget som binder mig här.

Knutas stirrade förbluffat på henne. Orden ringde i öronen, Martin Kihlgård nu igen. Det var naturligtvis han som låg bakom erbjudandet. Han hade aldrig i grunden litat på hans fryntlighet. En orm var han. Hal och opålitlig innanför den oförargliga fasaden.

Från första stund hade det funnits en speciell kemi mellan Kihlgård och Karin och den hade stört honom, även om han aldrig skulle erkänna det högt.

– Men vi då?

Karin suckade.

– Men snälla, Anders, vi är väl inget par heller. Vi jobbar jättebra ihop, men jag vill prova nåt nytt. Dessutom är jag trött på att sitta på den här ön och mögla. Visst trivs jag här på jobbet, med dig och alla andra men det händer inget i mitt liv för övrigt. Jag är snart fyrtio, jag vill utvecklas, både i jobbet och privat.

Röda fläckar hade uppträtt på Karins hals, ett säkert tecken på att hon var upprörd eller att hon upplevde situationen som obehaglig.

Det blev tyst. Knutas visste inte vad han skulle säga. Handfallen stirrade han på den lilla, mörkögda personen på andra sidan matbordet. Hon suckade och reste sig.

– Så blir det i alla fall. Jag har bestämt mig.

– Men…

Längre kom han inte. Hon tog sin bricka och gick.

Han satt ensam kvar vid bordet. Stirrade ut på den grå parkeringen som låg i snödis utanför fönstret. Kände till sin förargelse hur tårarna steg i ögonen. Förstulet såg han sig snabbt omkring. Matsalen var fylld av kolleger som satt och åt, pratade och skrattade.

Utan Karin visste han inte hur han skulle klara sig på

jobbet. Hon var hans ventil. Även om deras relation på sätt och vis kunde tyckas ensidig gav hon så mycket. Samtidigt förstod han henne mer än väl. Det var klart att Karin också ville få chansen att utvecklas i jobbet, kanske träffa någon och bilda familj. Som alla andra.

Bedrövad gick han tillbaka till sitt rum, stängde dörren, plockade fram pipan ur översta skrivbordslådan och började stoppa den, men nöjde sig inte med att suga på den otänd som han brukade utan öppnade fönstret och ställde sig i vinddraget och tände. Menade hon verkligen allvar? Var skulle hon bo? Visserligen kom hon och Kihlgård bra överens men hur skulle hon stå ut med honom och hans ständiga ätande i längden? Visst var han gemytlig i lagom stora doser, men varje dag?

I samma stund som han tänkte tanken slog honom en förfärlig insikt. Hur rolig var han själv? Här gick hon och harvade med honom och han tyckte att de hade ett jättebra arbetsförhållande, han tyckte om Karin, hennes livlighet, och temperamentet som ibland tog sig överraskande uttryck. Karin livade upp tillvaron, fick honom att känna sig levande på jobbet. Genom henne tyckte han bättre om sig själv. Men om man vände på steken. Vem trodde han att han var för henne? Hans klagovisor och suckanden över nerdragningarna inom poliskåren. Han letade i minnet och rannsakade sig själv. Vad var det egentligen han gav Karin? Vad fick hon ut av honom? Antagligen inte mycket.

Frågan var om det var för sent att göra något åt saken. Karin hade inte lämnat in sin avskedsansökan än, hon kanske bara hade tänkt ta tjänstledigt – på prov. Hon hade ju både föräldrar och vänner här, hur skulle hon trivas på fastlandet – och i storstan? Knutas kände sig panikslagen vid blotta tanken att jobba varje dag utan henne.

Han måste fundera ut något. Vad som helst.

Sent på fredagseftermiddagen fick Knutas något nytt att tänka på. Stockholmspolisen mailade över en lista med personer i Sverige som räknades som specialintresserade av Nils Dardel.

Han ögnade igenom listan, till en början utan att känna igen ett enda namn. När han kommit till mitten av den stannade han upp tvärt. Bokstäverna glödde emot honom och bildade namnet på en person som han redan stött på flera gånger i utredningen. Erik Mattson.

Knutas släppte sakta ut luften genom näsborrarna. Hur i all världen kom det sig att denne man dök upp nu igen?

Han reste sig och såg ut genom fönstret. Försökte lägga band på sin iver. Erik Mattson, mannen som värderade konst på Bukowskis och som även besökt vernissagen i Visby. Han hade värderat de stulna tavlorna hemma hos Egon Wallin utan att nämna att han varit i Visby under morddagen. Knutas var tvungen att erkänna för sig själv att han faktiskt glömt bort att ringa upp Erik Mattson igen och ställa honom till svars. Stölden på Waldemarsudde kom emellan.

Alldeles innan mailet kom var han på väg att gå hem. Han hade tänkt handla ett par flaskor gott vin och köpa blommor till Line på vägen. Han hade försummat familjen alldeles för mycket på sistone.

Nu blev han återigen försenad. Han ringde hem. Line lät inte lika förstående som vanligt. Knappast förvånande. Till och med för henne fanns en gräns. Det dåliga samvetet slog till men han sköt undan tankarna på det just nu. Han måste koncentrera sig på Erik Mattson. Egentligen ville han ringa Bukowskis direkt men hejdade sig. Om nu Erik Mattson var gärningsmannen, eller en av dem, så måste han gå varsamt fram. Han kände ett vilt behov av att få tala med Karin och gick ut i korridoren. Hennes dörr var stängd. Försiktigt knackade han på. Inget svar. Han väntade en stund innan han försiktigt gläntade på den. Tomt. Hon hade gått hem utan att säga hejdå till honom, konstaterade han sårat. Han kunde inte minnas att hon någonsin gjort så förut. Med svansen mellan benen återvände han till sitt rum. Han måste göra något, så han slog ändå numret till Bukowskis, fast de enligt hemsidan hade stängt. Ganska många signaler gick fram innan någon svarade.

– Erik Mattson.

Knutas höll på att trilla av stolen.

– Ja hej, det är Anders Knutas vid Visbypolisen. Ursäkta att jag ringer så här på fredagskvällen, men jag har några viktiga saker jag måste fråga dig om.

– Jaså, svarade Erik Mattson tonlöst.

– När vi talades vid om tavlorna som hittades hemma hos Egon Wallin i Visby så sa du inget om att du faktiskt var på hans vernissage samma dag som han mördades.

Kort paus. Tystnaden i luren var tjock.

– Det har sin naturliga förklaring. Jag gick aldrig dit.

– Men enligt din chef så hade du fått en inbjudan. Du och en kollega stannade över natten i Visby för att ni skulle gå på vernissagen.

– Nej, Bukowskis hade fått en allmän inbjudan och jag

och min kollega Stefan Ekerot tänkte gå, därför att vi ändå skulle vara på Gotland just då. Men det slutade med att ingen av oss kom iväg på den där vernissagen. Stefans lilla dotter blev sjuk under natten så han åkte hem med första morgonplanet på lördagen. Ja, hon är bara en månad gammal. Jag kände mig dålig på lördagseftermiddagen så jag vilade inne på hotellet och gick alltså inte heller på vernissagen. Därför är det väl inte särskilt märkvärdigt att jag inte har sagt nåt om det.

– På så vis, sa Knutas och bestämde sig för att godta förklaringen tills vidare. Du är expert på Nils Dardel har jag förstått, vad säger du om stölden av *Den döende dandyn*?

Det blev återigen tyst i andra änden. Knutas hörde hur Erik Mattson drog efter andan innan han svarade.

– Det är fruktansvärt, ett helgerån. En tragedi om den inte kommer till rätta. *Den döende dandyn* är otvivelaktigt en av de mest betydande målningarna i svensk konsthistoria.

– Vem tror du kan ha stulit den och varför?

– Det måste vara ett beställningsjobb för att den ska säljas till en samlare. Målningen är så känd, både i Sverige och resten av Europa, så att försöka sälja den ute på marknaden är omöjligt.

– Vilka stora samlare av Dardels konst finns i Sverige?

– Målningarna är utspridda här och var. Hans konst har varit kontroversiell. Det finns faktiskt de som tycker att den inte är tillräckligt fin, fråga mig inte varför. Jag är ledsen, men nu måste jag faktiskt gå.

– Javisst, ursäkta att jag störde.

Knutas tackade för sig och avslutade samtalet. När han lagt på luren kände han sig ännu mer förvirrad. Det uppblossande hopp han känt några minuter tidigare hade redan sjunkit undan.

Erik Mattson lät inte som en mördare.

Han bestämde sig för att lägga utredningen åt sidan över helgen om det inte hände något uppseendeväckande. Kanske skulle saker och ting mogna och han hoppades att han skulle kunna se spaningsläget med friska ögon på måndagen.

Nu ville han bara hem och umgås med familjen.

Nästa steg i hans plan var avklarad och han hade huvudet fullt av tankar. Tidigare på dagen hade han ringt begravningsbyrån och frågat när Egon Wallin skulle begravas. Det skulle ske om drygt två veckor, vilket gav honom tillräckligt med tid att förbereda sig. Han tänkte närvara, förklädd naturligtvis och hans maskering var så heltäckande att ingen skulle känna igen honom. Han längtade till den dagen. Att få träffa alla, se dem utan att de såg honom. Det fladdrade till i magen av förväntan när han i fantasin målade upp hela scenen framför sig.

Nu var han ensam och hade en uppgift som måste klaras av under dagen. Han gick ner i källarförrådet och hämtade upp den undangömda duken. Som tur var stötte han inte på någon granne. Snabbt tillbaka till lägenheten och så rullade han försiktigt ut den på vardagsrumsgolvet. Flera veckor före stölden hade han måttbeställt en ram som skulle passa.

Just när han skulle sätta första spiken i ramen ringde telefonen. Irriterad över att ha blivit störd tittade han upp och funderade under några signaler på om han skulle strunta i att svara. Men så släppte han hammaren och reste sig.

Ögonblick, tänkte han, när samtalet var slut. Att han

skulle ringa just i detta ögonblick.

Det måste vara ödet.

Sedan arbetade han länge och omsorgsfullt med att fästa duken vid sin nya ram. När han var klar, lutade han tavlan mot väggen. Ställde sig en bit ifrån och betraktade sitt verk.

Han var mer än nöjd.

Lördagen började med en blek och tveksam vårsol.

Johan serverade Emma frukost på sängen. På brickan låg en röd ros. De åt varma croissanter med hallonsylt, drack kaffe och läste tidningen medan Elin sov sött i sin spjälsäng. Emmas föräldrar skulle komma vid elva för att passa Elin och sedan hade de resten av helgen för sig själva. Ringarna hade de valt ut tillsammans, Emma hade fastnat för en ring i vitt guld med fem diamanter. När han såg priset hisnade han, men samtidigt – hur många gånger i livet förlovade man sig?

Fram och tillbaka hade de diskuterat hur och var de skulle växla ringar. Att det borde ske så fort som möjligt var båda ense om. Visst ville de vara ensamma och ifred för barnskrik och blöjbyten, men samtidigt inte vara borta från Elin alltför länge.

Till sist bestämde de sig för att förlova sig på Emmas favoritplats; stranden Norsta Auren längst uppe på norra Fårö. Där bodde hennes föräldrar i ett gammalt kalkstenshus som de kunde ha för sig själva. Äta på restaurang var inget alternativ, på Fårö fanns inget öppet på vintern. De beslöt sig för att göra det mysigt i huset istället. Det låg alldeles vid havet och hade dessutom öppen spis så det dög utmärkt.

De lämnade Roma före lunch och körde norrut. Vid Fårösund fick de ta färjan över sundet för att komma till den lilla ön. Landskapet var ödsligare och kargare här, fast nu på vintern kändes inte skillnaden alls lika mycket som under sommaren.

Fårö kyrka tronade vackert på en höjd och Konsumaffären var öppen. En bil stod på parkeringen. Johan undrade hur butiken kunde gå ihop på vintern. För säkerhets skull hade de handlat allt de behövde i Visby. De vågade inte chansa på att den lilla affären höll med oxfilé, tigerräkor och belgisk choklad.

Han njöt av landskapet medan han körde. Snötäcket var ovanligt tjockt, och öns vackra stengärdesgårdar, väderkvarnar och betesfält pryddes av ett vitt lager. Här och där passerade de en bondgård, byggd i sten för att stå emot väder och vind.

När de tog av från huvudleden som gick tvärs igenom Fårö smalnade vägen av. De passerade stranden vid Ekeviken där frusna sjöfåglar guppade på vågtopparna och fortsatte ut mot Skär och Norsta Auren. Sista biten förvandlades vägen till en skumpig kostig och här var snötäcket ännu högre. De höll knappt på att kunna köra ända fram till huset, trots att Emmas pappa varit ute och skottat på morgonen.

Det vita kalkstenshuset låg alldeles ensamt, omgärdat av en låg stenmur och med havet som dominerande granne. När de steg ur bilen slogs de av naturens mäktighet. För ovanlighetens skull blåste det bara lite grann.

Allra först gick de ner till själva stranden som var flera kilometer lång och bredare än de flesta stränder Johan sett. Den fortsatte bortom buktens yttersta udde som hindrade dem från att se Fårö fyr som låg längst ute på andra sidan.

Platsen var speciell på flera sätt. Inte bara för sin storslagenhet utan också för de minnen den väckte. Här hade Emma sprungit för sitt liv när hon jagades av en seriemördare bara ett par år tidigare. Minnet satt kvar starkt hos dem båda. Johan hade nämligen sprungit efter och varit henne hack i häl. Men gärningsmannen kom före och försvann i en bil med Emma som gisslan.

Kanske ville de båda ersätta de hemska minnena med något så positivt som sin förlovning. Hur det än var så älskade Emma just den här stranden mer än någon annan plats på jorden.

De bestämde sig för att packa in sina saker, äta lunch och ta en promenad utefter havet innan de slog till.

Ringarna låg i en ask i Johans ficka. Han tyckte att den brände.

De åt varm fisksoppa med räkor och färsk basilika. Nybakat bröd hade de köpt med sig som de värmde i ugnen.

Johan kände sig märkligt högtidlig när han satt där vid det stora slagbordet i köket. Emma hade polotröja och håret i hästsvans. Han kom på sig själv med att undra hur hon skulle se ut som gammal och i nästa sekund erfor han en stark lyckokänsla. Skulle de verkligen åldras tillsammans, följa varandra åt hela livet? Ibland öppnade sig insikten så tydligt, som en dörr som slogs upp på vid gavel och han stod utanför och betraktade sig själv på avstånd.

Emma var hans familj nu, hon och Elin. Det kändes stort.

De byltade på sig ordentligt och lämnade något motvilligt stugvärmen för en strandpromenad. Johan tog Emmas hand och pulsade före i snön.

– Ta det lugnt, skrattade hon. Jag ramlar.

– Frågan är hur vi ska kunna byta ringar utan att förfrysa fingrarna, det är ju svinkallt, ropade han glatt.

Ute på själva stranden bet kylan och vinden tag i dem och fick deras ögon att tåras. Havet var stålgrått och slog in mot stranden i rytmiska vågor. Längre horisontlinje än här hade Johan aldrig sett. Himmel och hav mötte varandra och det var svårt att urskilja var det ena började och det andra slutade. Bebyggelse saknades, förutom Emmas föräldrars hus. Allt omkring dem bestod av himmel, hav och snövit strand som var rejält bred innan den upphöjdes i en vall och på andra sidan vidtog skogen, den typiska Fåröskogen med lågt växande krumma martallar vars grenar förvridit sig i stormar som kommit och gått under årens lopp. Det var mäktigt, Johan skrek av lycka, rakt ut mot vinden:

– Jag älskar Emma, jag älskar Emma.

Orden försvann ut över havet och dränktes i måsarnas skrik. Emmas ögon skrattade emot honom och han kände starkare än någonsin tidigare att det var sant. Så sant. Han ville inte vänta en sekund längre, utan grävde fram asken med ringarna och drog Emma intill sig. Med hennes fuktkalla hår mot läpparna trädde han ringen på hennes finger. Hon gjorde samma sak med honom. Så ropade hon till.

– Titta, Johan – vad är det där?

Något stort och grått låg ett stycke framför dem vid vattenbrynet. På håll såg det ut som en stor stenbumling, men hur hade den kommit dit? Runt omkring låg stranden platt och vit så långt ögat nådde.

Försiktigt gick de närmare och när de var ett tjugotal meter bort började den röra på sig. Blixtsnabbt fick Emma upp kameran. Just när gråsälen dök tillbaka ut i vattnet fångade hon den på bild.

En lång stund stod de tysta och såg efter den när den försvann i vågorna.

På måndagsmorgonen kom Knutas till polishuset redan klockan halv sju. Helgen hade inneburit en välbehövlig paus och vila från utredningsarbetet. Problemet med Karin hade han däremot inte kunnat släppa utan diskuterat saken med Line. Hon hade tyckt att han måste göra något radikalt om han skulle få behålla Karin. Över några glas vin på lördagskvällen, medan barnen tittade på melodifestivalen på TV, hade de kommit fram till en lösning. Den skulle inte bli populär, men det kunde inte hjälpas. Han kände sig trygg med sitt beslut och han var beredd att ta stormen om den kom. Han hade förankrat idén hos länspolismästaren på söndagen och hon hade accepterat hans motivering.

En sak som Karin och Knutas hade gemensamt var att de var morgonpigga. Han hade bara hunnit vara på jobbet en halvtimme och dragit upp riktlinjerna för sin idé innan han hörde Karins lätta fotsteg i korridoren. Han bad henne komma in till honom.

– Gärna, sa hon glatt. Jag har hittat jäkligt intressanta saker under helgen som jag måste berätta.

– Visst, men det får vänta, sa han avvärjande när hon slagit sig ner i hans besöksstol. Vi får ta det här först.

– Okej.

Karin såg frågande på honom.

– Jag vill inte att du slutar, Karin, det vet du. Därför har jag ett erbjudande till dig. Du behöver inte svara nu, utan tänk först på saken, men låt mig veta under den här veckan om du accepterar mitt förslag eller inte. Okej?

– Javisst.

Karin såg både orolig och förväntansfull ut.

– Jag vill att du blir biträdande chef för krim, alltså min ställföreträdare. När jag slutar en dag vill jag att du tar över. Den här polisstationen har aldrig haft en kvinnlig kriminalchef och det vore sannerligen på tiden.

– Men...

– Nej, nej, jag har inga planer på att sluta. Men jag är i alla fall så pass gammal att mer än tio år till blir det definitivt inte. Dessutom har Line flaggat för att hon skulle vilja pröva på att jobba på fastlandet i några år, vilket jag är helt öppen för. Beslutar hon sig för det kommer jag att flytta med henne. Barnen är så pass stora nu att vi har en annan frihet. Jag vill ha en ställföreträdare jag kan lita helt och hållet på. Det finns bara du, Karin.

Karin tittade handfallen på honom. Hennes ansiktsuttryck hade förändrats från oro till förvåning och häpnad. De obligatoriska röda fläckarna hade uppträtt på halsen. Hon öppnade munnen som om hon var på väg att säga något.

– Nej, snälla Karin, säg ingenting. Allt jag begär är att du ska fundera på saken. Låt mig också säga nåt om lönen. Självklart kommer du att få ett rejält lönepåslag och det kan vi diskutera mer i detalj om du bestämmer dig för att tacka ja. Men för att du ska veta vad du tar ställning till så ligger det på minst sjutusen kronor mer i månaden plus att du kommer att få gå en hel del kurser, i ledarskap bland annat. Och du ska veta att detta är förankrat. Länspolismästaren vill gärna se dig som biträdande chef.

– Men Lars...

– Lars Norrby är mitt problem och inte ditt, Karin. Snälla, tänk på saken.

Karin nickade stumt.

– Bra, sa Knutas, lättad över att samtalet var slut. Han reste sig och ställde sig vid fönstret. Vågade knappt se på henne. Det blev tyst en stund.

– Ska jag berätta vad jag har hittat? frågade hon.

– Ja, gör det.

– I helgen kollade jag sambandet mellan Nils Dardel och Muramaris. Skulpturen som hittades på Waldemarsudde i samband med stölden står ju i original i trädgården på Muramaris och jag ville undersöka om Dardel hade nån koppling dit.

– Klokt tänkt, mumlade Knutas.

– Och nu ska du få höra. Så här ligger det till, förstår du, sa Karin ivrigt. Hon lutade sig framåt och såg intensivt på honom. Du vet att Dardel var homosexuell, va?

– Jag har hört talas om det – men var han inte gift?

– Jo, han gifte sig med Thora Klinckowström och de fick en dotter, Ingrid. Dardel hade flera seriösa förhållanden med kvinnor. Han var till exempel hemligt förlovad med Nita Wallenberg innan han träffade Thora, men det sprack på grund av hennes pappa som inte tyckte att han dög till svärson. Rykten om hans alkoholism, homosexualitet och dekadens florerade redan då, alltså 1917, då han var tjugonio år gammal. Men samtidigt som han blev förälskad i kvinnor blev han också kär i män. Dardel hade ett långt, förhållandevis öppet homosexuellt förhållande med sin vän och välgörare Rolf de Maré, ende son till grevinnan Wilhelmina von Hallwyls dotter Ellen.

– Jaha? Och vad har Dardels sexuella läggning med Gotland att göra?

Knutas lät trött – det här var inte så spännande som han hade hoppats.

Karins ögon lyste. Det var inte svårt att se att hon var intresserad av konstnärens liv.

– Jo du. Så här var det. Känner du till Wilhelmina von Hallwyl – ärkegrevinnan med Hallwylska palatset i Stockholm?

– Nej, det har jag aldrig hört talas om.

– Det ligger på Hamngatan mitt emot Berns och Berzelii Park du vet, intill Norrmalmstorg. Fantastiskt ställe, grevinnan Wilhelmina von Hallwyl var ju stormrik och ägnade sitt liv åt att samla saker som visas där; konst, silver, orientaliskt porslin och keramik. Jag tror det finns femtiotusen föremål och hela hemmet och samlingen donerade hon till staten. Du bara måste gå dit nästa gång du är i Stockholm, sa Karin entusiastiskt. Lyssna nu, den här historien är rätt otrolig. Grevinnan von Hallwyl fick fyra döttrar, en av dem var Ellen som gifte sig med en hög militär, nämligen Henrik de Maré. De fick en son, Rolf, och flyttade till Berlin för Henrik var militärattaché där. Sonen behövde en informator, nån sorts guvernant, och då anlitade Ellen en ung man som hette Johnny Roosval. Nu föll det sig så att Ellen och Johnny blev kära i varandra. Han var tolv år yngre och en mister nobody och hon var ju högadlig societetsdam. Bäddat för klassiskt drama alltså. Ellen struntade i konventionerna, hon skilde sig från den höge militären och gifte om sig med den unge Johnny Roosval!

Karin slog belåtet ihop händerna medan Knutas fortfarande såg ut som ett frågetecken.

– Jamen, sa han matt. Gotland?

– Ja, ja – vi kommer till det. Det här var naturligtvis en stor skandal – kom ihåg, det var på 1910–talet! Ärkegrevinnan Wilhelmina von Hallwyl bröt helt med sin dotter och tog barnbarnet, Rolf de Maré, ifrån henne. Ellen och Johnny var ändå jättekära och lät bygga sitt drömställe på – Gotland – nämligen Muramaris. Det blev klart 1915 och Ellen lät också bygga ett litet sommarhus till sin son, som finns kvar än idag och heter Rolf de Marés stuga. Ellen var konstnär och skulptris och hon arbetade på Muramaris. Det är hon som har gjort de flesta skulpturer som står i trädgården. Johnny Roosval kom sedermera upp sig och blev Sveriges första professor i konsthistoria. Därmed tog han klivet in i de fina salongerna och gissa vad som hände då? Jo, surtanten grevinnan von Hallwyl tog Ellen till nåder igen och hon fick tillbaka kontakten med sin son. Så Rolf de Maré tillbringade mycket tid på Muramaris på somrarna och gissa vem han hade med sig ofta? Jo, Nils Dardel, som till och med anlade trädgården på Muramaris, du vet det finns en så vacker barockträdgård där. Och det ligger så fint, alldeles vid havet. Visst är det en romantisk historia?

Förnöjt lutade hon sig tillbaka i stolen och tog äntligen en klunk av kaffet som hunnit kallna.

– Det var minsann en berättelse som heter duga, sa Knutas, tacksam att den äntligen var slut. Så där är kopplingen mellan Nils von Dardel och Muramaris – men vad i helsike har det med Egon Wallin att göra?

– Jamen, det har varit så kul att läsa om honom, Dardel alltså. Han var en så spännande människa, en så komplex figur, sa Karin drömmande.

Knutas, som tyckte att han fått nog av Nils Dardel för denna morgon, drack ur kaffet och reste sig.

– Bra jobbat, Karin. Det är dags för möte. Sen får jag

nog ta mig ut till det där Muramaris.

Han tordes inte erkänna för Karin att han aldrig hade satt sin fot på stället, trots att han hade åkt förbi skylten tusentals gånger på sin väg till och från sommarstugan.

När Hugo Malmberg skulle plocka upp morgontidningen från hallmattan upptäckte han en lapp som hade hamnat till hälften under den exklusiva skohyllan i ek från Norrgavel. Lappen var röd och syntes bra. Kanske var det bara ett ovanligt litet reklamblad men han kände ändå ett krypande obehag när han vecklade upp den. Ett enda ord stod på insidan: "Snart". Han gick in och satte sig i köket. Hundarna gläfste kring hans fötter, precis som om de också kände att det var något hotfullt över det mystiska meddelandet.

Han knöt automatiskt morgonrocken hårdare om sig och läste ordet igen. Det var skrivet med svart tuschpenna i frejdiga bokstäver – samma typ av text man kanske skulle skriva på ett inbjudningskort till en rolig fest. Snart. Vad i hela världen betydde det? Han blev kallsvettig vid bara tanken. Detta var ett klart bevis på att han faktiskt var förföljd på riktigt, att han inte inbillat sig.

Ända sedan han råkade ut för mannen på Västerbron den där fredagsnatten hade han haft en känsla av att någon spionerade på honom. Han hade så smått börjat undra om han höll på att tappa förståndet.

Nu rådde ingen som helst tvekan. Någon var ute efter honom. Med ens kände han sig otrygg i sitt eget hem och nervöst såg han sig om i lägenheten. Personen visste var han bodde, hade tagit sig in i porten och stått utanför hans lägenhetsdörr. Med darrande fingrar slog han numret till polisen. Han fick vänta länge innan han blev kopplad till en person som sa att om han ville göra en anmälan måste han infinna sig personligen på polisstationen. Otåligt lade han på luren.

Han sjönk ner i en fåtölj i vardagsrummet och försökte samla tankarna. Det enda ljud som hördes var den antika väggklockans nervösa tickande. Han måste tänka klart, kallt. Hade detta något som helst samband med mordet på Egon?

I huvudet gick han igenom den senaste tidens händelser, vilka han umgåtts med och vad han gjort utan att kunna erinra sig något anmärkningsvärt.

Han kom att tänka på den unge mannen som stått utanför galleriet igen. Det var något med hans blick.

När han samlat sig gick han till polisen på Kungsholmen och anmälde saken. Polisinspektören som tog emot anmälan verkade måttligt intresserad. Malmberg uppmanades att återkomma om han utsattes för fler hot.

När han lämnade polisstationen kände han sig inte ett dugg lugnare.

Knutas inledde morgonmötet med en fråga som besvärat honom hela helgen men som han skjutit åt sidan av ren självbevarelsedrift för att kunna ägna sig åt familjen i lugn och ro.

Han släppte först lördagens och sedan söndagens tidningar på bordet. Rubrikerna skrek: "Mördare bakom konstkupp", "Mördarjakt på konstmuseum" "Panik i konstvärlden".

Samtliga tidningar refererade till SVT:s inslag på fredagskvällen där Johan Berg berättade att en skulptur som stulits från den mördade Egon Wallins galleri i Visby hade placerats framför den tomma ramen på Waldemarsudde.

– Vad betyder det här?

Alla runt bordet såg besvärade ut, men ingen sa något förutom hummanden och huvudskakningar.

– Vem har läckt till pressen?

Knutas spände ögonen i sina medarbetare.

– Men nu får du väl ändå ta och lugna ner dig, sa Wittberg argt. Det behöver väl inte vara härifrån, det kan precis lika gärna vara Stockholm som har läckt. Så mycket folk som är inblandade där är väl den risken större.

– Ingen av er har alltså pratat med nån utanför det här rummet om skulpturen?

Knutas hann inte få svar förrän dörren öppnades och Lars Norrby kom in.

– Förlåt att jag är sen, mumlade han. Bilen vägrade starta. Nu är man så jävla trött på den här kylan.

Hans blick föll på en av kvällstidningarna med sina svarta rubriker som Knutas höll upp framför sig och sedan fick han syn på tidningarna på bordet.

– Tråkig historia det där, sa han och skakade på huvudet.

– Minst sagt, morrade Knutas. Vet du nåt om hur uppgifterna kan ha läckt ut?

– Absolut inte. Jag har bara sagt det nödvändigaste till pressen. Precis som vanligt.

– Nu är länspolismästaren på mig och kräver en förklaring. Vad tycker ni att jag ska dra till med?

Tystnaden kring bordet var kompakt, tills Kihlgård öppnade munnen.

– Men ge dig nu, Anders. Vad är det som säger att läckan kommer härifrån? Det kan ju vara vem som helst som vet att skulpturen hittades på Waldemarsudde. Museifolket till exempel – hur tillförlitliga är de?

Han fick genast medhåll från de övriga kring bordet.

– Vi får inte efterforska vem som läcker ut informationen, men jag vill än en gång poängtera hur viktigt det är att ni alla håller tätt, sa Knutas. Sånt här skadar utredningen och vi har inte råd med det. Lars, kan du gå ut med ett internt meddelande om detta?

Norrby nickade utan att röra en min.

Knutas kunde inte vänta utan åkte ut till Muramaris direkt efter lunch. Han hade ringt ägarinnan efter morgonmötet. Lite flyktigt hade han förklarat orsaken till att han ville se platsen utan att gå in på några detaljer. Det hade han inget för. Hon hade läst tidningarna och förstod precis vad besöket handlade om.

När han svängde ner mot Muramaris tänkte han att det var konstigt att han aldrig varit här tidigare. Vägen slingrade sig ner mot havet med lågt växande tall- och granskog på ömse sidor. Efter en kurva dök huset och hela anläggningen upp. Den låg på en platå med skog runt omkring och havet långt nedanför de branta klipporna. Den stora sandfärgade huvudbyggnaden såg ut som en medelhavsvilla med stora spröjsade fönster. Huset var omgärdat av en mur och trädgården var stramt arrangerad med välansade låga häckar och buskar, som nu var täckta av snö. Skulpturer stod utplacerade här och där och gav den ödsliga platsen ett spöklikt intryck. I ena hörnet fanns en mindre byggnad i samma stil som liknade ett galleri eller en konstnärsverkstad. Längst bort på platån låg en samling små trästugor.

Han parkerade framför huvudbyggnaden. Klev ur bilen och såg sig omkring. Ägarinnan syntes inte till. Han tittade på klockan och insåg att han var lite tidig. Han drog in den friska luften. Vilken märklig plats. Byggnaden såg övergiven ut, som en förfallen skönhet. Det syntes att den lämnats öde i många år. Skulpturerna stod som minnen av en svunnen tid. Här hade alltså konsten och kärleken blomstrat en gång, men det var länge sedan.

Ägarinnan kom gående emot honom på grusvägen från stugområdet. Hon var en stilig kvinna i femtioårsåldern med det blonda håret uppsatt i en knut på huvudet. Läpparna var målade i en starkt röd färg, för övrigt var hon osminkad. Trots att de var jämngamla kände Knutas inte Anita Thorén. De hade gått i olika skolor utom på gymnasiet, men då inte umgåtts i samma kretsar.

Hon såg vänligt men något avvaktande på honom när de hälsade.

– Ja, egentligen vet jag inte riktigt vad jag gör här, förklarade han. Men jag skulle gärna vilja se originalskulpturen av den som hittades vid Waldemarsudde.

– Javisst.

De gick runt hörnet och där stod den intill en vägg.

– Den heter Längtan och visst kan man se det i hennes ansikte?

– Är det en hon? Det är lite svårt att se, tycker jag.

– Ja, nog finns det nåt könlöst över henne. Och det passar ju bra ihop med Dardel, det androgyna, lite obestämbara...

Anita Thorén såg ut som om hon betraktade skulpturen för första gången. En riktig entusiast, tänkte Knutas. Bara att ta över ett sådant här ställe, som säkerligen krävde hur mycket engagemang som helst. Han beundrade den sortens människor. Sådana som verkligen brann för något.

– Anna Petrus som har gjort den var också samtida med Dardel och hon var god vän med Ellen Roosval.

– Ja, jag har hört hela historien om att han var här mycket och att han även anlade trädgården, sa Knutas och kände sig riktigt kunnig.

– Ja, och inte bara det, sa Anita. Den där konsttjuven visste verkligen vad han gjorde när han placerade en skulptur från Muramaris under den tomma ramen. Det var nämligen här Nils Dardel målade *Den döende dandyn*.

Knutas höjde ögonbrynen. Det var något nytt.

– Jaså?

– Det är i alla fall vad folk säger. Kom, jag kan visa.

Hon gick före honom genom en gnisslande trägrind. Huset hade säkert varit ståtligt och pampigt när det begav sig, men nu såg det skamfilat och nergånget ut. Muren var trasig på flera ställen, färgen flagade och fönstren var i akut behov av renovering.

De använde sidoingången och kom in i ett gammalt kök.

– Där sa hon, och pekade mot ett rum bredvid köket. Det var där inne *Den döende dandyn* målades. Samma sommar som Dardel anlade trädgården. Han gick omkring här och styrde och ställde med trädgårdsmästarna om hur det skulle se ut. Det finns beskrivet i brev och dokument från den tiden. Samtidigt arbetade han alltså på *Den döende dandyn*. Först gjorde han en akvarell av målningen i andra färger och med tre män omkring dandyn som i den versionen höll en solfjäder i handen. Den första målningen hade en mycket starkare homosexuell prägel.

Knutas lyssnade artigt. Han var inte särskilt intresserad av konsthistoria.

De fortsatte in i salen där en magnifik spis i gotländsk sandsten tronade i mitten.

– Ellen var ju både målare och musiker men främst skulptris, berättade Anita Thorén. Hon studerade bland annat för Carl Milles. Hon har skulpterat den här enorma spisen. Den är nästan tre meter hög och det var runt den som hela huset byggdes. Relieferna symboliserar de fyra elementen – jord, eld, luft och vatten, men även människokärleken, lidandet och arbetet. Figuren där är kärlekens gudinna, sa hon och pekade på en av de vackra reliefer som var uthuggna i spisen. Hennes ansikte träffas av den nedåtgående solens sista strålar den 21 juni, alltså då vi har sommarsolstånd och natten är som kortast – ja, det blir väl inte natt alls egentligen.

– Oj då, sa Knutas.

De gick igenom musikrummet, biblioteket och övervåningen med sovrummen medan Anita Thorén berättade om husets historia. Utanför låg Ellens ateljé och en stor trädgårdsmästarbostad där mannen som skötte trädgården bodde.

– Ja, han är den ende som är här egentligen på vintern, sa Anita. Jag och min man bor i stan och vi tittar till stället då och då.

– Men stugorna där borta, vad används de till? frågade Knutas och pekade på raden av identiska trästugor som låg vid skogsbrynet. De såg nybyggda ut.

– Dem hyr vi ut på sommaren. Kom med här.

Anita Thorén gick före bort till klungan av stugor som låg längst bort på Muramarisplatån, alldeles intill skogsbrynet. Hon låste upp dörren till en och visade honom in. De var enkla, men hade alla bekvämligheter. Alldeles nedanför platån där de stod fanns trappor ner till stranden.

Lite avsides låg en röd stuga som verkade äldre.

– Det där är Rolf de Marés stuga, sa Anita Thorén. Den lät Ellen bygga till sin son så att han kunde vara här på somrarna och vara ifred.

De gick in. Därinne fanns ett enkelt kök med en vedspis,

ett stort sovrum med två enkelsängar och en liten toalett och duschutrymme. Mer var det inte.

– Så här bodde han alltså, nickade Knutas och lät blicken glida över väggarnas ljusblommiga tapeter. Och Dardel kom också hit?

– Javisst, han var här ofta under några år. Som jag sa levde de så öppet homosexuellt som det gick på den tiden. Rolf de Maré var också Dardels välgörare, han hjälpte honom ekonomiskt och var ett stort psykologiskt stöd för honom. Dardels liv var inte oproblematiskt precis. Även när de inte sågs höll de kontakten per brev. Sen tillbringade de mycket tid i Paris tillsammans. Rolf de Maré var ju grundaren av den avantgardistiska Svenska Baletten i Paris och Dardel gjorde dekor och kostymer till flera föreställningar. De reste också mycket tillsammans, de var i Afrika, Sydamerika och runt om i Europa. Rolf de Maré var nog den som stod Dardel närmast, förutom Thora då kanske som han sen gifte sig med, och så dottern Ingrid förstås.

Medan han lyssnade till Anita Thoréns berättelse hade en tanke slagit rot i Knutas undermedvetna. När han stod där i den vinterfuktiga stugan där det var lågt i tak och han kunde ana havet utanför kände han hur han befann sig mitt i navet som detta fall rörde sig kring.

– Hyrs den här stugan också ut? frågade han.

– Ja, sa Anita Thorén. Men bara på sommaren. Vattnet är avstängt på vintern och det finns ändå ingen efterfrågan då. Förutom i nåt enstaka fall.

Knutas lystrade till.

– Vadå för enstaka fall?

– Nja, det har hänt att jag har gjort undantag. Det var till exempel en forskare här för inte så länge sen som ville hyra för att arbeta med nåt projekt.

Knutas blev torr i munnen.

– När var detta?

– Några veckor sen, jag måste se efter i min bok för att veta exakt. Jag tror jag har det uppskrivet här.

Hon öppnade sin handväska och tog fram en liten fick-kalender. Knutas höll andan medan hon letade i den.

– Få se nu… Han hyrde den från den sextonde till den tjugotredje februari.

Knutas slöt ögonen och öppnade dem igen. Egon Wallin mördades den nittonde. Datumen sammanföll.

– Vem var det? Vad hette han?

– Alexander Ek. Han kom från Stockholm.

– Hur gammal? Hur såg han ut?

Anita Thorén tittade förvånat på Knutas.

– Han var ung, kanske i tjugofemårsåldern. Lång och kraftig, inte överviktig – men väldigt muskulös. Som en kroppsbyggare.

– Frågade du efter legitimation?

– Nej, det tyckte jag inte var nödvändigt. Och så var han så trevlig. Jag fick också en känsla av att han varit här förut, men han förnekade det när jag frågade.

Det räckte för Knutas. Han kastade en snabb blick runt i stugan. Sedan tog han tag i Anita Thoréns arm och nästan knuffade ut henne.

– Vi får fortsätta prata om det här senare. Stugan måste stängas av för en teknisk undersökning. Ingen sätter sin fot här förrän det är gjort.

– Va? Vad menar du?

– Vänta.

Knutas ringde åklagare Smittenberg om tillstånd för husrannsakan, innan han ringde Karin och bad henne ordna med avspärrningar och hundpatruller.

– Vad är det fråga om?

Anita Thorén tittade oroligt på honom när han avslutat samtalet.

– Datumen då stugan hyrdes ut sammanfaller med mordet på konsthandlaren Egon Wallin. Stölden av *Den döende dandyn* kan ha med mordet att göra. Och det är inte omöjligt att er forskande hyresgäst är inblandad.

Att polisen spärrat av Muramaris och sökt igenom Rolf de Marés stuga undgick medierna i ett dygn. På tisdagseftermiddagen upptäckte en person som promenerade i området att det hängde blåvita plastband runt stugan och så var ryktet i svang. Polisen vägrade kommentera avspärrningen med hänvisning till den förundersökning som pågick.

Johan höll på att gå sönder av frustration över att ingen sa någonting. Han och Pia satt på redaktionen efter att ha varit ute och filmat så gott det gick vid Muramaris. De hade varit tvungna att traska ut i skogen för att komma åt att ta bilder som nödtorftigt visade området. Polisen hade spärrat av bilvägen.

I vanlig ordning hade Max Grenfors ringt och krävt ett inslag som kunde toppa sändningen.

Johan hade varken lyckats få tag i Anita Thorén eller någon annan som kunde uttala sig. Han rev sig i håret och stirrade tomt framför sig medan Pia arbetade med att redigera bilderna.

– Jag har ju för fan ingen text, sa han. Det enda jag kan berätta är att vi inte har nåt att berätta! Polisen säger inte ett ord, inte ägaren heller och det finns inga grannar. Vad i helvete ska vi göra?

Pia avbröt sitt knappande på datorn och slet blicken från skärmen med svepande bilder över skog och den ståtliga byggnaden som skymtade i bakgrunden. Hon plockade fram sin snusdosa och tog en portionsprilla.

– Ja, vem sjutton skulle kunna veta nåt... Vänta nu, de har ju en restaurang där på somrarna. Jag känner en tjej som brukar sommarjobba där – det är i och för sig ett långskott, men jag kan ringa henne.

Tio minuter senare var de på väg till Muramaris igen för att göra en ståuppa – Johan skulle rapportera senaste nytt på plats med huset i bakgrunden även om det bara skymtade fram på grund av avspärrningarna. Det blev bra mycket mer effektfullt i TV. Pia Liljas väninna visade sig vara flickvän till Anita Thoréns son och överraskande välinformerad. Hon kände till avspärrningen och berättade om Nils Dardels koppling till Muramaris och att han antagligen målat det stulna konstverket där. Väninnan talade också om att hon hade hört att polisen misstänkte att gärningsmannen hade hyrt Rolf de Marés stuga vid tiden för mordet på Egon Wallin.

Inslaget på TV fick honom att rycka till så kraftigt att han var på vippen att skvätta ut kaffet han hade i koppen. Visst var det väntat. Förr eller senare skulle sambandet komma ut, det hade han räknat med. Men inte så här snabbt. Han betraktade reportern som stod där med Muramaris i bakgrunden, kände igen honom från tidigare inslag. Han retade sig på hans sätt att prata, så självsäker, fast han inte hade en susning om vad det hela handlade om.

Inte nog med att han hade polisen i hasorna, han skulle behöva oroa sig för journalisterna också. Det var något med reporterns uppsyn som väckte hans irritation. Vem fan trodde han att han var? Nu kom namnskylten, javisst – det var Johan Berg han hette.

Den här kvällen var han inte ensam framför TV:n och han fick anstränga sig för att inte avslöja sin upprördhet. Måste hålla god min utåt. Det var nästan det jobbigaste med hela projektet. Att låtsas som ingenting, att allt var som vanligt. Helst hade han velat skrika ut till resten av världen vad det var han gjorde och varför. De där två sekunderna hade bränt sig fast i hans inre och det onda skulle inte försvinna förrän han uträttat det han föresatt sig. Först då kunde han bli fri. När han hade tvättat bort skiten. Städat färdigt. Då kunde de börja om igen och allt skulle bli bra.

I dag hade han tränat extra länge på gymet. Det kändes som om ju mer han tränade desto bättre kontroll hade han över sig själv. På något sätt fick han utlopp för både frustration, oro och tvekan. När han betraktade sin kropp i styrketräningslokalens otaliga speglar kände han sig stärkt, spegelbilden talade sitt tydliga språk – han skulle klara det. Ingen kunde komma åt honom. Inte polisen, ingen stöddig reporter som trodde att han var något för att han syntes i TV. Jävla idiot. Han skulle bara våga försöka utmana honom.

Mannen som hyrt stugan på Muramaris hade uppgivit falskt namn. Någon Alexander Ek med den adress han lämnat fanns inte. Han hade betalat kontant och skåpbilen han använt fanns hos en uthyrningsfirma i Visby. Trädgårdsmästaren som förhördes ingående av polisen hade varit bortrest under nästan hela veckan, men dagen då hyresgästen anlände hade han sett bilen och även biluthyrarens dekal i bakrutan och lagt den på minnet. Skåpbilen hade hyrts under samma period som stugan. Även den i falskt namn. Allt tydde nu på att det var gärningsmannen som var den okände hyresgästen på Muramaris. Rolf de Marés stuga dammsögs på spår.

Både blonda och kolsvarta hårstrån hittades i sängen och i badrummet, cigarettfimpar av märket Lucky Strike låg utanför på marken och i en påse med bortglömda sopor bakom stugan upptäcktes en använd flaska foundation och engångslinser som var starkt blåfärgade.

Att polisen spärrade av Muramaris väckte uppmärksamhet och de lokala medierna var snabbt där och ställde sina sedvanliga frågor. Knutas hade instruerat Norrby att inte säga något om kopplingen mellan Muramaris och Egon Wallins mördare. Märkligt nog hade ändå Johan Berg med uppgifterna i sitt inslag på kvällen. Knutas var åtminstone tacksam över att han inte visste på vilket sätt. Färjornas passagerarlistor gicks igenom och mycket riktigt hittades en Alexander Ek bland resenärerna som hade avrest från Nynäshamn onsdagen den sextonde februari på morgonen och återvänt söndagen den tjugonde. Han hade rest utan bil.

– Då vet vi åtminstone när mördaren kom och när han reste, sa Karin när spaningsledningen samlades till ett möte i polishuset sent på kvällen.

– Han hyrde en bil hos Avis i Östercentrum, fortsatte Sohlman och tecknade åt Karin att släcka lyset. Det var en vit skåpbil av den här modellen. Bilen är inne för undersökning just nu. Spåren i snön på Norra Murgatan stämmer överens med däckmönstret på den här bilen, så det råder ingen tvekan. Bilen användes av gärningsmannen.

På onsdagsmorgonen när Knutas just kommit till jobbet knackade Karin på hans dörr.

– Kom in.

Direkt såg han på henne vad saken gällde. Han fick en tjock klump i halsen. Det var som om hans öde skulle avgöras. Att Karin berörde honom så starkt var inte klokt egentligen. Ända sedan han presenterade sitt förslag för henne på måndagen hade han försökt att inte tänka på saken men nattetid hade han drömt mardrömmar om att Karin försvann och lämnade honom ensam kvar. Femton år tillsammans på jobbet hade gjort stora avtryck i honom. Dem blev man inte av med så lätt. Han skulle aldrig hitta någon som Karin igen.

Utan att med en min röja vad hon tänkte slog hon sig ner mitt emot honom på andra sidan skrivbordet. Knutas satt tyst och väntade på domen.

För varje sekund som gick började han misströsta allt mer.

– Jag tar det, Anders. Jag stannar. Men på ett villkor. Jag vill inte ha med pressen att göra.

Så log hon stort och blottade gluggen mellan framtänderna som han var så förtjust i.

Det svindlade för ögonen på Knutas. Det var för bra för att vara sant.

Han hoppade upp från stolen, rusade runt, slet upp henne och omfamnade sin kära kollega.

– Tack, Karin! Underbart. Vad glad jag blir! Du kommer inte att ångra dig! Jag lovar!

En kort stund förblev hon alldeles stilla i hans armar. Sedan drog hon sig sakta ifrån honom.

– Ja, Anders, jag tror också att det blir både kul och spännande för mig.

– När utredningen är över så vill jag ta ut dig på en brakmiddag. Det här måste firas!

Han såg på klockan. Han skulle hinna prata med Norrby före mötet. Nyheten om att Karin skulle bli ställföreträdande ville han berätta så fort som möjligt. Så slog honom en sak.

– Vet Martin?

– Ja, jag berättade det för honom i går kväll.

– Hur tog han det?

– Det var inga problem alls, du vet hur han är. Bekymrar sig inte i onödan.

Att Lars Norrbys reaktion skulle bli stark hade han räknat med, men inte så stark.

– Vad i helvete är det du sitter och säger? Är det tacken efter alla år? I tjugofem år har vi jobbat tillsammans – tjugofem år!

Kollegan hade rest sig i sin fulla längd och stirrade ursinnigt ner på Knutas där han satt och kände sig så obekväm i sin gamla stol som han aldrig tidigare gjort.

Han spottade ur sig orden.

– Och vad fan har du tänkt att jag ska göra? Sitta och rulla tummarna bakom skrivbordet och vänta på pension?

Vad har jag gjort för fel?

– Men snälla Lars, lugna ner dig, manade Knutas. Sätt dig.

Han hade aldrig sett sin lågmälde och sympatiske kollega reagera så aggressivt. Han hade förklarat att han måste erbjuda Karin något radikalt för att få behålla henne, men det argumentet bet inte på Norrby.

– Jaha, är det så man ska göra för att komma vidare på det här stället – hota med att sluta? Fy fan, vad lågt.

– Men snälla Lars, sa Knutas. Se verkligheten. Du och jag är lika gamla och jag funderar inte på att kasta in handduken än på länge. Jag sitter här tills de kastar ut mig med huvudet före, om jag får gissa. Det handlar om högst tio år till, om jag går lite tidigare än sextiofem, vilket jag har tänkt. Då behövs nån som kan ta över. Karin är femton år yngre än vi. Då har hon både erfarenheten och kraften. Dessutom är du en utmärkt presstalesman och det är det jag vill att du ska sköta i första hand. Ingen gör det bättre än du. Och lönen får du naturligtvis behålla.

– Det var ju bussigt, fräste Norrby. Det här trodde jag inte om dig, Anders.

Han smällde igen dörren när han gick.

Knutas satt kvar, missnöjd med samtalet och med sig själv. Han hade inte ens hunnit komma till den kanske känsligaste punkten. Att han beslutat sig för att plocka bort Lars Norrby från spaningsledningen.

Domkyrkans klockor hördes genom Visbys gränder och prång.

Inne i kyrkan fylldes bänkraderna undan för undan. En behärskad förstämning vilade över de sörjande. Alla tycktes tänka på hur brutalt Egon Wallin hade fått sluta sina dagar. Ingen människa var värd ett sådant öde och i prästens min gick att läsa en återhållen ilska. Konsthandlaren hade dessutom varit en uppskattad människa, varm och humoristisk. Hans släkt hade berikat staden med konst i över hundra år och själv hade han bidragit starkt till att stadens konstliv blomstrade. Många ville komma och hedra honom den här dagen.

Knutas hade ställt sig vid sidan av den mäktiga kyrkporten och studerade diskret begravningsgästerna.

En svartklädd Monika Wallin anlände med sonen på ena sidan och dottern på den andra.

Utredningen hade verkligen gått i stå, tänkte han.

Den senaste tiden hade de inte kommit någon vart. Inget av alla spår och uppslag ledde till något konkret som tog dem vidare. I sina svartaste stunder hade han börjat misströsta om de verkligen skulle lösa mordet. När stölden på Waldemarsudde inträffade trodde han att det skulle lossna, men så blev det inte. Inte än i alla fall.

Han suckade inombords och fick syn på Karin i mängden av människor. Reaktionerna på nyheten att hon skulle ta över rollen som biträdande chef från den första juni hade inte låtit vänta på sig. Kriminalavdelningen delade upp sig i två läger, ett för och ett emot. Knutas förvånades över att utnämningen skapade en sådan djup spricka. Emot var i första hand de äldre, manliga kollegerna medan de som applåderade utnämningen var kvinnorna och de yngre medarbetarna.

En person som verkligen förvånade honom var Thomas Wittberg. Han och Karin hade alltid varit mycket goda vänner på jobbet, men han var en av dem som reagerat kraftigast på beskedet att hon utsetts till biträdande chef. Stämningen hade varit frostig mellan de två sedan nyheten kom ut. Karin visade inte utåt att hon brydde sig, men Knutas förstod att hon var sårad.

Fantastiskt vad som hände med människor när förutsättningar ändrades och när man gjorde något som inte passade. Då sattes relationer på spel och då framträdde det tydligt vilka som var ens verkliga vänner.

Han såg ut över begravningsgästerna. Många verkade stå familjen nära. De hälsade varmt på Monika Wallin som ännu inte satt sig utan stod i vapenhuset innanför kyrkporten tillsammans med sin storvuxne son, som spänd och sammanbiten verkade påtagligt besvärad av situationen.

En del personer kände Knutas inte igen. Flera män i övre medelåldern kom i grupp, han gissade att de var affärsbekanta i konstbranschen. Han undrade om Egon Wallins tilltänkte samarbetspartner i Stockholm, Hugo Malmberg, skulle dyka upp. Till sin förargelse slog det Knutas att han i så fall inte skulle känna igen honom. Vilken miss. Han hade bara sett honom på ett fotografi som var tio år gammalt och nu var det länge sedan han tittade på det senast. Naturligtvis borde han ha friskat upp minnet före begravningen. Han förstod inte hur han kunnat vara så klumpig.

Männen i gruppen stod med huvudena tätt ihop och talade lågmält med varandra. Som om de inte ville att någon utomstående skulle höra. Kunde det vara någon av dem?

Tankarna avbröts av att han fick syn på Mattis Kalvalis. Det var inte svårt att skilja ut honom ur mängden. Han var klädd i en lång, rosa- och svartrutig tweedrock och en knallgul halsduk. Håret var för dagen rött och spretade åt alla håll. Ansiktet var kritvitt och han hade målat ögonen med svart kajalpenna.

Tänk att han rest ända från Litauen för Egon Wallins skull. De hade väl inte känt varandra så länge. De kanske hade haft en närmare relation än de gett sken av. Omedelbart väcktes Knutas misstankar, han hade inte kunnat släppa känslan av att de kanske haft något ihop ändå.

Mattis Kalvalis kom fram och hälsade.

– Är du här bara för begravningen? dristade Knutas sig till att fråga på stapplande engelska.

Han anade en svag ryckning i ena ögonbrynet.

– Jag är egentligen på väg till Stockholm, men ville gärna vara med i dag. Egon Wallin betydde mycket för mig. Vi hade inte arbetat tillsammans så länge, men han uträttade mycket på den korta tiden. Dessutom var han en god vän. Jag uppskattade honom verkligen.

Mattis Kalvalis tycktes mena det han sa. Konstnären ursäktade sig och gick bort till änkan. Knutas hade inte lagt märke till förut hur smal han var. Axlarna sluttade och rocken såg stor ut på den tunna kroppen. Han undrade om det inte var så att Kalvalis nyttjade droger. Hans rörelser var ryckiga och han pratade alltid osammanhängande.

Det hörde till och med Knutas med sin dåliga engelska.

Domkyrkan blev så gott som full. Det var en vacker ceremoni.

Det enda anmärkningsvärda som hände under begravningsakten var att Egon Wallins son snubblade när han skulle gå fram till kistan och höll på att falla rätt in i en enorm marmorkruka som var fylld av vita liljor. Han tappade rosen han höll i och stjälken knäcktes. Knutas led med honom när han med plågad min mumlade något ohörbart och lade ner rosen på det svartglänsande kistlocket.

Det var bara att erkänna. Polisen hade kört fast i utredningen om mordet på Egon Wallin. Knutas blev alltmer övertygad om att den skyldige inte var gotlänning, om han ens var svensk.

Utredningen hade så många uppslag, indicier och ledtrådar som spretade åt olika håll och som verkade omöjliga att pussla ihop. Han kände sig inte ens säker på att mordet och stölden på Waldemarsudde hörde ihop när det kom till kritan. Kanske hade skulpturen placerats där bara för att förvilla polisen.

Knutas hade tät kontakt med Kurt Fogestam i Stockholm och nu var det dödläge även där.

En positiv sak var att mediahysterin lade sig med tiden så de fick arbeta i fred. Alla tips och vittnesuppgifter hade bearbetats flera gånger om, men inte fört utredningen framåt. Knutas var besviken över att de varken kommit längre med tavlorna som hittades hemma hos Egon Wallin eller med den mystiske hyresgästen på Muramaris. Hyresgästen hade de fortfarande inte fått tag på.

Någon rapport om sockerbrukens framtid hade inte beställts av Jordbruksverket och ingen där kände till namnet Alexander Ek. Hårstrån analyserades från den hyrda skåpbilen och de visade sig tillhöra Egon Wallin. Saken var därmed glasklar. Hyresgästen var gärningsmannen – men var fanns han?

Hugo Malmberg låg i sin säng i sviten på Wisby hotell och kunde inte sova. Begravningen hade varit en plåga. I sin enfald hade han trott att han skulle må bättre av att närvara. Men åsynen av Egons familj, släktingar och vänner hade fått honom att inse hur ensam han själv var.

Att en människa kunde betyda mer efter sin död var egentligen absurt. När Egon levde hade de ett förhållande, visst. Det var häftigt och spännande på många sätt, men kär hade han inte varit. Förälskad i början naturligtvis, men det lade sig efter ett tag i vanlig ordning. När den första nyfikenheten dämpats brukade han tröttna ganska snart. De träffades då möjlighet gavs, utan krav eller förväntningar. Stunderna hade båda stort utbyte av, men när de var över gick de åt varsitt håll och glömde nästan bort varandra tills de sågs nästa gång. Åtminstone hade det varit så för honom.

Nu, efter Egons tragiska och våldsamma död, kom han på sig själv med att längta efter honom mycket mer än han gjort medan hans gotländske älskare levde.

Kanske började han känna sig gammal. Han skulle fylla sextiotre nästa gång. Tankarna på det där andra gjorde sig påminda. Det som han lyckats förtränga i så många år. Det var något med begravningen som gjorde att han började tänka på sitt förflutna. Ensamheten skrämde. En tomhet hade smugit sig på och han funderade mycket kring beslut han fattat långt tidigare som han kunde ångra nu. Hade han gjort andra val i livet kanske han inte varit så ensam. Visst var hans umgänge stort, men där fanns ingen som riktigt brydde sig om honom. På något sätt var det så grundläggande att någon skulle ta hand om en på ålderns höst. Någon närstående, som man hade en djupare relation till.

Livet hade ändå varit gott, det kunde han inte klaga på. Han hade haft en framgångsrik karriär och pengar hade aldrig saknats. Det gav honom en frihet han njöt av. Han hade skaffat sig det han ville, ordnat det för sig. Rest hade han gjort, till alla världsdelar. Sina behov hade han kunnat tillfredsställa och han hade ett intressant och stimulerande arbete. Egentligen saknades väl bara djupare kärlek i hans liv. Det kanske han hade kunnat få av Egon. Om han fått leva.

Egon hade haft ett underbart förhållningssätt till konsten, kunde tala i timmar om ett verk eller bara en detalj i en målning och spekulera i all oändlighet om vilken som var konstnärens avsikt med det ena eller andra. Kanske var det just det han saknade. Egon hade en äkthet över sig, en oförställd glädje och nyfikenhet på livet.

Det skulle dröja länge innan han återvände till Gotland. Om han någonsin gjorde det. Ön var alldeles för starkt förknippad med Egon. Nu skulle han glömma alltihop och hela denna avskyvärda historia. Han brydde sig inte längre om vem som var mördaren. Det första han skulle göra när han kom hem var att beställa en resa till solen och värmen. Brasilien kanske, eller Thailand. Han kunde gott unna sig några veckors semester efter allt han gått igenom.

Han gav upp försöken att somna och klev ur sängen,

stack fötterna i hotellets tofflor och svepte morgonrocken om sig. Ur minibaren plockade han fram en pytteflaska med whisky som han slog upp i ett glas och satte sig i soffan i svitens vardagsrum. Tände en cigarett och blåste långsamt ut röken.

Det skulle bli förbannat skönt att komma hem.

Knappt hade han tänkt tanken förrän han hörde ett skrammel utanför fönstret. Sviten låg på fjärde våningen, men det fanns ett tak precis utanför. Huset var gammalt och byggt i olika avsatser och våningar.

Han gick fram till fönstret, drog isär gardinerna och spanade oroligt ut i mörkret. Ett svagt ljus kom från en gatlykta, men räckte inte långt. Det var tydligen inget, troligen bara en katt. Han drog igen gardinerna och återvände till soffan, och tog en djup klunk av whiskyn som brände skönt på sin väg nerför strupen. Han erinrade sig att han var bjuden på en större tillställning i Riddarhuset på fredagen. Det skulle bli trevligt. Han hade många vänner i adelskalendern.

Ännu ett skrammel. Det klack till i honom och han tittade på klockan. Kvart över två.

Snabbt fimpade han cigaretten, reste sig och tryckte av strömbrytaren. Det blev kolsvart i rummet. Sedan smög han fram till fönstret, ställde sig vid sidan mot väggen och väntade. Strax hörde han ett rasslande ljud och så en duns. Det lät som om någon befann sig snett ovanför honom. Han blev osäker på vad han skulle göra, vågade inte kika ut av rädsla för att han, trots mörkret, skulle synas. Så flimrade ett ljussken till därute. I en glipa mellan gardinerna såg han att en ficklampa lyste rätt mot fönstret.

Med musklerna på helspänn avvaktade han i någon minut.

Så följde han en ingivelse och slet åt sig en bordslampa

med tung keramikfot. Lossade skärmen, lade den försiktigt på golvet och höll lampfoten i ett fast grepp i handen. Det var det bästa tillhygge han kunde hitta. Han stod vid sidan av fönstret i ett hörn av rummet, han hade lyckats tränga sig in nästan helt bakom den tunga gardinen. Allt han hade i huvudet var Egons grymma öde. Och hoten mot honom själv: lappen i brevlådan och de mystiska telefonsamtalen.

En iskall känsla av att stunden var inne lade sig i magen. Någon var ute efter hämnd och turen hade kommit till honom.

Precis som han förutspått dröjde det inte länge förrän ett knakande läte bröt tystnaden, som om någon försökte bända loss fönstret. Uppenbarligen användes en kofot. Träet gav vika. Handskbeklädda fingrar syntes trevande i det magra ljusskenet. De häktade av den andra fönsterrutan.

Så stacks ett ben in och sedan ett till. En lång, storväxt och mörkklädd person böjde sig in genom fönstret och hamnade på golvet bara någon meter från honom. Mannen var maskerad med en svart stickad mössa med hål för ögonen nerdragen över huvudet.

Hugo pressade sig mot väggen så gott det gick och hoppades att den objudne gästen skulle fortsätta förbi utan att märka hans närvaro.

Sviten låg i hörnet av hotellet och rummen var byggda i en cirkel. De befann sig i vardagsrummet och främlingen kunde välja att antingen gå till vänster in i sovrummet eller till höger mot ett mindre sällskapsrum. Under några ögonblick stod den maskerade mannen stilla, så nära att han kunde höra den snabba andhämtningen.

Mörkret var kompakt. Han bad en stilla bön att han inte skulle avslöja sig på lukten. Antagligen stank han av både whisky och cigarettrök. Mannen vände sig om och under några gastkramande sekunder var han övertygad om att hans gömställe röjts. Men plötsligt smög sig den andre fram mot dörröppningen till sovrummet och slukades upp av mörkret. Smygande backade han, med blicken fixerad mot sovrummet. Bakom honom låg bara sällskapsrummet, hallen och så dörren ut mot hotellkorridoren. Fortfarande fanns en chans att fly. Att försöka övermanna den storvuxne inkräktaren tycktes orimligt. Han skulle inte ha en chans. Tankarna dansade i huvudet, tidsuppfattning hade han ingen, han kunde inte ens gissa sig till hur många sekunder som förflutit.

I samma ögonblick som han övervägde att ta chansen och kasta sig mot dörren kände han hur någon grep tag om hans handled. Lampfoten föll till golvet med en krasch. Han ropade till, men det var ett ljudlöst skrik. Som om han anade att det inte var någon mening.

Det rådde en slö och håglös atmosfär under morgonmötet denna onsdag. Knutas tyckte det var rent löjeväckande vilken skillnad det blivit på stämningen efter tillkännagivandet om Karins befordran. Hon och Thomas satt aldrig bredvid varandra numera, för att inte tala om Lars Norrbys plötsliga aversion mot allt och alla. Karin hade tidigare under morgonen beklagat sig när de tog en kopp kaffe tillsammans och undrat om det hela var värt mödan. Han förstod henne, men uppmanade henne att ha tålamod. Med tiden skulle Norrby mjukna och säkerligen även Wittberg. Knutas antog att Wittberg naturligtvis också hade ambitioner och kanske hade förväntat sig att det var han som skulle fått förfrågan.

Inte kunde man tillfredsställa alla.

Nu satt Wittberg där i alla fall och såg trumpen ut, fast Knutas visste att han i själva verket mådde väldigt bra. Hans nya flickvän, som inte var så ny längre, hade flyttat in hos honom och det verkade bara ha en god inverkan. Han var friskare och piggare än Knutas någonsin sett honom. Därför tyckte han att det var extra tråkigt att hans yngre kollega inte kunde unna Karin den här framgången.

– Jag har kollat upp Rolf Sandén mera, alltså Monika

Wallins älskare, började Wittberg. Visserligen har han alibi för mordkvällen, men det är ganska svagt. Kompisen som säger att de var tillsammans kanske ljuger. Rolf Sandén spelar ju på hästar och det visar sig att han har ganska stora spelskulder. Han är skyldig en hel del människor pengar.

– Jaså?

Knutas rynkade pannan.

– Monika Wallin däremot påstår sig inte veta nåt alls om vare sig hans spelberoende eller att han är skuldsatt upp över öronen.

– Okej, där har vi ett möjligt motiv. Dessutom är han gammal byggnadsarbetare. En hel del muskelmassa, med andra ord.

– Men var inte han sjukskriven? invände Karin.

– För utsliten rygg ja, snäste Wittberg nedlåtande. För det kan man väl fortfarande vara stark.

– Ja, men ändå, envisades Karin. Klarar man verkligen av att hissa upp nån så högt om man har en rygg som inte funkar?

– Men herregud, suckade Wittberg. Vi kan väl inte avfärda honom för det?

Han skakade på huvudet som om han tyckte att han just hört det dummaste på länge.

– Precis, höll Norrby med. Han kan ha fejkat till sig ett sjukintyg. Sånt händer väl titt som tätt. Men det kanske inte existerar nåt bidragsfusk i din värld?

Tonen dröp av sarkasm. Norrby och Wittberg gav varandra menande blickar.

Utan förvarning reste sig Karin så häftigt att stolen hon suttit på åkte i golvet. Hon stirrade ursinnigt på Wittberg som såg både häpen och förskräckt ut.

– Nu får det fan vara nog! Karin spände ögonen i kollegan. Din småaktiga, avundsjuka fjant, nu räcker det! Är du så jäkla ego att du inte kan unna mig nån framgång? Vi har jobbat ihop i flera år, Thomas – jag har slitit här dubbelt så länge som du. Vad har du emot att jag blir biträdande chef? Tala om det för mig här och nu – gör det!

Utan att vänta på svar vände hon sig mot Lars Norrby.

– Och du är inte ett dugg bättre. Gå här och sura mot mig som om det var jag som fattade beslutet! Ska du klaga så gå då till Anders och gnäll och sluta hacka på mig som en barnunge. Jag är så förbannat trött på er båda två och jag accepterar inte det här längre. Nu lägger ni av – fattar ni det?

Karins vredesutbrott avslutades med att hon tog tag i sin stol och dängde den i väggen. Hon försvann och dörren smällde igen efter henne.

Innan någon hann yttra sig ringde Knutas mobiltelefon.

När han avslutat samtalet såg han sammanbiten ut.

– De ringde från Wisby hotell. Hugo Malmberg tog in där i går morse. Han var med på Egon Wallins begravning och skulle sova en natt på hotellet. I dag har han inte checkat ut, han var inte med på planet hem som han skulle och när personalen gick in på rummet nyss så var alla hans saker kvar, fönstret var uppbrutet och det fanns blodspår på golvet.

– Och Malmberg? frågade Kihlgård.

– Borta, sa Knutas och sträckte sig efter kavajen som låg slängd över en stolsrygg. Försvunnen. Han finns ingenstans.

Wisby hotell låg på Strandgatan vid Donners plats nära hamnen. Det var ett vackert, anrikt hotell som höll hög klass.

Stämningen i receptionen var orolig när Knutas, Kihlgård, Sohlman och Karin klev in genom dörren bara en kvart efter det att receptionschefen larmat om den försvunne Hugo Malmberg. De hälsade kort och bad att få bli visade till rummet.

Sviten låg högst upp på fjärde våningen. Till receptionschefens fasa tejpade Sohlman genast upp en avspärrningsremsa över dörren.

– Är det verkligen nödvändigt? frågade han bekymrat. Det framgår ju tydligt att det är en brottsplats och det kommer att skapa oro bland gästerna.

– Tyvärr, sa Sohlman. Jag är ledsen.

Han lät som om han menade det han sa. Wisby hotell hade tio år tidigare drabbats av ett mord på en kvinnlig nattportier – ett av de tre ouppklarade morden i Gotlands historia. Mordet hade väckt en enorm uppmärksamhet och fallet valsade runt i medierna i åratal. Fortfarande aktualiserades det då och då i TV:s kriminalprogram.

Sohlman gick först in i sviten och tecknade åt de andra att vänta. De fick trängas i dörröppningen.

Försiktigt såg han sig omkring. Det luktade rök och instängt, sängen var obäddad och någon hade vält omkull en bordslampa som låg utan skärm på golvet. I vardagsrummet stod ett till hälften urdrucket glas på bordet tillsammans med en askkopp med några fimpar.

Sohlman drog den tunga gardinen åt sidan och upptäckte genast att fönstret var uppbrutet. Kläder hängde prydligt över en stol vid sängen och en resväska stod i den lilla hallen.

– Hur många har varit här inne? frågade han receptionschefen när han avslutat sin runda genom sviten.

– Bara jag och Linda som jobbar i receptionen i dag. Det var hon som reagerade på att han inte hade checkat ut. Det kom nämligen en taxichauffför också som var förbeställd och skulle hämta upp honom till flyget, men som sagt, han var inte där.

– Gick ni in bägge två?

– Ja, jo, sa receptionschefen osäkert, det gjorde vi. Men vi var här inne högst en minut, ursäktade han sig som om han kom på att det kanske inte hade varit en så bra idé.

– Okej, men nu får ingen mer komma in, sa Sohlman till de andra. Fönstret är uppbrutet, det finns tydliga blodfläckar på golvet och spår av ett visst tumult. Nåt har hänt härinne, det är helt klart. Vi får betrakta detta som en brottsplats från och med nu. Vad finns det för vägar ut härifrån?

Receptionschefen visade dem en brandtrappa i slutet av korridoren. Den ledde ner till baksidan av byggnaden och ut på gården. Därifrån var det bara att gå rakt ut på gatan. Det gick till och med att köra in med bil om man ville.

Sohlman kallade på förstärkning och stannade kvar för den tekniska undersökningen. Knutas satte igång förhör av de anställda på hotellet och polisen knackade dörr och frågade gästerna om någon av dem hade sett eller hört något under natten.

Så fort Knutas var tillbaka i polishuset kallade han samman de medlemmar av spaningsledningen som fanns på plats till ett möte. Av koncentrationen i rummet att döma tycktes alla för stunden ha glömt Karins tidigare utbrott. För första gången på länge kände Knutas igen den gamla vanliga stämningen i gruppen.

Han drog snabbt det han visste om Hugo Malmbergs försvinnande.

– Vad har vi fått fram när det gäller hans relation till Egon Wallin egentligen? frågade Kihlgård.

– De hade ett visst samarbete och träffades då och då när Wallin var i Stockholm, men mest handlade det om affärer, vad jag har förstått, sa Knutas.

– Du menar att det faktum att båda är, eller var, homosexuella inte har med saken att göra? sa Karin med tvivel i rösten. Såklart det har. Nu finns flera samband mellan dem. Konsthandeln, Stockholm och homosexualiteten. Det kan inte vara en slump. Det måste finns nåt i alla tre ingredienserna som leder till mördaren.

– Letar vi efter en gaykille inom konstvärlden i Stockholms innerstad? frågade Kihlgård. Då har vi begränsat oss en del i varje fall.

– Kanske, sa Karin. Eller också är det enbart homosexualiteten vi ska koncentrera oss på.

– Varför då? invände Wittberg. Var kommer stölden av tavlan med i bilden?

– Det har du rätt i. Den förbaskade tavlan. *Den döende dandyn*, sa Karin eftertänksamt. Vill han säga oss nåt med att han valde ut just den tavlan och ingen annan? Det kanske inte har med Nils Dardel att göra, utan med motivet och tavlans titel. En dandy är väl en man med androgyna drag? En välklädd snobb, en elegant sprätt som rör sig i de fina salongerna? Det stämmer in på både Egon Wallin och Hugo Malmberg.

– Visst, sa Wittberg ivrigt. Där har vi ett klockrent samband. Mördaren är så raffinerad att han stjäl en av svensk konsthistorias mest berömda målningar bara för att han vill göra en poäng. Han pekar finger åt oss – det är vad han gör!

– Kan det verkligen vara så enkelt? undrade Kihlgård tveksamt. En annan möjlighet är att han behöver pengar av nån anledning.

– Jamen hur ska man kunna göra sig av med en sån målning? Den går väl knappast att sälja här i Sverige, hävdade Norrby.

– Nej, det kan ligga en samlare bakom, mumlade Knutas.

– Jag tycker det låter som om allt det här har med konsten att göra, att det är det som är det centrala, sa Kihlgård. De är båda konsthandlare, ett berömt konstverk har försvunnit och på morddagen arrangerade Egon Wallin en succéartad vernissage. Vi borde leta inom konstvärlden och bortse från det homosexuella temat. Vi bara stökar till det för oss och så ser vi inte skogen för bara träd.

– Jag håller med, sa Knutas, glad att för en gångs skull vara överens med Kihlgård. De kan ha sysslat med skumma affärer vid sidan om. Båda tjänade grova pengar, det är inte säkert att det alltid har gått så lagligt till.

– Där kanske också Mattis Kalvalis och hans suspekte manager kommer in i bilden. Han verkar allt annat än rumsren, tyckte Karin. Han är drogmissbrukare, det syns lång väg. En konstliga med internationella förgreningar, bland annat i Baltikum, föreslog hon konspiratoriskt.

– Först och främst måste vi ta reda på vad som hänt Hugo Malmberg, avbröt Knutas. Om vi tänker oss att vi har att göra med en och samma gärningsman, vad har han gjort med Malmberg? Och vad blir nästa steg?

– Det troliga är väl tyvärr att Hugo Malmberg inte längre finns i livet, sa Karin. Precis före mötet så kollade jag upp om det framförts några hot mot Malmberg. Och det visar sig att han mycket riktigt har fått ett anonymt hot per brev och konstiga telefonsamtal. Han gjorde polisanmälan för ett par veckor sen.

Knutas ansiktsfärg höll på att stiga oroväckande.

– Vad gjordes åt saken?

– Ingenting, vad det verkar. Polisen som tog emot anmälningarna tyckte att Malmberg verkade nojig, trots att det faktiskt framgår av anmälan att han kände Egon Wallin väl och skulle ingått ett samarbete med honom.

– Exakt när inträffade de här incidenterna?

Karin ögnade igenom sina papper.

– Den första, den på Västerbron alltså, var den tionde februari. Fast då trodde Malmberg att det bara var nån som förföljde honom, det var inget konkret hot. Sen hade han fått ett riktigt hot den tjugofemte.

– Vad var det?

– En lapp som det stod "Snart" på. Utan avsändare.

– "Snart"?

– Ja – inget annat, tydligen.

– Och det var alltså två veckor sen?

– Det stämmer.

Alla i rummet tittade på varandra.

– Det här är inte klokt, sa Knutas sammanbitet. Här mördas Egon Wallin i Visby – samtidigt får en annan konsthandlare som har haft långtgående affärskontakter med Wallin ta emot det ena hotet efter det andra och det underlåter man att rapportera till oss. Vad håller stockholmarna på med? Det är för helvete tjänstefel.

Knutas andades häftigt genom näsan och tog några djupa klunkar vatten ur glaset han hade framför sig på bordet.

– Nåväl, nu är det bara att fortsätta. Sohlman leder den tekniska undersökningen av hotellsviten som genomförs just nu. Hotellet är delvis avspärrat och man håller på att knacka dörr och samla in vittnesuppgifter. Vi får hoppas att det ger oss några ledtrådar så småningom. Under tiden – vad kan vi tänka oss att gärningsmannen gör?

– Tyvärr är jag nog benägen att hålla med Karin, Malmberg är troligen redan död, suckade Kihlgård. Återstår bara att se var mördaren gör av kroppen den här gången.

– Kan han vara så fräck att han hänger upp den i Dalmansporten, precis som han gjorde med Egon Wallin?

Karin slängde ut frågan.

– Nja, det verkar osannolikt, sa Knutas. Att göra det en gång – okej, men att drista sig till att göra det igen? Han borde inse att vi har ögonen på honom och att de som jobbar på hotellet skulle upptäcka att Malmberg är försvunnen. Eller?

– Det är inte alldeles säkert, protesterade Kihlgård. Han kanske inte tänker rationellt. Han kan vara rusig av sina framgångar och ha fått storhetsvansinne. Tror att han är oövervinnerlig. Det har hänt förr.

– Hur som helst får vi sätta in bevakning där, sa Knutas. Bäst att ta det säkra för det osäkra. Vi har ju faktiskt ingen aning om vem vi har att göra med.

– Och Muramaris?

– Vi bevakar det också. Man vet aldrig om han får för sig att återvända dit.

Sverker Skoglund hade varit skolkamrat med Egon Wallin, de hade följts åt från småskolan ända upp till gymnasiet. Sedan hade deras vägar skilts åt. Sverker hade gått till sjöss och bott utomlands i många år och när han kom tillbaka till Gotland hade de inte så mycket gemensamt längre. Samtidigt fanns något speciellt dem emellan som gjorde att de höll en viss kontakt. De enstaka gånger de träffades på tu man hand var det som om de setts häromdagen.

Sverker chockades av Egon Wallins brutala död och liksom många andra förfärades han över att hans barndomsvän slutat sina dagar på detta våldsamma sätt. Begravningen hade han missat eftersom han just då var ute och jobbade på en oljeplattform i Nordnorge och hade bara fått ledigt om begravningen gällt en nära anhörig.

Nu hade han just kommit hem och det första han ville göra var att besöka Egons grav. Det var ödsligt när han kom till Norra begravningsplatsen. Hans bil var den enda på parkeringen.

Gångvägen som gick in på själva kyrkogården var både ordenligt skottad och rejält nertrampad. Han förstod att många hade varit där för Egons skull. Så här års var det väl annars inte så många som besökte gravplatsen.

Egon Wallin låg i familjegraven, vilken syntes på långt håll. Familjen var förmögen och det framgick tydligt av stenens storlek. Högst upp tronade ett kors. Högar av kransar och blommor låg framför och vittnade om den nyss avslutade jordfästningen. Efter nattens snöfall var det mesta dolt under ett vitt täcke, men här och där lyste blommorna igenom och han kunde se de tjocka kransarnas konturer under snön.

Just som han kom in på gångvägen som ledde den sista biten fram mot staketet runt graven tittade solen fram. Han stannade till ett ögonblick och lät strålarna värma ansiktet. En sådan stillhet. En sådan frid.

Han fortsatte med dröjande steg och funderade på vem Egon egentligen hade varit. I hans ögon framstod han som en enkel människa. Aldrig märkte han av på Egons sätt att vara att han hade gott om pengar. Han pratade aldrig om det och låtsades inte om något, utom vid de tillfällen de åt middag. Då insisterade han alltid på att få betala. Men han gjorde inte något väsen av att han hade det så bra ekonomiskt. Han envisades med att bo kvar i radhuset, fast han lätt haft råd att skaffa sig en större, mer luxuös villa. De där radhusen var förvisso ovanligt fina och läget var strålande. Men ändå.

Han undrade vad den gamle barndomsvännen råkat ut för. Om det var en galning som haft för avsikt att ge sig på vem som helst. Om han dödats av en slump eller om det fanns en anledning, ett syfte med att mörda just honom.

Han hade nått fram till det inhägnade område där gravstenen stod. Mitt framför graven låg kransarna i rader och först såg han bara dem. Blicken gled över sammetsbanden, blommorna och hälsningarna. Plötsligt fick han syn på något på den frusna marken som fick nackhåren att resa sig. Under en tjock krans med band i rosa och vitt från

Konstföreningen i Visby stack en hand upp ur snön. Det var en manshand med krökta fingrar. Sverker Skoglunds blick flyttade sig millimeter för millimeter medan han höll andan. Mannen låg på mage vid sidan av gravstenen med armarna utefter sidorna. Han var naken sånär som på kalsongerna och delvis täckt av snö. Kroppen var full av blåmärken och sår. Runt halsen hade han en snara.

Snabbare än han anat hade Sverker Skoglund fått svar på sin fråga. Det fanns onekligen ett uttalat syfte.

Larmet kom till Visbypolisen kvart över ett. Tjugo minuter senare klev Knutas och Karin ur första bilen på plats, tätt följda av Sohlman och Wittberg. Flera polisbilar var på väg. Knutas hoppade ur bilen och gick med långa steg fram till platsen.

– Helvete, sa han. Det där kan väl bara vara en person.

Sohlman kom ifatt och gick först fram till kroppen. Han böjde sig ner och granskade de delar som stack fram ur snötäcket.

– Han har fullt av blessyrer, det är både brännmärken från cigaretter och märken efter misshandel. Den stackars saten verkar ha torterats innan han mördades.

Han skakade på huvudet.

– Är det Hugo Malmberg?

Knutas lät blicken glida över den sargade manskroppen.

– Vi får väl titta efter.

Sohlman vände försiktigt på liket.

– Jodå, nog är det han alltid.

Karin flämtade till.

– Kolla in där. Vid halsen.

Alla lutade sig framåt och såg snaran. Utan tvekan hade

de med samma gärningsman att göra.

Knutas reste sig och såg ut över den ödsliga begravningsplatsen.

– Kroppen är fortfarande varm, sa Sohlman. Han kan inte ha varit död särskilt länge.

– Vi måste söka igenom området med hundar, omedelbart, sa Knutas och började dela ut order. Mördaren kanske inte är långt borta. Bil måste han ha haft, när fan går nästa färja till fastlandet? Den ska stoppas och varenda bil ska sökas igenom och varenda människa kontrolleras. Den här gången får han inte komma undan.

Johan och Pia hade slitit som djur sedan polisens pressmeddelande om att Hugo Malmbergs skändade kropp hittats ovanpå Egon Wallins grav. Mordet orsakade hysteri bland medierna och i Stockholm ville alla ha deras material översänt helst innan det ens spelats in. Det andra uppseendeväckande mordet i Visby väckte starka reaktioner även bland ortsbefolkningen och de gallerister som fanns i Visby stängde sina butiker och samlades för att bearbeta det som hänt. Spekulationernas vågor gick höga om huruvida mördaren var ute efter just personer som handlade med konst. Polisen hade hållit en kaotisk presskonferens där frågorna haglade från det femtiotal journalister som fanns på plats. Nyheten hade även spritts till övriga Norden och både dansk och norsk press hade anlänt till Visby under dagen.

När de redigerat klart det sista inslaget på kvällen blev Johan sittande kvar på redaktionen. Han var alldeles för uppstressad för att åka hem. Måste samla tankarna. Pia försvann så fort hon sänt iväg inslaget därför att hon skulle på bio. Bio, nu? tänkte Johan. Hur är man funtad om man klarar av att koncentrera sig på en film efter allt det här?

Han satte sig med papper och penna och försökte bena ut händelserna sedan dag ett.

Mordet på Egon Wallin. De stulna konstverken i hans förråd hemma i radhuset.

Stölden av *Den döende dandyn* på Waldemarsudde.

Skulpturen som stals från Wallins galleri för att sedan dyka upp på Waldemarsudde samtidigt som stölden begicks. Originalet stod på Muramaris. Där hade gärningsmannen bott, åtminstone när han begick det första dådet. Sedan mördades Hugo Malmberg och kroppen hittades ovanpå Egon Wallins grav.

Han skrev upp de beröringspunkter mellan offren som fanns.

Bägge var konsthandlare.

Bägge var homosexuella hade han förstått, Hugo öppet, Egon i smyg.

De planerade att bli partners i samma konsthandel i Stockholm. Partners, tänkte han. Var de även sexuella partners? Han bedömde det som högst troligt. Han lade till sexuella partners under beröringspunkter.

Han blev sittande och stirrade på vad han skrivit en stund. Det fanns två stora frågor, som han såg det hela. Han skrev upp dem.

1. Varför stals *Den döende dandyn*?
2. Skulle det bli ett nästa offer?

Det fanns ingenting som sa att mördaren inte skulle fortsätta. Det kunde finnas fler han tänkte ta livet av. Han skrev upp ordet – dandy. Vem är dandy?

Han slog upp ordet på nätet och fick förklaringen:

Snobb, sprätt, en dandy förknippas med elegans, kallblodighet, sarkasm, ironi, androgynitet eller sexuell ambivalens.

Såg gärningsmannen sig själv som en dandy eller var det hans offer som var dandies?

Han funderade vidare på personer som figurerat i utredningen. Pia hade antecknat dem som bjudits in till Egon Wallins vernissage. Listan hade hon fått av Eva Blom i konsthandeln och Johan hade inte brytt sig om att fråga hur hon gått tillväga för att lyckas med den bedriften. Han var inte säker på att han ville veta.

Om jag börjar där, tänkte han. Det dröjde inte länge förrän han fastnade vid ett namn. Erik Mattson. Det var ju han, Dardelexperten som hade uttalat sig flera gånger i TV om stölden på Waldemarsudde. En sådan tillfällighet. Han arbetade på Bukowski Auktioner i Stockholm. Johan bestämde sig för att ringa honom. Han tog fram Bukowskis hemsida på nätet och hittade både namn och bild. Han hajade till när han såg bilden. Apropå dandy. Erik Mattson var klädd i en kritstrecksrandig kostym, han bar en isblå skjorta och slips innanför en elegant väst. Håret var mörkt bakåtkammat, han hade rena drag och en aristokratiskt böjd näsa. Mörka ögon och smala läppar. Han smålog mot fotografen, ett något överlägset, lite ironiskt leende. Den klassiska dandyn, tänkte Johan. Han tittade på klockan. Nu var det för sent att ringa, Bukowskis var stängt. Det fick vänta till i morgon. Han suckade och gick för att sätta på kaffe medan tankarna malde runt i huvudet.

Vem var Erik Mattson egentligen? Hade han någon anknytning till Gotland?

Han visste inte var idén kom ifrån men den slog rot i hans huvud på ett ögonblick. Han tittade på klockan. Kvart i nio. Det var inte för sent för att ringa. Anita Thorén svarade direkt.

– Hej, det är Johan Berg här, på Regionalnytt. Förlåt att jag ringer så här på kvällen och stör men jag har ett angeläget ärende som inte kan vänta.

– Vad gäller det? frågade hon vänligt.

– Jo, jag håller på och undersöker en sak. Ni hyr ju ut

301

stugor till sommargäster. Hur länge har ni hållit på med det?

– Ända sen vi tog över på åttiotalet, faktiskt. Ja, det är nästan tjugo år nu.

– Har du kvar nån förteckning över hyresgästerna?

– Javisst, jag har alltid fört bok över dem.

– Har du den tillgänglig?

– Ja, jag har kontoret här hemma.

– Har du tid en stund? Kan du hämta den?

– Javisst. Jag har boken här nånstans. Ett ögonblick.

Boken, tänkte Johan. Vilket århundrade levde människan i? Hade hon inte hört talas om datorer?

Efter någon minut var hon tillbaka.

– Ja, här har jag den. Jag för in alla som hyr – namn, adress, telefonnummer, när och hur de har betalat och hur länge de har stannat.

– Du har inte uppgifterna datoriserade?

– Nej, sa hon och skrattade till. Jag vet att det är pinsamt. Men så här har jag alltid gjort. Vi har ju haft uthyrning i tjugo år och det är lite nostalgi för mig att behålla nånting som görs på det gamla sättet, om du förstår vad jag menar?

Johan fattade precis. Hans mamma hade just börjat sms:a trots att han försökt lära henne i flera år.

– Kan du göra mig en tjänst? frågade han.

– Ja, jo, det kan jag väl, svarade hon tveksamt.

– Kan du kolla om en Erik Mattson har hyrt en stuga nån gång?

– Javisst, men det lär ta ett tag. Det är som sagt tjugo år som ska gås igenom.

– Ta den tid du behöver.

En timme senare ringde Anita Thorén.

– Det var verkligen märkligt. Alldeles efter att jag hade pratat med dig ringde en Karin Jacobsson från polisen och ville veta samma sak.

– Jaså?

– Nåväl, jag har faktiskt hittat Erik Mattson här. Flera gånger till och med.

Johan blev torr i munnen.

– Ja?

– Han hyrde första gången i juni 1990 – för femton år sen alltså. Rolf de Marés stuga. I två veckor, från den 13 juni till den 26. Tillsammans med sin fru Lydia Mattson och deras tre barn. Jag har namnen på dem också; David, Karl och Emelie Mattson.

– Och sen?

– Andra gången var två år senare, i augusti 1992, men då hade han inga barn med sig.

– Var han ensam?

– Nej då hyrde han tillsammans med en man.

– Har du mannens namn?

– Javisst. Han hette Jakob Nordström.

– Och den sista gången?

– Det var den tionde till tjugofemte juli året efter. Även då tillsammans med Jakob Nordström. Och det var samma stuga han hyrde alla tre gångerna, Rolf de Marés stuga.

Det var den där lördagen i november som han hade insett att han var kapabel till att mörda en annan människa. Två sekunder hade det tagit för honom att bestämma sig. Vad han önskade att han sluppit uppleva den stunden som inte var stort mer än ett ögonblick. Bilderna skulle han tvingas leva med resten av livet.

Först hade han inte tänkt följa efter mannen som var fokus för hans intresse, men så fick han en ingivelse. Han skulle bara åka förbi galleriet en kort stund. Han visste fortfarande inte hur han skulle hantera sin nya kunskap, vad han skulle göra med den. Tänkte vila i den ett tag innan han bestämde sig för nästa steg. Så blev det nu inte. Kanske var det förutbestämt vad som skulle hända. Så kunde han tänka nu efteråt. Efter det han tvingades uppleva fanns bara en sak att göra. Insikten hade drabbat honom som ett klubbslag. Brutalt, oåterkalleligt.

Han var på vippen att missa honom. När han kom in på Österlånggatan såg han hur Hugo Malmberg höll på att låsa galleriet, fast det var en timme före stängningsdags. Nyfikenheten tog överhanden. Han bestämde sig för att följa efter och ta reda på varför mannen han höll ögonen på bröt sina rutiner.

Han gick några meter bakom honom ner till busshållplatsen på Skeppsbron. Malmberg rökte en cigarett och talade med någon i mobiltelefonen. Så kom bussen, han skyndade över gatan och hade honom alldeles framför sig när han steg på. Otäckt nära. Han hade bara behövt sträcka ut handen så hade han kunnat röra vid hans arm.

Han mådde illa när han betraktade den där eleganta yllerocken, scarfen nonchalant slängd över axeln. Den självsäkre, pompöse mannen som inbillade sig att han var osårbar och än så länge var lyckligt ovetande om att hans liv höll på att rämna. Han klev av utanför NK på Hamngatan, in på Regeringsgatan, och gick den framåt ett stycke, vek sedan av åt vänster in på en tvärgata. På vägen rökte han ännu en cigarett. Bilar passerade och människor promenerade på väg hem eller in mot city. Nyfiket följde han efter. Åt det här hållet hade han aldrig gått tidigare.

Han var noga med att hålla sig ett bra stycke ifrån och dessutom gick han på andra sidan gatan för säkerhets skull. Som tur var rörde sig tillräckligt många människor ute för att han inte skulle väcka uppmärksamhet. Plötsligt hade mannen framför honom försvunnit. Snabbt korsade han gatan och gick över på andra sidan. Fasaden var skamfilad, skyltfönstret målat i svart och omöjligt att se in genom. En plåtdörr bar en oansenlig skylt, "Video delight", som lyste i rött och guld. Det var in där han måste ha försvunnit.

Vilken typ av videobutik det handlade om var inte svårt att lista ut. Han väntade någon minut innan han gick in.

En trappa som var upplyst med röda små lampor ledde honom neråt. Där nere öppnade sig en stor videobutik med enbart porrfilmer som inte verkade vara av det snällare slaget. Sexleksaker bjöds ut och små bås fanns för privat visning. Bakom disken stod en ung tjej i svart munkjacka och var lika oberörd som om hon sålt konditorivaror eller sybehör. Hon pratade glatt med en kille i samma ålder. Han satt och tejpade fast prislappar på dvd-filmer. Överallt visades porrfilmer med närgångna bilder på storbildsskärmar. En och annan man stod och valde bland filmerna.

Långsamt gick han runt i lokalen för att se vart mannen han förföljde tagit vägen. Stället var större än vad det verkade vid första anblicken. Där fanns små, trånga bås på bara några kvadratmeter. Han kikade in i ett. Allt som fanns var en tillbakalutad stol i svart skinn framför en enorm TV-skärm. En askkopp, pappersservetter, en papperskorg och en fjärrkontroll. Inget mer.

Han tittade snabbt igenom de bås som var lediga och konstaterade att Malmberg var som uppslukad av jorden. Förbryllad gick han fram till den rödmålade disken och frågade tjejen om det fanns några övriga utrymmen.

– Ja, sa hon och pekade på en dörr som han inte ens lagt märke till. Därinne är det bara för killar – ja, homo alltså.

På dörren satt en oansenlig skylt: "Boys only".

– Men det kostar. Åttio kronor.

– Okej, sa han och betalade.

Hon kastade en menande blick på en korg på disken. Den var full av kondomer.

– De är gratis, sa hon med lägre röst. Alltså, två stycken. Ska du ha fler får du betala.

Han skakade på huvudet. Öppnade dörren och gick in.

Det var ännu mörkare på andra sidan och trappan som mötte honom var smalare och brantare.

Allt som hördes var bruset från den starka luftkonditioneringen. Det doftade fräscht och lite örtaktigt, nästan som på ett spa. När han kom ända ner öppnade sig en lång, smal korridor framför honom. Den var nödtorftigt upplyst med röda stålrör i taket. Väggarna var rödmålade och golvet svart. På ömse sidor fanns bås som tycktes vara likadana som på övervåningen. Flera dörrar var stängda och han hörde svaga stönanden som trängde igenom de tunna väggarna.

En kille i tjugofemårsåldern stod och hängde vid ett bås där dörren var halvöppen. När han passerade skymtade han någon som satt därinne. Det var uppenbart att killen var på väg in för att göra mannen sällskap.

Överallt fanns skärmar med pornografiska filmer. Han undrade vart Malmberg hade tagit vägen. Om han satt i ett sådant där bås just nu och roade sig. Tanken äcklade honom.

En man kom ut ur en av hytterna och sken upp när han fick syn på honom. Han försökte locka honom till sig. Mannen sa inget, men kroppsspråket visade tydligt vad han ville. Han skyndade förbi.

Stället var helt osannolikt. Korridorerna löpte som i ett labyrintsystem och snart visste han inte var han kommit ifrån. Bara dessa bås och bilder.

Han började känna sig yr i huvudet och längtade ut, ville bort därifrån. Försökte hitta vägen tillbaka och gick med snabba steg åt det håll som han trodde ledde till trappan upp. Det visade sig vara fel. Istället hamnade han vid en dörr i slutet av korridoren där stönanden trängde igenom. Försiktigt sköt han upp den tillräckligt mycket för att kunna se in. På insidan dolde sig en mindre biosalong. Bortre kortsidan upptogs av en filmduk där samma typ av bilder flimrade förbi på skärmen som han redan hunnit se hundratals av under sitt korta besök. All inredning gick i svart; väggar, tak, golv, skinnsoffa och fåtöljer.

Först såg han bara tre kroppar som var i full aktivitet

i soffan framför skärmen. Han identifierade omedelbart Malmberg som en av dem. Sedan såg han ansiktet på en annan man som kanske var i femtioårsåldern. Han tyckte sig känna igen anletsdragen men kunde inte placera honom. Den tredje personens ansikte syntes inte. Han var yngre och de båda äldre männen stod lutade över honom. Alla var nakna och ingen av dem märkte hans närvaro. De var som uppslukade av varandra.

Han greps av en overklighetskänsla – som om scenen framför hans ögon inte utspelades på riktigt.

Just när han var på väg att vända sig om och försvinna därifrån såg han ansiktet på den tredje mannen.

Två sekunder. Längre tid tog det inte att känna igen honom. Han sköt snabbt igen dörren. En stund blev han stående utanför, lutad mot väggen. Svetten rann nerför tinningarna. Han ville skrika.

På stela ben skyndade han sig tillbaka genom korridorerna och lyckades stapplande finna trappan till utgången. Undvek att se på killen bakom disken.

Ute på gatan blinkade han mot ljuset. En kvinna med barnvagn passerade. Vardagslivet utanför pågick som vanligt. När han kom till hörnet av gatan kräktes han. Inte bara för det han just bevittnat utan även för det han måste göra.

På fredagsmorgonen högg Karin tag i Knutas så fort han visade sig på jobbet. Ögonen brann av iver.

– Du, jag har upptäckt jäkligt intressanta grejer. Jag försökte ringa dig i går kväll, men det var ingen som svarade.

– Kom in.

– Jag kollade upp Hugo Malmbergs bakgrund och nu ska du få höra.

Hon slängde sig ner i Knutas besökssoffa.

– Han bodde ensam i en tjusig våning på John Ericssonsgatan på Kungsholmen och var delägare i det där galleriet på Österlånggatan i hur många år som helst. Han var homosexuell och jag hade fått uppfattningen att han alltid hade varit det, men så är det inte alls. En gång i tiden var han gift med en kvinna som hette Yvonne Malmberg, men hon är död sen många år tillbaka. Hon avled 1962, det är alltså över fyrtio år sen, och gissa vad hon dog av?

Knutas skakade på huvudet utan att säga något.

– Hon dog i barnsäng, närmare bestämt på förlossningsavdelningen på Danderyds sjukhus.

– Och barnet?

– Det blev en son. Han överlevde, men adopterades bort när han bara var några dagar gammal.

Knutas visslade till.

– Och det är inte nog med det.

– Nehej?

– Vet du vem som har hyrt Rolf de Marés stuga ute på Muramaris flera gånger? Hon fortsatte utan att vänta på svar. Det är värderingsmannen på Bukowskis, Erik Mattson.

Helgens program var fullspäckat. På fredagen flög Johan med första morgonplanet till Stockholm. Klockan tio hade han stämt träff med Erik Mattson på Bukowskis. Lunchen skulle ätas med yngsta brorsan och sedan ville nyhetschefen träffa honom en stund på eftermiddagen. Mellan allt detta måste han hinna pressa in ett lönesamtal med Max Grenfors. På kvällen var det familjemiddag hos hans mamma ute i Rönninge och på lördagsmorgonen hade han avtalat möte med hyresgästen som skulle hyra lägenheten i andra hand. Till att börja med hade Johan fått lov av värden att hyra ut den i ett år. Hyresgästen var en kollega från SVT i Karlstad som hade fått ett vikariat på TV-sporten.

Lördag eftermiddag måste han tillbaka till Visby eftersom han och Emma skulle träffa prästen klockan fyra. Vilken planering, tänkte han när han satt på planet och trängdes med en man som säkert vägde etthundrafemtio kilo. Han orkade inte försöka byta säte.

Erik Mattson var lika elegant i verkligheten som på hemsidan. Han såg mycket bra ut och hade en speciell utstrålning som fick Johan att undra om han var homosexuell.

De slog sig ner i ett ledigt konferensrum och Erik bjöd

på kaffe och italienska mandelskorpor. Johan valde att gå rakt på sak.

– Du har varit på Muramaris flera gånger tidigare har jag förstått. Hur kommer det sig?

– Jag var där första gången när jag var nitton år. Vi var några kompisar från kursen i konstvetenskap på universitetet som var på Gotland på cykelsemester. Dardels konstnärskap fascinerade mig redan då och jag visste att han hade tillbringat flera somrar på Muramaris.

Han log vid minnet.

– Jag minns hur vi gick där nere på stranden och fantiserade om hur Dardel hade spatserat samma väg nästan ett sekel tidigare. Hur han hade umgåtts med Rolf de Maré, Ellen och Johnny och alla andra konstnärer som kom på besök. Vilket liv de levde. Fullt av kärlek, konst och kreativitet. Sorglöst på något vis och långt ifrån verkligheten, sa han längtansfullt och rösten dog ut.

– Och sen kom du tillbaka?

– Ja, sa han, halvt frånvarande. Jag och min före detta fru Lydia hyrde Rolf de Marés stuga med alla barnen en gång, medan vi fortfarande var gifta. Det är många år sen. Men det var inte så lyckat. Det är ganska opraktiskt med små barn. Branta trappor ner till stranden och inte så mycket lekyta. Och stugan är inte särskilt stor.

– Sen var du där igen?

– Ja, jag har varit där två gånger till.

– Vem hade du sällskap med då, om jag får fråga?

– Det var en kompis, Jakob heter han, svarade Mattson korthugget.

Plötsligt såg han besvärad ut.

– Varför vill du veta allt det här?

– Egentligen finns det två skäl, ljög Johan. Dels handlar det förstås om att få lite kött på benen när det gäller mordhistorien på Gotland, men sen är det en annan sak. Jag tycker att Muramaris verkar så intressant att jag skulle vilja göra en dokumentär för Sveriges Television.

– Menar du det?

Erik Mattson hade plötsligt en helt annan energi i rösten.

– Det vore jätteroligt. Det finns hur mycket som helst att berätta och så är det så fint inuti. Har du sett de fantastiska sandstensspisarna Ellen har gjort?

Johan skakade på huvudet. Han betraktade Erik med forskande blick.

– Så du har varit gift. Hur många barn har du?

– Tre stycken, men vad har det med saken att göra?

– Förlåt, jag var bara nyfiken. Du sa att du varit på Muramaris med "alla" barnen och då såg jag framför mig en hel skock.

– Jaha.

Erik Mattson skrattade till. Han verkade lättad.

– Jag har tre stycken, fast barn är de ju inte längre. De är stora nu. Lever sina egna liv.

Johan visste inte riktigt vad som drev honom, men efter att ha ätit middag hemma hos sin mamma i Rönninge, träffat alla sina bröder och haft en mycket trevlig kväll, svängde han förbi Erik Mattsons våning på Karlavägen på vägen hem. Han parkerade bilen utanför huset och tittade upp på den vackra fasaden. Det var ett ståtligt hus, med välputsade väggar, en pampig port och rabatter närmast huset. Utan att veta vad han förväntade sig klev han ur bilen och gick fram och kände på porten. Låst naturligtvis. Det var ljust i de flesta fönster. Tidigare hade han tagit reda på vilken lägenhet Mattson bodde i och såg att det lyste även där. Det fanns både porttelefon och kod. En impuls gjorde att han tryckte på knappen vid Erik Mattsons namn. Flera gånger utan att något hände. Så hördes en mansröst som inte var Eriks och hög musik i bakgrunden. Mannen lät uppskruvad och lite berusad.

– Tjena Kalle, du är sen. Vi ska just gå för fan.

Kontakten bröts. Inget surrande ljud, han där uppe hade inte öppnat. Johan skyndade sig tillbaka till bilen. Efter några minuter kom tre män ut genom porten, och en av dem var Erik Mattson. De var uppsluppna och blev stående utanför porten en stund. Han sjönk djupare ner i sätet för att inte synas, men hörde deras röster.

– Vart fan tog han vägen?

– Han blev väl inte sur?

– Nää, inte Kalle. Han måste ha gått i förväg.

De två andra som han inte kände igen såg ut att vara i samma ålder som Mattson. Snygga, modemedvetna yuppies från Östermalm i trendiga kostymer under rockarna och med bakåtslickat hår.

De gick förbi bilen utan att märka att han satt där och försvann in i Humlegården. Johan följde efter. Vid Riche gick de in. Det var knökfullt därinne och rena turen för Johan att det inte var någon kö.

Musiken dunkade och det var fullt med människor som umgicks med drinkar i händerna.

Bara han inte blev upptäckt. Erik Mattson skulle känna igen honom direkt, de hade ju träffats tidigare samma dag. Fast å andra sidan – hur originellt var det att som journalist gå på Riche en fredagskväll? Tanken bekräftades omedelbart då han närmade sig baren och upptäckte några kolleger från Ekot som han kände.

Han höll ett öga på Mattson som minglade runt bland folk. Han tycktes känna var och varannan människa. Johan lade märke till att han svepte den ena drinken efter den andra utan att bli märkbart berusad.

Så plötsligt var han försvunnen. Johan lämnade sitt sällskap och gick runt och letade. Oron steg, hade han tappat bort honom? Så såg han honom samtala med en äldre man. De stod tätt ihop och verkade förtroliga.

Plötsligt gick den äldre mannen mot utgången och försvann. Efter ett par minuter följde Erik efter samma väg. Utanför såg han att de steg in i en taxi. Han hoppade in i nästa och bad föraren att följa efter bilen framför. Johan visste inte riktigt själv vad han höll på med, han måste upp tidigt nästa morgon och städa innan hyresgästen kom och sedan packa grejer och flyga till Gotland. Han hade egentligen inte alls tid att leka spion.

Taxiresan blev kort. Bilen framför stannade utanför en skamfilad port på en bakgata i city, där Erik och den äldre mannen gick in. Snabbt betalade han taxin och följde efter. Nerför en trappa till någon sorts videobutik: där fick han betala en entré för att få följa med ännu längre ner i de undre regionerna.

Det tog inte lång stund för Johan att förstå vad Erik Mattson sysslade med.

Johan och Pia skulle göra inslaget till söndagens sändning eftersom det var på Gotland nyhetsläget var hetast för tillfället. Johan berättade vad han varit med om i Stockholm när han skuggade Erik Mattson. Pia gjorde stora ögon.

– Är det sant?

– Absolut.

– Det låter helt otroligt. Men skulle han vara mördaren, menar du?

– Ja, varför inte?

– Har du pratat med polisen om det här?

– Nej, jag vill känna mig säkrare först.

– Så du tycker inte att vi kan använda det här i rapporteringen på nåt sätt?

– Inte än, det är för tidigt. Jag måste hinna göra mera research, ta reda på mer om Mattson.

På kvällen när han körde hem var huvudet fullt av motstridiga tankar. Erik Mattson var värderingsman på Bukowskis och en av Sveriges mest kända experter på svensk nittonhundratalskonst. Samtidigt gick han på obskyra bögklubbar och prostituerade sig. Han fick inte ihop det. Det kunde knappast bero på att han behövde det ekonomiskt. Mattson var en obegriplig figur och Johan blev alltmer övertygad om att han hade med morden att göra. Och tavelstölden – han var dessutom expert på Nils Dardel.

Han avbröts i sina funderingar av att mobilen ringde. Det var Emma som ville att han skulle köpa blöjor på hemvägen.

Till Johans besvikelse hade Elin redan somnat in för natten när han kom hem. Vad snabbt man vande sig vid nya rutiner, tänkte han. Förut kunde han vara borta från henne veckovis, nu klarade han knappt att inte få säga god natt på kvällen och snusa i hennes nacke som han brukade.

Emma hade lagat laxpasta och de tog ett glas vin till. Efter middagen kurade de ihop sig i soffan och delade på återstoden av flaskan.

– Vad tyckte du om prästen egentligen? Det har vi ju knappt hunnit prata om, sa Emma och strök honom över håret.

– Hon var väl okej.

– Tycker du fortfarande att vi ska göra det i kyrkan?

– Det vet du att jag vill.

De hade haft diskussionen ända sedan de bestämt att de skulle gifta sig. Emma såg helst att de snabbt fick giftermålet överstökat utan en massa ståhej.

– Jag har redan gått igenom hela den där cirkusen en gång, sa hon och suckade. Det räcker. Kan du inte förstå det?

– Men jag då? Räknas inte vad jag vill?

– Det är klart. Men vi måste väl kunna göra nån form av kompromiss? Okej att du inte vill att vi åker till New York och gör det på konsulatet där, fast jag skulle tycka att det vore hur romantiskt som helst. Du vill samla släkt och vänner, det har jag full förståelse för. Men inte i kyrkan och inte med vit klänning och absolut inte med en jäkla tårta vi ska stå och skära i tillsammans.

– Men snälla. Jag vill gå nerför altargången med dig i frack och du ska ha en vit klänning. Det är en drömbild jag alltid har haft i huvudet.

Han såg så allvarlig ut att Emma var tvungen att skratta.

– Är du på riktigt? Jag trodde att det bara var tjejer som hade såna där föreställningar.

– Vad är det för jäkla fördomar?

– Johan, jag kan inte. Så ogärna vill jag vara med om det igen. Det skulle bli som en repris, förstår du?

– Nej, jag fattar verkligen inte. Repris – hur kan du kalla det för en repris? Det är ju med mig du ska gifta dig, Emma. Det kan du väl inte jämföra med Olle.

– Nej, det är klart. Men allt jobb, alla förberedelser – för att inte tala om vad det kostar. Jag tror knappast mina föräldrar ställer upp med pengar en gång till.

– Jag skiter i pengarna. Jag vill att hela världen ska få veta att vi gifter oss. Det behöver inte bli så dyrt. Vi kan bjuda på lådvin och chili con carne. Vad spelar det för roll? Vi kan ha festen här i trädgården i sommar.

– Är du galen? Skulle vi ha festen här – aldrig i livet!

– Fortsätter du så där så kommer jag att tro att du innerst inne inte har nån lust.

– Såklart jag vill gifta mig med dig.

Hon överöste honom med kyssar tills han hade glömt vad diskussionen gällde.

På måndagsmorgonen när Johan klev in på redaktionen märkte han genast att något inte var som det brukade. Han höll upp armen för att hindra Pia som var strax bakom att gå in. De hade stött ihop i entrédörren och just hämtat varsin kopp kaffe som skvimpade ut när Johan stötte till henne.

– Vad är det? frågade hon förvånat.

– Vänta, hyssjade han. Det är nåt konstigt här.

Redaktionslokalen var avlång och längst bort på ena kortväggen hängde i vanliga fall en karta över Gotland och Fårö. Nu var den borttagen. Istället hade någon satt fast ett fotografi, men i dunklet kunde han inte urskilja vad det föreställde. Men det var inte bara det. Något var konstigt med datorerna. Alla tre var påslagna, trots att han var säker på att han stängt av dem det sista han gjorde innan han lämnade redaktionen kvällen före. Han påtalade detta för Pia i viskande ton. Försiktigt smög han sig framåt. Inte ett ljud hördes. Han öppnade dörren till speakerbåset, men det var tomt.

– Äh, viskade Pia bakom hans rygg, det är kanske nån på radion som har suttit här och jobbat i natt.

– Schhh.

Johan puffade återigen till henne.

När han kommit så nära den bortre väggen att han kunde se vad det var trodde han först inte sina ögon.

Det var ett fotografi av honom själv i bilen utanför Erik Mattsons hus. Fotot var mörkt, men man kunde se att han satt och stirrade upp mot ett fönster.

Han sjönk sakta ner på en stol utan att ta ögonen från bilden.

– Vad är det? hörde han Pias röst bakom sig.

Johan förmådde inte svara.

Polismötet på måndagsmorgonen samlade full skara. Någon hade dukat fram kaffe och ställt fram en korg med färska kanelbullar från konditori Siesta. Kihlgård småvisslade muntert. Knutas anade att det var han som låg bakom. Kihlgård älskade att mysa till det som han brukade uttrycka saken.

Mordet på Hugo Malmberg hade gjort att bråket om tillsättningen av Karin som biträdande chef hade hamnat i skymundan, något som Knutas var mer än tacksam för.

Mötet började med att Karin berättade om vad hon fått fram om Hugo Malmbergs bakgrund.

– Så vem är den bortadopterade sonen? frågade Wittberg.

– Jag tycker det är värt att kolla upp en tänkbar kandidat, sa Karin. En person som var inbjuden till Egon Wallins vernissage, som befann sig i Visby vid tiden för mordet på Wallin, som är specialintresserad av Nils Dardel och som dessutom har hyrt stuga på Muramaris. Han är i fyrtioårsåldern och har dykt upp som gubben i lådan ända från början i den här utredningen.

– Erik Mattson, utbrast Kihlgård. Den där lågmälda korrekta människan som har uttalat sig så mycket i samband med stölden på Waldemarsudde! Kan det verkligen vara han som är gärningsmannen?

– Men det är omöjligt, han är alldeles för tunn, protesterade Wittberg. Skulle han ha hissat upp Egon Wallin i porten och släpat iväg Hugo Malmberg, sin egen far, till kyrkogården? Aldrig i livet.

– Han har fått hjälp såklart, det fattar väl jag med att han inte har gjort det ensam!

Karin blängde på Wittberg. Helt bortglömt var bråket tydligen inte.

– Och motivet skulle alltså vara – vadå? Att hans biologiska pappa hade svikit honom, eller?

Wittberg såg tvivlande ut. Lars Norrby var inte sen att haka på.

– Och Egon Wallin? Varför skulle Erik Mattson vilja ta livet av honom?

– Jag kan väl inte ha svar på allt heller, sa Karin surt.

– Du har alltså inte kollat upp om det verkligen är Erik Mattson som är den bortadopterade sonen?

Knutas såg frågande på Karin som blev lång i ansiktet.

– Neej, sa hon dröjande. Det har jag inte.

– Det kanske vore en bra idé innan vi drar några slutsatser.

Även om han var lite hård i tonen led han med Karin när han såg Wittbergs och Norrbys belåtna miner.

Senare på eftermiddagen knackade det på Knutas dörr. Karin kom in och satte sig med moloken min.

– Jag har pratat med Erik Mattsons adoptivföräldrar, de heter Greta och Arne Mattson och bor i Djursholm. De har aldrig talat om för Erik att han är adopterad. Han vet alltså inte om att Hugo Malmberg är hans pappa.

– Hur är deras relation?

– Obefintlig. De bröt med honom när det kom ut att han

både använde droger och var homosexuell.

– Homosexuell? Han också? Det verkar vara ett gemensamt tema i den här mordutredningen.

– Jo.

– Men vad grymt det låter – bröt de med honom bara för det? Det låter inte särskilt kärleksfullt.

– Verkligen inte. Däremot verkar de ha hyfsad kontakt med hans exfru Lydia och barnen, åtminstone två av dem.

– Hur gamla är de – barnen alltså?

– Grabbarna, Karl och David, är tjugotre och tjugoett år och dottern Emelie är nitton.

– Vilket barn har de inte bra kontakt med?

– David tydligen, den äldste. Ja, Eriks pappa som jag pratade med, som lät väldigt trevlig förresten, sa att David hade varit känsligast då vid skilsmässan och säkert tagit mest illa vid sig. De skildes ju på grund av Mattsons missbruk och han förlorade vårdnaden när han misskötte sig under de helger som han hade barnen. Men det har inte påverkat David. Han har tydligen helt och hållet tagit sin pappas parti.

Knutas fastnade med blicken på Karin en lång stund utan att säga något. Sedan lyfte han beslutsamt luren som om han plötsligt fått en idé.

Muramaris ägarinna, Anita Thorén, kom på mindre än en kvart till polishuset när Knutas ringde.

– Vad bra att du kunde komma så snabbt. Som jag sa i telefon vill vi att du tittar på några bilder.

– Javisst.

Anita Thorén slog sig ner i Knutas besökssoffa och han lade en hög med fem foton på män i tjugoårsåldern framför henne. Han bad henne granska bilderna noggrant och ta god tid på sig. Karin och Wittberg var närvarande i rummet som vittnen.

– Det är han här, sa hon. Det är hyresgästen som hyrde stugan då i februari. Jag är helt säker.

Tystnaden var kompakt i rummet när hon lade ner fotografiet på bordet. Bilden föreställde en leende ung man. Han var kortklippt och såg välvårdad ut. Det syntes att han var muskulös och vältränad.

Ynglingen som log mot kameran var ingen annan än David Mattson.

Knutas beslutade att både Erik Mattson och hans son David omedelbart skulle tas in för förhör. Han ringde Kurt Fogestam som lovade se till att de båda hämtades omgående. Eftersom David känts igen av Anita Thorén beslutade åklagaren att anhålla honom i sin frånvaro. Spåren från Egon Wallins hår och kläder som hittats både i stugan och i skåpbilen kunde bindas till hyresgästen. Alltså visste man att det var han som var gärningsmannen. Frågan var bara om han begått dåden ensam eller tillsammans med sin far. Vad Egon Wallin hade med saken att göra eller stölden av *Den döende dandyn* hade Knutas fortfarande ingen förklaring till, men han hoppades att det skulle framkomma vid förhören.

Knutas förbannade sig själv för att han inte själv tänkt på att kolla upp hyresgästerna på Muramaris i ett tidigare skede. De hade varit så uppslukade av att försöka lokalisera den som hyrt stugan då Egon Wallin mördades att ingen tänkt på att gå bakåt i tiden. Det retade gallfeber på honom. Till viss del kanske hans förbiseende berodde på turbulensen kring chefsutnämningen av Karin, den hade fått honom att flytta fokus från utredningen.

Under väntan på besked från Stockholmspolisen rådde en avvaktande stämning i polishuset.

Knutas ställde sig i fönstret på sitt tjänsterum och tände pipan. Tog djupa bloss som han blåste ut genom fönstret.

Hela hans väsen var på helspänn. Äntligen var de på väg att lösa hela den här härvan som bara hade växt i omfattning och blivit alltmer mystisk ju längre tiden gick. Han ringde Line och berättade vad som var på gång och att han inte skulle komma hem till middagen och inte på hela kvällen för den delen. Hon var glad för hans skull. För sin egen och inte minst barnens. Nu skulle de snart få träffa honom på kvällarna igen.

Det tog exakt en timme innan Kurt Fogestam ringde. Han lät skakad på rösten.

– Sätt dig, sa han.

– Va?

– Sätt dig bara, Anders, innan du hör det här.

Knutas sjönk ner på sin stol utan att ta pipan ur munnen.

– Vad är det som har hänt?

– Patrullen som skulle hämta in Erik Mattson åkte först till Bukowskis, men han hade inte kommit till jobbet i dag. Chefen verkade inte så förvånad, han sa att Mattson är borta då och då. Han har tydligen alkoholproblem. Eller hade.

– Vadå hade?

– De ringde just från Karlavägen där Erik Mattson bor. Ingen öppnade när de ringde på så till slut bröt de sig in. De hittade Erik Mattson död i sängen.

Knutas trodde inte sina öron.

– Mördad?

– Det vet vi inte än. Rättsläkaren är på väg dit i detta

nu. Men inte nog med det. Vet du vad som hängde ovanför sängen?

– Nej.

– Målningen som stals från Waldemarsudde – *Den döende dandyn*.

Huset låg i en korsning mellan två mindre villagator i ett idylliskt område, nära skolan i centrala Roma.

Klockan var halv tio på förmiddagen. Medvetet hade han väntat tills den värsta morgonrusningen var över med folk som skulle till jobbet, barn till dagis och skola, hundar som skulle rastas och morgontidningar hämtas.

Nu hade lugnet lägrat sig och gatan låg tyst.

Från platsen där han stod kunde han se kvinnan som måste vara Emma Winarve röra sig mellan rummen på husets nedre våning. Diskret plockade han upp kikaren. Han hade placerat sig i ett buskage så att han inte syntes från de välskötta villorna som låg på rad.

Hon var vacker, klädd i en lång, rosa morgonrock som såg mjuk ut. Håret var sandfärgat, ögonen mörka med markerade ögonbryn. Kindkotorna var höga och hon hade rena, klassiska drag. Lite till åren, visserligen, men snygg ändå. Lång och reslig – han undrade hur stark hon var.

Han såg henne böja sig ner och plocka upp flickan. Plötsligt dök hon upp på övervåningen, han kunde bara skymta henne som en skepnad som rörde sig mellan rummen. Genom kikarens kalla öga följde han hennes steg, nu lutade hon sig ner, troligen för att lägga ner babyn i sängen. Hon stod kvar en stund och höll på med något.

Sedan föll morgonrocken av och han fick en snabb glimt av hennes bara rygg innan hon försvann ur sikte. Hon måste ha gått in i duschen. Tillfället var perfekt. Snabbt korsade han gatan, öppnade grinden och gick resolut in på tomten som den naturligaste sak i världen. På håll såg han att ytterdörren var upplåst. Fantastiskt, tänkte han. Det kan bara ske på riktiga bonnlandet.

Han såg sig om åt bägge håll innan han öppnade dörren. Inte en själ så långt ögat nådde. Snabbt och tyst gled han in och hamnade i en stökig hall, full med kläder, skor och vantar som låg huller om buller. Det luktade kaffe och rostat bröd. Långt inne i honom väcktes en känsla som förvirrade honom i några sekunder. Han ansträngde sig för att återvinna kontrollen över sig själv. Fokus, tänkte han. Allt handlade nu om fokus. Han tittade in i köket. En radio stod och skvalade på låg volym, disk hade lämnats framme och bordet var smuligt. Han fortsatte in i vardagsrummet där två generösa soffor var placerade mitt emot varandra, en öppen spis, en TV, filtar, böcker och tidningar. En fruktskål och ett par keramikljusstakar med nerbrunna stearinljus. Återigen kom känslan, han tryckte tillbaka den. I trappan på väg upp hörde han duschen spola i badrummet. Hon sjöng. Han smög fram till dörren som stod på glänt. Badrummet var stort, först två handfat bredvid varandra, en toalettstol på motsatta sidan, ett bubbelbadkar och längst bort en dusch bakom en vägg i frostat glas. Kvinnans kropp skymtade som en silhuett genom glaset. Den höga klara rösten studsade mellan väggarna. Känslan kom över honom igen, ögonen brände. Plötsligt blev han rasande på henne, hon som bara stod där naken och vacker och sjöng helt obekymrat. Hon hade ingen aning om vad som pågick runt omkring. Vad som hände i honom. Satans människa. Ilskan sköt upp i pannan och gjorde hans blick dimmig. Hon skulle få. Han spände pianotråden mellan fingrarna. Slöt ögonen en sekund för att hitta koncentrationen innan han gick till attack.

Då avbröts han av snyftningar bakom sig och så ett hulkande som höll på att stiga till gråt. Kvinnan tycktes inte märka något, hon sjöng och duschen fortsatte att spola.

Tvärt vände han sig om, smög ut ur badrummet och in i rummet som ljuden kom ifrån. I ett mörkt rum med nerdragen rullgardin stod en spjälsäng och där låg den lilla och grät allt högljuddare.

Blixtsnabbt plockade han upp flickan insvept i sitt täcke och skyndade nerför trappan till nedervåningen och ut i hallen.

Han hörde fortfarande kvinnan sjunga när han stängde ytterdörren efter sig.

Intet ont anande lyfte Johan luren och allt han hörde först var en hysterisk människa som grät och skrek samtidigt som hon bubblade ur sig en mängd osammanhängande ord. Det tog några sekunder innan han uppfattade att det var Emma och att hon skrek något om Elin. När Johan lyckades identifiera orden Elin och borta flera gånger blev han iskall.

– Lugna ner dig. Vad är det som har hänt?

– Jag… jag var i duschen, snyftade hon. Jag hade lagt Elin i spjälsängen och när jag kom ut var hon borta, Johan. Borta.

– Men har du tittat överallt? Hon kanske har lyckats kravla sig ur på något sätt?

– Nej, skrek hon. Neeeej! Hon har inte klättrat ur själv! Hör du inte vad jag säger? Hon är borta! Nån måste ha kommit och tagit henne!

Hon brast ut i en hjärtskärande gråt som höll på att få Johans nerver att brista. Han kände hur han själv började gråta. Det kunde inte vara sant, fick inte.

Pia som satt bredvid hade hört vartenda ord Emma sa. Hon kastade en blick på väggen där fotot på Johan i bilen utanför Erik Mattsons hus fortfarande hängde.

Plötsligt kändes hotet alldeles nära.

När polisen kom till villan i Roma låg Emma fullständigt apatisk i barnkammaren på övervåningen. Hon var inte kontaktbar och kördes i ambulans till Wisby lasaretts psykakut.

Polisen spärrade av villan och gatan utanför och vägspärrar sattes upp på utfarterna från Roma och även på infarterna till Visby och nere vid hamnen. Nästa färja till Nynäshamn skulle avgå klockan fyra och samtliga fordon på kajen söktes igenom. På flygplatsen kontrollerades varenda passagerare. Det skulle vara omöjligt för kidnapparen att lämna Gotland, åtminstone med reguljära transportmedel.

Knutas trodde först inte att det var sant när han hörde att Johan Bergs dotter kidnappats. Genast förstod han att reportern måste ha bedrivit eget spaningsarbete och oroat gärningsmannen på något sätt. Att han inte hade lärt sig sedan förra gången att han skulle hålla sig utanför polisens arbete. Då höll det nästan på att kosta honom livet, nu var det hans egen lilla dotters liv som stod på spel. Knutas led verkligen med Johan och han ringde upp honom så fort han fått veta vad som hänt. Inget svar, naturligtvis. Han fick höra att Johan var på psykakuten med Emma och sökte honom via avdelningschefen. Johans röst var knappt hörbar när han till sist svarade.

– Jag beklagar verkligen, sa Knutas. Jag vill att du ska veta att vi gör allt vi kan.

– Tack.

– Jag måste få veta vad du har haft för kontakt med gärningsmannen, sa Knutas. Har du pratat med honom?

– Nej, men det har hänt en annan sak.

– Vadå?

Johan berättade om fotografiet som lämnats på väggen inne på Regionalnytts redaktion.

– Vet du vem gärningsmannen är?

– Jag har förstått att det är Erik Mattson, han som värderar konst på Bukowskis.

– Nej, sa Knutas.

Han ville inte berätta att Erik Mattson var död för att undvika att ytterligare skrämma upp Johan. Det var tillräckligt illa som det var.

– Det är inte han, det är hans son, David Mattson. Det är inte omöjligt att han tar kontakt med dig. Vi vet inte vad han vill, men om han hör av sig måste du ringa omedelbart. Förstår du mig, Johan? Det är oerhört viktigt att du ringer mig direkt i så fall. Så pratar du och jag om hur vi ska hantera situationen. Okej?

– Okej, sa Johan tonlöst. Nu måste jag gå till Emma.

Hela natten gick utan ett tecken från David Mattson. Polisen upprätthöll sin hårda kontroll av alla utfarter från Gotland. För säkerhets skull stod Muramaris under bevakning men det var ingen som trodde att gärningsmannen skulle vara så dum att han återvände dit. De hade med en livsfarlig dubbelmördare att göra – om David Mattson också dödat sin far var ännu osäkert. Kroppen måste obduceras innan rättsläkaren kunde ge ett svar på den frågan.

Knutas satt i sitt tjänsterum på polishuset och våndades. Ett kidnappat barn var det värsta scenario han kunde tänka sig.

Det mest frustrerande var att han kände sig så maktlös. Så länge kidnapparen inte tog kontakt och bara ruvade i någon håla var det i stort sett omöjligt att spåra honom. I villan i Roma satt en skara poliser och telefonen lyssnades av. Emma Winarve hölls kvar på sjukhuset, de hade försökt hålla ett förhör men det visade sig nästan omöjligt att få ur henne någonting. Hon hade drabbats av en psykisk kollaps.

Var befann sig gärningsmannen? På sommaren gick det väl an att tälta, sova i husvagn eller i bilen i värsta fall. Men nu? Det mest troliga var att han brutit sig in i en sommarstuga – sådana fanns det gott om. Men var skulle polisen börja leta? Ödsligt belägna sommarbostäder fanns över hela ön, inklusive Fårö. Men om han lät barnet leva skulle han behöva mat och blöjor. Och vad var syftet med att kidnappa Elin?

Förr eller senare borde David Mattson ge sig tillkänna.

Inget var så ödsligt på vintern som en campingplats. Johan parkerade längst nere vid strandkanten. Han klev ur bilen och pulsade bort mot toalettbyggnaden. Allt var tyst, tomt och igenbommat. Här var snötäcket tjockare. Det hade väl inte plogats på hela vintern. Den branta backen ner var heller inte sandad. Frågan var om det överhuvudtaget gick att komma upp igen, men han oroade sig inte för det just nu. Bara han fick hålla Elin i sina armar. David hade sagt att han ville göra ett byte, men vägrade avslöja i telefon vad han krävde för att lämna tillbaka Elin. Det skulle han säga personligen, sa han. Johan tyckte inte att han hade något annat val än att gå med på kravet. Han hade också fått stränga förhållningsorder om att inte kontakta polisen. Om David anade minsta tecken på att Johan hade sällskap var det slut med Elin.

Tystnaden var total här nere och vattnet låg öppet, grått och ogästvänligt. Kylan var rå och fuktig och trängde in genom kläderna. När Johan närmade sig byggnaden med dusch och toaletter upptäckte han en bil som stod parkerad ett stycke bort, en blå Citroën. Ingen människa syntes till. Nerverna spändes, han visste inte hur David såg ut, bara hur gammal han var. Han gick runt träbyggnaden, fönstren var igenbommade och dörren låst. Varför David velat träffa honom här var lätt att förstå. Nära stan, men hur ensligt som helst.

Plötsligt fick han syn på en lång, mörkklädd gestalt som kom gående från havet. Han var kraftig, klädd i täckjacka med en stickad mössa nerdragen över huvudet. Johan kände hur marken gungade under fötterna.

Mannen som nu kom emot honom hade kallblodigt bragt två människor om livet och tagit en åttamånaders baby som gisslan. Han stod öga mot öga med en psykopat.

I det ögonblicket insåg Johan vilken idiot han varit som inte kontaktat polisen. Han var obeväpnad och fullständigt utlämnad åt en galnings godtycke. Vad hade han trott? Att David bara skulle överlämna Elin?

Han stod blick stilla och väntade, medan hjärnan gick på högvarv.

Självklart hade David inte med sig Elin. Den maktlöshet Johan kände i den stunden skulle han aldrig glömma. Han funderade vilt på vad han borde säga eller göra för att ha störst chans att få se Elin igen.

Så var David alldeles nära honom.

– Du ska sluta förfölja min pappa, sa han. Lämna honom ifred från och med nu så ska du få tillbaka din dotter. Du måste lova på heder och samvete. Låt pappa vara.

Så det var vad det hela handlade om, tänkte Johan. Hans besök hos Erik Mattson, att han skuggade honom. David ville skydda sin far. Det var därför han kidnappat Elin. Så enkelt var det alltså.

– Javisst, jag lovar att sluta på en gång. Självklart är min dotter mycket viktigare för mig. Jag lägger av direkt, bara du ger mig Elin tillbaka.

– Elin? Är det så hon heter? Jag visste inte vad jag skulle kalla henne.

Han log. Johan såg vansinnet i ögonen. Killen såg drogad ut. Det var omöjligt att få ögonkontakt. Blicken gled omkring som ett ägg i en stekpanna. Kanske var det anabola han gick på, med tanke på hans storlek.

– Var är hon?

Johan behärskade sig för att inte låta desperationen lysa igenom. Han måste behålla lugnet.

David öppnade munnen för att svara, men avbröts av ett vrål som kom från toalettbyggnadens tak.

– Polis! Upp med händerna. Stanna där du är.

Förvirrat såg sig David om. Johan stod som paralyserad, utan att kunna tänka en vettig tanke. Detta skedde inte på riktigt.

Gripandet av David Mattson blev odramatiskt. Fyra polismän övermannade honom innan han förstått vad som hände. Han försågs med handfängsel och fördes bort till en polisbil. Johan stod stumt och tittade på.

I ögonvrån upptäckte han Knutas som närmade sig. Han vände sig emot honom.

– Hur visste ni?

– Emma ringde.

– Var är Elin?

– Vi söker igenom campingplatsen just nu. Det finns många byggnader hon kan vara i. Du ska se att hon är här nånstans.

Förhöret med David Mattson genomfördes omedelbart. Den misstänktes imponerande kroppshydda tycktes ännu större i det trånga förhörsrummet. Han slog sig ner mitt emot Knutas som skötte själva förhöret. Karin var förhörsvittne och höll sig i bakgrunden.

Nu satt han här mitt emot gärningsmannen som de jagat i över en månad. Känslan var overklig. Så här såg han alltså ut. Mördaren som överfallit sina offer bakifrån med pianotråd, som hissat upp en man i en port i Visby ringmur och släpat en annan kropp till det första offrets grav. Som lyckats med den osannolika tavelstölden på Waldemarsudde. En fråga som överskuggade allt annat var varför. Varför hade han begått de fruktansvärda morden? Vad var det som låg bakom allt? Hade han också mördat sin egen far? Knutas längtade efter en förklaring, men först och främst måste de få svar på den akuta frågan. Var fanns Elin?

Medan han slog på bandspelaren och gjorde i ordning sina papper betraktade han David Mattson. Han var klädd i jeans och tröja och satt bredbent på stolen med händerna knäppta. Detta var alltså mördarens ansikte, en tjugotreårig kille som bodde tillsammans med sin flickvän i en av Stockholms norra förorter och pluggade på universitetet.

Han förekom inte i något register hos polisen.

Knutas och Karin gjorde sitt yttersta för att få ur honom var Elin fanns, men det verkade fullkomligt lönlöst. David var helt fastlåst i sin uppfattning. Han såg det som att det var Johan som avslöjat deras möte för polisen och därmed svikit ett löfte. Därför vägrade han att berätta vad han gjort av Johans dotter. Det spelade ingen roll att polisen försökte övertyga honom om att Johan var oskyldig och att det var Emma som hade berättat för dem var mötet skulle hållas.

Ganska snabbt hade polisen förstått att David inte kände till sin fars död. Mitt under förhöret kom också rättsläkarens preliminära obduktionsrapport som sade att allt tydde på att Erik Mattson dött av en överdos kokain.

Wittberg kallade på Karin och Knutas som avbröt förhöret under en minut. Kort delgav han dem informationen.

– Det är en sak vi måste berätta, sa Karin när de återvänt till förhörsrummet.

David Mattson tittade knappt upp. Han stirrade tjurigt ner i knäet med knäppta händer. Han hade svarat enstavigt på frågorna och ständigt bett om nytt, kallt vatten. Hon hade redan fyllt på karaffen på bordet flera gånger.

– Din pappa är död.

Långsamt lyfte David på huvudet.

– Du ljuger.

– Tyvärr inte. Han hittades i går morse hemma i lägenheten. Han låg död i sängen och enligt rättsläkaren dog han av en överdos kokain. Vi har också hittat *Den döende dandyn* som hängde ovanför sängen. Dina fingeravtryck fanns på duken.

David Mattson stirrade oförstående på henne en lång stund. Tystnaden i rummet var tjock. Knutas funderade på om det hade varit så kløkt att berätta om pappans död innan de lyckats få ur honom vad han gjort av Elin.

– När träffade du Erik senast? frågade Karin.

– I lördags kväll, svarade han tonlöst. Jag var där och åt middag. Han fick en present. Vi pratade mycket, mycket. Sen blev pappa arg och jag gick därifrån...

Rösten dog ut. Ansiktet förändrades totalt. Den hårda, överlägsna masken krackelerade på ett ögonblick och utan att ge ifrån sig ett ljud föll den store mannen ihop över bordet.

Johan fördes direkt till Visby lasarett där han fick lugnande medicin i väntan på samtal med en psykolog. Sjuksköterskan hade lämnat rummet med en försäkran om att snart vara tillbaka. Under tiden fick Johan ligga på en säng och ta igen sig. Han kände sig tom och bortdomnad, som om han inte var där på riktigt. När dörren slogs upp nästa gång trodde han att det var sköterskan, men istället var det Emmas ansikte som dök upp i öppningen.

– Hej, sa han och försökte sig på ett leende. Ansiktet var stelt och uppsvullet och det kändes som om allt satt på fel plats. Ögonen nere på hakan och näsan vid vänstra tinningen. Någon mun hade han inte. Bara ett torrt hål.

Emma besvarade inte hans hälsning. Hon stannade en bit ifrån sängen och betraktade honom med avsky i blicken.

– Du berättade inte för mig om det där fotot på dig på redaktionen, väste hon. Du skuggade nån som du trodde var mördaren, bara för att du tyckte det var kul, utan minsta tanke på oss – mig och Elin, på vår säkerhet. Och nu är hon borta – min Elin, min älskade Elin är borta och det är ditt fel. Ditt förbannade fel. Hade du inte hållit på som du har gjort så hade det här aldrig hänt.

Johan som var helt chockad av hennes oväntade utfall försökte protestera.

– Men Emma, sa han svagt.

– Håll käft.

Hon hade krupit nära inpå nu. Stod böjd över honom och stirrade honom stint i ögonen.

– Han kom in i mitt hus, i mitt hem, när jag stod och duschade så smög han omkring. Han tog min dotter och försvann. Nu kan vi bara hoppas att polisen får ur honom var hon är och vad han gjort med henne och att Elin inte är död, att hon fortfarande lever.

– Ja, men...

– Hon är åtta månader, Johan – åtta månader!

Hon slet av sig förlovningsringen och kastade den på honom.

– Det här förlåter jag dig aldrig, skrek hon.

Hon slängde igen dörren med all sin kraft.

Kvar i sängen satt Johan, bedövad, tillintetgjord, utan förmåga att ta in ens en bråkdel av vad han just upplevt.

Det var för oerhört, alldeles för oerhört.

Sökandet efter Elin pågick oförtrutet ute vid Snäcks camping. Patruller med hundar letade igenom vartenda skrymsle i byggnaderna på campingplatsen; cafeterian, livsmedelsaffären, receptionsbyggnaden, toaletterna och duschutrymmena. Ingenstans fanns barnet och oron var stor att hon bragts om livet och att kroppen dumpats någonstans. David Mattsons bil hittades, men där fanns inga tydliga spår.

Motvilligt började Kihlgård, som tillsammans med Wittberg befann sig på platsen, misströsta. Om Elin hade gömts på själva campingplatsen borde de ha hittat henne vid det här laget.

När han stod och såg bort mot Snäcks lägenhetskomplex fick han en idé. Om David Mattson varit säker på att utväxlingen skulle ske kunde han ha lämnat babyn en bit bort, hänvisat Johan dit och sedan försvunnit i bilen som han parkerat intill toalettbyggnaden.

– Kom med, ropade han till Wittberg.

Kollegan sprang ikapp.

– Vart ska vi?

– Jag fick en känsla bara, sa Kihlgård. Är det inte andelslägenheter som ligger här borta?

– Jo, flämtade Wittberg andfått.

– Bor folk i dem på vintern?

– Jag antar det, de köper väl de veckor de vill ha och jag kan tänka mig att det finns såna som vill bo här året runt.

De tog sig uppför backen vid lägenhetskomplexet som låg tjusigt vid havet.

– Tror du han har gömt henne där? frågade Wittberg.

– Varför inte? Kan han ta sig in på Waldemarsudde lär han kunna ta sig in här också.

De hittade inget misstänkt i området och strax fick de sällskap av ytterligare poliser som tog över sökandet.

Wittberg vände sig mot Kihlgård.

– Kom, vi kollar här borta.

– Vadå?

– Det finns sommarstugor uppe på krönet. Han kan också ha brutit sig in där.

– Hur långt är det? frågade Kihlgård tveksamt. Ska vi inte hämta bilen?

– Det tar längre tid att gå tillbaka och hämta den än att fortsätta till sommarstugeområdet. Kom igen nu.

Wittberg började småspringa uppför backen.

– Ta det lugnt, flåsade Kihlgård.

Han hade svårt att hänga med den yngre kollegans framfart.

När de kommit upp till backens krön fanns en mindre avtagsväg som ledde in i ett skogsområde. Stugorna låg utspridda mellan träden. Ganska enkla trästugor med små tomter. Området var ödsligt. De gick åt varsitt håll och började leta efter tecken på att en människa rört sig i området tidigare under dagen. Det dröjde inte länge förrän Wittberg ropade till.

– Här, Martin. Kom, jag tror jag har hittat nåt!

En gul stuga låg i kanten av området och nära avtagsvägen. Färska bilspår syntes i snötäcket. De skyndade fram mot stugan. Plötsligt ropade Kihlgård till.

– Ser du, dörren är uppbruten!

– Ja, jävlar, flämtade Wittberg upphetsat. Men vad är det där?

Under ett iskallt ögonblick trodde de båda att det röda som lyste i snön var blod, men när de kom närmare upptäckte de att det var en liten babysocka.

De hade kommit rätt. Wittberg var före och slet upp dörren. Hallen i stugan var mörk och trång och inte ett ljud hördes därinifrån. När Wittberg senare inför kollegerna berättade om händelsen beskrev han känslan som mardrömslik. Hur de knappt vågade andas av rädsla för vad de skulle hitta. Hur deras blickar gled över trasmattor, det enkla möblemanget, de taffligt målade tavlorna, väggklockan som stannat på kvart i fem och krukorna med plastblommor i fönstren. Känslan av rå kyla, den svaga lukten av mögel och råttgift. Hur Wittberg var den som först kom in i det lilla sovrummet med två smala sängar på var sida.

I ena hörnet ovanpå en av sängarna stod en mörkblå barnvagnsinsats som tryckts upp mot väggen.

Han vände sig sakta om och såg på sin äldre kollega. Kihlgård mötte lugnt hans blick och nickade åt honom att fortsätta framåt.

Så liten och obetydlig som Thomas Wittberg kände sig i den stunden hade han aldrig känt sig förut. Han slöt ögonen en kort sekund, kunde inte erinra sig att han någonsin upplevt en sådan tystnad.

Han skulle aldrig glömma ögonblicket då han lutade sig över insatsen. Det var som om synen som väntade honom på ett avgörande sätt skulle förändra hans liv.

Där låg hon. Under en filt med en stickad röd mössa

på huvudet. Ögonen var slutna och ansiktet fridfullt. De små händerna låg ovanpå filten. Wittberg lutade sig ännu närmare och lyssnade till vad som just nu var det vackraste ljud han kunde tänka sig.

Elins jämna andetag.

Vårsolen hade äntligen börjat lossa vinterns hårda grepp om ön och istapparna droppade från hustaken. Under morgonpromenaden till polishuset kunde Knutas till och med ana hur den värmde i ryggen. Fåglarna kvittrade och ingav hopp om livet.

Det kunde sannerligen behövas.

I vanlig ordning klev han in på kriminalavdelningen först av alla och slog sig ner vid sitt skrivbord med en kopp kaffe. Framför honom låg en tjock mapp med material från utredningen. Överst fanns bunten med kopior på de dagboksanteckningar den unge gärningsmannen fört och som handlade om hur han planerat morden.

David Mattson bodde med sin flickvän och en kattunge i en lägenhet i en av Stockholms norra förorter. Han studerade ekonomi på universitetet, men studierna gick inte så bra. Det senaste halvåret hade han varit mer frånvarande än närvarande på lektioner och föreläsningar. Flickvännen blev djupt chockad när hon fick höra att det var hennes pojkvän som begått morden på de båda konsthandlarna. Enligt henne var han den mjukaste och snällaste person man kunde hitta.

Det hela började med att David en dag under hösten råkat höra ett samtal mellan sina farföräldrar. De hade pratat om att Erik var adopterad. För David hade det kommit som en fullständig överraskning. De som han hela livet sett som sin farmor och farfar var inte det. På riktigt. De fanns någon annanstans men hade aldrig gett sig tillkänna. När han väl fått veta sanningen var det enkelt att ta reda på resten.

Att Hugo Malmberg adopterade bort Erik samma dag som han föddes upplevde David som ett oerhört svek. Att han dessutom var förmögen och kunde strö pengar omkring sig medan Erik kämpade för att betala räkningarna späde på Davids avsky.

Han började skugga Hugo Malmberg, följde honom på galleriet, när han strosade på stan och var på gymet. Ganska snart insåg han att farfadern var homosexuell.

I dagboksanteckningarna avslöjades den oerhörda händelse som var den springade punkten i hela historien. En eftermiddag i november hade David skuggat sin biologiske farfar till en underjordisk klubb för homosexuella män. Där hade han bevittnat hur Hugo Malmberg tillsammans med Egon Wallin utnyttjat sin egen son sexuellt, utan att känna till släktskapet.

David var den ende som hade kunskap om hur det förhöll sig. Ett par sekunder tog det honom att förstå vad han såg. De sekunderna gjorde honom till en mördare.

I undersökningen framgick att Egon Wallin och Hugo Malmberg inte bara haft ett förhållande, utan att de även vid flera tillfällen köpt sex av prostituerade män. Därav Malmbergs ovilja att inför polisen erkänna att han kände Egon Wallin på något annat sätt än genom konstaffärerna, tänkte Knutas. Därför ville han inte heller medge att kollegan på Gotland var homosexuell när de hade frågat.

Upprinnelsen till morden verkade vara David Mattsons komplicerade och distanslösa förhållande till sin far, Erik. Av dagbokens utförliga beskrivningar förstod Knutas att David alltid hade älskat och sett upp till Erik. Samtidigt tycktes han ha längtat efter en pappa som inte existerade i verkligheten – en sådan som han sett att andra hade, som kunde ge honom stöd, tröst, bekräftelse, kärlek och trygghet. Förhoppningen levde så starkt inom David, därför hade han inte kunnat frigöra sig ifrån Erik.

Anteckningarna genomsyrades av en strävan efter att göra sin pappa lycklig, ordna upp hans liv, göra honom glad. Kanske hoppades David att hans far då skulle ge honom det han behövde.

Stölden av *Den döende dandyn* var naturligtvis rena vansinnet. Men i Davids ögon hade det varit ett sätt att återupprätta fadern.

Att han velat visa på sambandet via skulpturen tolkade Knutas som ett bevis på att David Mattson innerst inne ville bli avslöjad, att han önskade att omvärlden skulle se och förstå det lidande som omgav honom. Det bidrog säkert också till att han placerat sina offer på det sätt han gjorde. Allt hade handlat om hämnd och upprättelse och att gå tillbaka i det förflutna.

När det gällde de stulna tavlorna hade Wittbergs enträgna arbete slutligen gett resultat. Det visade sig att Egon Wallin varit i maskopi med Mattis Kalvalis manager Vigor Haukas. Tavlorna stals av yrkeskriminella från Baltikum och såldes sedan vidare därifrån och ut på den internationella marknaden. Haukas hade skött operationerna och Wallin agerat mellanhand på tavlornas väg ut från Sverige. I flera år hade den lukrativa handeln pågått.

Knutas suckade när han läste. Det var en djupt tragisk historia. Och temat som genomsyrat hela utredningen återkom: hemligheter. Från mordet på Egon Wallin och allt han hållit dolt för sin familj, Erik Mattsons dubbelliv och till hemligheterna som rymdes i Hugo Malmbergs förflutna.

Han plockade fram pipan ur översta skrivbordslådan, reste sig och ställde sig vid fönstret. Himlen var molnfri, vårsolen sken och långt borta lyste havet så knallblått som det bara gjorde på våren. Han tittade bort mot Dalmansporten. Där hade allt börjat två månader tidigare.

Det kändes som väldigt, väldigt länge sedan.

Denna historia är helt och hållet påhittad. Alla likheter mellan karaktärerna i romanen och existerande personer är tillfälligheter. Ibland har jag tagit mig den konstnärliga friheten att förändra verkligheten till förmån för berättelsen. Det gäller bland annat Sveriges Televisions bevakning av Gotland som i boken sköts från Stockholm. All heder åt SVT:s regionala nyhetsprogram Östnytt som bevakar Gotland med permanent team stationerat i Visby.

Miljöerna i boken beskrivs nästan uteslutande som de ser ut i verkligheten, undantag förekommer.

Eventuella fel som smugit sig in är alltid mina egna.

Först och främst vill jag tacka mitt ständiga bollplank och största stöd, min man, journalisten *Cenneth Niklasson*.

Även stort tack till:
Gösta Svensson, f d kriminalkommissarie Visbypolisen
Magnus Frank, kriminalkommissarie Visbypolisen
Hans Henrik Brummer, överintendent Waldemarsudde
Martin Csatlos, Rättsmedicinska avdelningen i Solna
Ylva Hilleström, Moderna museet
Johan Jinnerot, intendent Bukowskis
Johan Gardelius, kriminaltekniker Visbypolisen
Ulf Åsgård, psykiater
Birgitta Amér, ägarinna av Muramaris
Tack *Nicklas* för din värdefulla hjälp och stort tack till *Ingrid Ljunggren*.

Jag vill också tacka mina kära författarkolleger – tack för att ni finns!

Mina egna lektriser för deras värdefulla synpunkter:
Lena Allerstam, journalist SVT
Kerstin Jungstedt, organisationskonsult Provins fem
Lilian Andersson, redaktör Bonnier Utbildning
Anna-Maja Persson, Moskvakorrespondent SVT.

Albert Bonniers Förlag och framför allt min förläggare *Jonas Axelsson* och redaktör *Ulrika Åkerlund*. Min formgivare *John Eyre* för det fina omslaget och min agent *Niclas Salomonsson* och *Emma Tibblin* på Salomonsson Agency.

Sist, men inte minst, mina underbara barn *Rebecka* och *Sebastian*.

Älta i maj 2006
Mari Jungstedt

www.marijungstedt.se

Utdrag ur

MARI JUNG-STEDT

I DENNA

LJUVA

SOMMARTID

Utkommer augusti 2007

När natten övergick i morgon körde en ensam bil norrut på huvudvägen som skar genom Fårö. Regnet hade upphört. De tunga molnen låg kvar som grå sjok över himlen. Fåglarna hade varit igång sedan klockan tre, gryningsljuset spreds över åkrar och ängar. I diset skymtade enbuskar, krumma martallar och stengärdesgårdar. Som planlöst utslängda låg bondgårdar i gotländsk kalksten och enstaka väderkvarnskroppar vars vingar saknats sedan länge. Flockar av svarta får syntes i hagarna. Makligt reste de sig upp, ett efter ett, och började beta av det magra gräs som den karga jorden erbjöd.

Uppe vid Sudersands campingplats på norra Fårö rådde ännu lugn trots att den var fullbelagd så här mitt i sommaren. Området sträckte sig utefter den tre kilometer långa, finkorniga sandstranden. Husvagnar och tält var prydligt uppradade i ett noga uttänkt system. Svenska flaggor slokade blöta från sina pinnar som prydde entréerna. Lite varstans stod klotgrillar utplacerade, liksom plastbord med vinglas som lämnats kvar efter gårdagskvällens middag. Badhanddukar genomvåta efter nattens regn var fästa i klädnypor på provisoriskt uppsatta klädlinor. Randiga, hopfällbara brassestolar i glada färger och gummimadrasser, badleksaker. En och annan cykel.

I campingplatsens mitt fanns en låg träbyggnad med flera dörrar: kök och tvättstuga, toaletter och duschrum. Ett välorganiserat semestersamhälle, ett stenkast från havet.

I en av husvagnarna som parkerats i ytterkanten av campingplatsen vaknade Peter Bovide. Prick klockan fem slog han upp ögonen. Av gammal vana kollade han tiden på klockan som låg på en hylla bredvid sängen.

Alltid samma sak. Sovmorgon existerade inte i hans värld.

Han blev liggande och stirrade i taket en stund, men insåg ganska snart att han inte skulle kunna somna om. Inte den här morgonen heller. Alla år som byggnadsarbetare hade satt spår i honom, vanan att gå upp i ottan var svår att bryta. Fast egentligen gjorde det honom inget. Han uppskattade en stund för sig själv innan Vendela och barnen vaknade. Brukade använda tiden till att ta en löprunda och sedan köra lite styrkeövningar.

Under natten hade han legat långa stunder och lyssnat till smattrandet på husvagnens plåttak. Sömnen blev orolig. Nu tycktes regnet ha slutat, ett svagt morgonljus silade igenom den tunna bomullsgardinen.

Han vände sig om och såg på sin sovande hustru. Täcket hade glidit undan och hon låg på sidan. Hon sträckte ut sig i hela sin längd. Med sina en och åttio var hon något längre än han själv. Han tyckte det var sexigt. Blicken följde de slanka benen, höftens rundning och han kunde ana hennes små bröst. Han kände hur han höll på att få erektion, men det var inte läge nu. Barnen låg i varsin smal brits. Femåringen William med öppen mun och armarna behagfullt utsträckta över huvudet som om han ägde hela världen. Mikaela hopkrupen i fosterställning, tre år och med nallen i famnen.

Fyra veckor låg framför dem, utan en massa måsten och

krav. Den första tiden här på Fårö och sedan väntade två veckor på Mallorca. Firman hade gått bra på sistone.

– Är du vaken? hörde han Vendelas ljusa, lätt släpiga röst bakom ryggen just när han var på väg att öppna dörren.

– Ja, älskling. Jag sticker ut och springer.

– Vänta, kom.

Hon låg kvar på sidan och sträckte ut armarna efter honom. Han borrade in huvudet mot hennes sömnvarma bröstkorg, slog armarna om hennes rygg. I deras relation var hon den starka, medan han, trots sitt robusta yttre, var skör och bräcklig. Ingen i deras närhet visste hur det låg till. Deras bekanta såg aldrig Peter Bovide när han grät som ett barn i sin frus famn under sina återkommande panikattacker. Hur hon lugnade, tröstade och hjälpte honom på fötter igen. Ångesten kom i skopor, alltid oväntad, alltid ovälkommen som en objuden gäst. Kvävde honom.

Varje gång han kände symptomen försökte han pressa tillbaka dem, inte låtsas om dem, tänka på något annat. Han misslyckades för det mesta. Hade anfallet väl börjat så gick det oftast inte att stoppa.

Nu var det ganska länge sedan han mådde så dåligt. Men han visste att panikångesten skulle komma tillbaka. Ibland gick den hand i hand med epilepsin som han drabbats av i ungdomsåren. Anfallen kom numera sällan, men skräcken för dem fanns hela tiden i bakhuvudet. Under den självsäkra ytan var Peter Bovide en rädd människa.

När han träffade Vendela höll livet på att barka käpprätt åt helsike. Spriten hade tagit ett allt fastare grepp om hans liv, gjorde att han misskötte jobbet och i allt högre grad släppte taget om verkligheten. Han hade ingen fast flickvän, längre relationer fungerade aldrig för honom. Han varken vågade eller ville komma någon riktigt nära.

Med Vendela hade allt blivit annorlunda.

När de träffades sex år tidigare på en finlandsbåt hade han blivit kär vid första ögonkastet. Hon kom från Botkyrka och arbetade som croupier på ett casino i Stockholm. De gifte sig när hon blev gravid efter bara ett halvårs förhållande och köpte en gammal gård på landet utanför Slite. Ett renoveringsobjekt som de fick billigt och eftersom han själv var snickare kunde han göra det mesta av renoveringsarbetet.

De två barnen föddes med två års mellanrum. De klarade sig hyfsat. Sedan fem år tillbaka drev han byggfirman tillsammans med en gammal jobbarkompis och de hade så småningom kunnat anställa några gubbar. Firman gick bättre och bättre och nu hade de mer jobb än de mäktade med. Även om nya orosmoln hade dykt upp på sistone så var det inte värre än att han kunde hantera det.

Demonerna jagade honom alltmer sällan.

Vendela kramade honom hårt.

– Jag kan inte fatta att vi ska vara lediga så länge, mumlade hon med munnen mot hans hals.

– Nej, fan vad skönt.

En stund låg de tysta och lyssnade till barnens jämna andetag. Snart började den gamla vanliga oron krypa i kroppen.

– Jag sticker ut nu.

– Okej.

Hon kramade om honom igen.

– Jag är tillbaka snart. Då sätter jag på kaffe.

Det var befriande att lämna instängdheten i husvagnen. Från havet kom en frisk doft av tång och sälta. Regnet hade upphört. Han drog in luften djupt i lungorna och ställde sig att pinka i skogsbrynet.

Löpningen varje morgon var ett måste. Han blev inte människa om han inte började dagen med en runda. När han drog ner på supandet efter att ha träffat Vendela började han springa istället. Märkligt nog fungerade löpningen på samma sätt som spriten. Någon typ av drog behövde han för att hålla ångesten på avstånd.

Stigen var mjuk under hans fötter. På ömse sidor bredde sanddyner ut sig mellan gräsklädda kullar. Strax var han nere på stranden. Havet var oroligt, vågorna rörde sig hit och dit utan mål eller mening. Längre ut balanserade en flock sjöfåglar på topparna.

Han började springa norrut längs med vattenbrynet. Molnen jagade över den blygrå himlen och sanden var tung att trampa i efter nattens regn. Det dröjde inte länge förrän han var genomsvettig. Borta vid udden vände han om.

Tankarna klarnade när han sprang. Det var som om han fick rast.

På vägen tillbaka upptäckte han en figur långt borta

som kom gående åt hans håll, men som plötsligt snubblade till och föll omkull i sanden. Blev liggande, till synes utan att göra några försök att resa sig upp. Han sprang oroligt fram.

– Hur är det?

Ansiktet som vändes mot honom var uttryckslöst, blicken kall och likgiltig. Frågan lämnades obesvarad.

I några sekunder stod tiden stilla, han stelnade till. En oroväckande rörelse i magen. Djupt nere i hans inre gömda rum väcktes något till liv, något han försökt begrava i åratal. Nu hade det kommit ifatt.

Ögonen som fixerade honom ändrades till att utstråla förakt.

Han fick inte fram ett ljud, andades tungt, den välbekanta smärtan i bröstet gjorde sig påmind. Han ansträngde sig för att inte falla ihop.

Kroppen blev mjuk, lealös.

Strax upptäckte han pistolmynningen. Den pekade rakt mot honom. Automatiskt sjönk han ner på knä, i hans huvud blev allt stilla. Tankarna upphörde.

Skottet träffade mitt emellan ögonen. Knallen fick havstrutarna att lyfta från vattenytan med ett förskrämt skränande.

Tyckte du om den här boken?

Då vill vi tipsa dig om de här också:

☞ **Mari Jungstedt**
DEN INRE KRETSEN

En 21-årig arkeologistuderande försvinner vid en utgrävning av en vikingatida hamnplats på Gotlands västkust. Hon påträffas senare mördad på en fågelholme nära utgrävningsplatsen, och skadorna på kroppen tyder på rituella inslag.

☞ **Anna Jansson**
FRÄMMANDE FÅGEL

Det man fruktat mest har hänt. Fågelinfluensan har drabbat Gotland. Kokerskan på ett fotbollsläger för 50 barn, insjuknar hastigt och smittskyddsläkaren beslutar att barnen på lägret och deras tränare ska hållas i karantän. När föräldrarna får veta att det inte finns någon effektiv medicin står man inför en paniksituation.

☞ **Camilla Läckberg**
STENHUGGAREN

Patrik Hedström och hans kollegor dras åter in i ett komplicerat fall när en liten flicka hittas drunknad i vattnet utanför Fjällbacka. Är det en olyckshändelse – eller mord …?

☞ **Karin Wahlberg**
BLOCKET

En kväll på hemväg blir Cecilia, Veronicas dotter, brutalt nedslagen. Medan Veronica vakar vid hennes sida, hittas en man strypt i en städskrubb på det väldiga sjukhuset i Lund, kallat Blocket. Claes Claesson försöker nysta i den mördade mannens förflutna, då den idylliska staden skakas av ännu ett våldsdåd. Kan det finnas något samband? Och vad är det egentligen som pågår i den krets av unga läkare där Cecilia rör sig?

Läs mer på www.manpocket.se eller besök våra återförsäljare.

☞

NYHETSBREV FRÅN MÅNPOCKET

Prenumerera på vårt nyhetsbrev via e-post. I det får du läsa om våra åtta nya titlar varje månad, aktuella händelser och tävlingar.

Tjänsten är kostnadsfri och du kan när du vill avsluta din prenumeration. Anmäler dig gör du endera på vår hemsida eller via sms.

☞ **ANMÄLA PÅ HEMSIDAN**

Gå in på www.manpocket.se och välj Nyhetsbrev/Anmäla i menyn. Följ sedan anvisningarna.

☞ **ANMÄLA VIA SMS**

Skicka ett sms till nummer 72580 (kostnad: 5 kronor + trafikavgift). *Skriv*:
månpocket (mellanslag) nyhetsbrev (mellanslag) din mejladress.

Exempel: månpocket nyhetsbrev kalle.larsson@mejl.se

• För att underlätta god service och korrekt administration av dina mobila tjänster används modern informationsteknik inom Bonnier AB, som äger Månpocket. Läs mer om detta på www.manpocket.se.